Miliardario dell'hockey

Misha Bell

♠ Mozaika Publications ♠

Copyright © 2025 Misha Bell
www.mishabell.com/it

Pubblicato da Mozaika Publications, stampato da Mozaika LLC.
www.mozaikallc.com

Traduzione italiana: Martina Pompeo

Copertina di Najla Qamber Designs
www.qamberdesignsmedia.com

ISBN: 979-8-89796-026-2
Print ISBN: 979-8-89796-045-3

Capitolo 1

Sophia

"Mi ha lasciato *tutto*?" Fisso a bocca aperta il signor Cohen, l'avvocato del mio defunto padre, come se stessero per spuntargli degli scoiattoli rosa dai bulbi oculari.

Pensavo che mio padre mi avrebbe lasciato delle fotografie, o l'anello di mia nonna, o una bambola inquietante che prende vita di notte. Non tutti i suoi possedimenti terreni. Che, a quanto pare, erano molti.

"Tuo padre era orfano e figlio unico." Il signor Cohen indica con un gesto il proprio ufficio scialbo come se le risposte potessero essere scritte su uno dei tanti diplomi che decorano le pareti beige. "Chi ti aspettavi ci fosse nel suo testamento?"

Faccio spallucce. La sua nuova moglie? I loro figli, se ne avevano? Di certo, non la figlia che si era rifiutata di vederlo per tutta la vita, fino a un mese fa. Persino in quell'occasione, ci siamo incontrati un'unica volta per un pranzo super imbarazzante, prima che lui sparisse come un fantasma. O, almeno, così pensavo. Ora scopro che era deceduto... e, per quanto ne so, adesso è un vero e proprio fantasma, che ci osserva in questa stessa stanza.

Ok, questa era di cattivo gusto. Ciò dimostra che, probabilmente, non dovrei essere citata nel suo testamento. Cavolo, non sono nemmeno andata al suo funerale perché lo conoscevo appena e non sono brava a gestire le faccende correlate alla morte.

"Conoscevo Theodore da prima che tu nascessi" mi dice dolcemente il signor Cohen. "Teneva davvero a te."

"Allora, perché non faceva parte della mia vita?" chiedo con amarezza.

È un argomento a cui avevamo girato intorno durante il nostro solo ed unico incontro, ma mio padre continuava a deviare la conversazione su di me e i miei studi, quindi non ho mai avuto risposte concrete.

Il signor Cohen sospira. "Tua madre aveva l'affidamento esclusivo e non permetteva a Theodore di avvicinarsi a te. Ottenne persino un'ordinanza restrittiva. Assolutamente non necessaria, dovrei aggiungere."

"Cosa? No! Non può essere vero." C'è così tanto da spiegare che non so nemmeno da dove cominciare. "Mia madre è una tossicodipendente" affermo. "Sono abbastanza sicura che lo fosse anche all'epoca. Com'è possibile che avesse ottenuto l'affidamento a scapito di un padre ricco?"

Il signor Cohen si stringe nelle spalle. "Theodore non era particolarmente ricco all'epoca e, spesso, i giudici hanno la tendenza a favorire la madre. Tuo padre sapeva che Eleni era una tossicodipendente, ma lei, in qualche modo, superò i test antidroga imposti dal tribunale. Poi, distorse la sua storia con tuo padre in modo da farlo sembrare dispotico e violento. Tutti i suoi tentativi di farla aiutare furono fatti passare per esempi della sua natura autoritaria. Lei sostenne che lui l'avesse ingannata quando l'aveva portata in America dalla Grecia e che il suo obiettivo finale fosse stato quello di separarla dai suoi amici e dalla sua famiglia laggiù, in modo da isolarla e tenerla sotto il suo controllo. Niente di tutto questo era vero, naturalmente, ma..."

"Ma lei non ha né amici né parenti in Grecia" affermo, aggrappandomi alla discrepanza più evidente.

Almeno, questo è ciò che mi disse mia madre, quando ancora ci rivolgevamo la parola.

Il signor Cohen annuisce. "Non mi sorprende. Raccontò molte bugie durante il procedimento giudiziario, bugie che ferirono tuo padre a livello sia personale sia professionale. Gli ci vollero parecchi anni per riprendersi dai danni, sia emotivi sia finanziari, che tua madre gli aveva inflitto."

Mi gira la testa. Bugie. Tante, tantissime bugie. Mia madre mi disse che mio padre era una persona orribile. Che ci aveva abbandonate per l'altra sua famiglia. Ma, evidentemente, non c'era un'altra famiglia; altrimenti, io non sarei qui come unica beneficiaria del suo testamento. E la cosa peggiore è che non sono nemmeno particolarmente sorpresa di apprendere tutto questo.

Mia madre è sempre stata una bugiarda manipolatrice. Perché non mi è mai venuto in mente di mettere in dubbio le sue affermazioni su mio padre?

È come se, dentro di me, fossi stata arrabbiata con lui per non essere stato lì a proteggermi da lei.

"Comunque" prosegue il signor Cohen. "Non appena sei diventata abbastanza grande, tuo padre ha cercato di contattarti."

Mi viene un groppo in gola quando penso a tutte le volte che ho respinto mio padre, grazie alle cose velenose che mia madre mi aveva raccontato su di lui nel corso degli anni. Cose che, ora, mi rendo conto essere false.

"Mi dispiace di non essere andata al funerale" mormoro.

Il signor Cohen liquida la mia affermazione. "Theodore non era un uomo religioso. Conoscendolo, probabilmente direbbe che tanto, ormai, era morto, quindi chi se ne frega di chi presenziava al funerale? Incontrarti a quel pranzo ha davvero illuminato gli ultimi giorni della sua vita e so che l'ha apprezzato. Me lo ha detto lui."

Mi lacrimano gli occhi per tutta la stupida polvere che permea questo ufficio. "Vorrei che mi avesse detto di essere malato."

L'avvocato mi guarda con compassione. "Probabilmente, non voleva darti un peso."

Mi mordo il labbro. "Abbiamo parlato solo della mia laurea in filosofia. Mai di lui."

"Sono sicuro che gli sia piaciuto sentir parlare dei tuoi studi" mi rassicura il signor Cohen. "Dopotutto, li pagava lui."

Aggrotto la fronte. "Ho una borsa di studio."

L'avvocato mi rivolge un debole sorriso. "Intendi la borsa di studio della Fondazione DIBT?"

Lo fisso. "Non può essere..."

"Ho aiutato io tuo padre a sbrigare tutte le pratiche. Quella fondazione è stata creata apposta per te."

L'ambiente scialbo che mi circonda mi sembra improvvisamente surreale. "Se teneva così tanto a me e aveva tutti quei soldi, perché sono cresciuta così povera?"

Povera è un eufemismo. Una volta, ho ricevuto un paio di calzini di seconda mano dalla fatina dei denti.

Il signor Cohen si stringe nelle spalle. "Inviava a tua madre somme esorbitanti per il tuo mantenimento."

Mia madre. Naturalmente.

Stringo i denti. Questo spiega molte cose. Ad esempio, il motivo per cui la mamma era così nervosa il giorno del mio diciottesimo compleanno. Sapeva che gli assegni di mio padre (e, quindi, la droga) avrebbero smesso di arrivare. Questo deve anche essere il motivo per cui aveva aperto tutte quelle carte di credito a mio nome in quel periodo.

Non per la prima volta, mi domando quanto diversa sarebbe ora la mia vita se, ventiquattro anni fa, fossi riuscita a strisciare fuori dal canale uterino di qualcun'altra. A proposito, la cara mammina ha agito per libero arbitrio per tutto questo tempo (e, quindi, non ha scuse per essere stata un genitore orribile?)? Oppure, il libero arbitrio è un'illusione (nel qual caso, potrei forse darle tregua)?

"Vuoi che ti legga il testamento?" Il signor Cohen si offre gentilmente.

Ah. "Certo."

Così fa e, mentre lo ascolto, mi gira la testa... soprattutto, quando arriva alla parte sui dieci milioni di dollari nel mio fondo fiduciario.

Al nostro primo incontro, mio padre mi aveva effettivamente portata in un ristorante di lusso e mi aveva dato l'impressione di non essere a corto di soldi, ma non avevo capito che fosse un milionario con una lista di possedimenti più lunga della mia recente tesi su Kant. Una lista talmente lunga che mi rendo conto di aver smesso di ascoltare il signor Cohen per qualche secondo, eppure lui sta ancora continuando, il che è pazzesco.

"Infine" conclude il signor Cohen. "Voleva che mi assicurassi che tu diventassi custode della sua casa a Westchester, o, più precisamente, delle sue amate tartarughe che vi risiedono, Donatello e April."

"Tartarughe?" Sbatto le palpebre, chiedendomi se la lettura del testamento abbia mandato in cortocircuito qualcosa nel mio cervello.

"O testuggini" precisa. "Non sono sicuro di quale sia la differenza."

"Nemmeno io." Quello che so è che Donatello è il

nome di una delle Tartarughe Ninja, che sono mutanti, non testuggini. D'altra parte, April è il nome di una giornalista umana che fa amicizia con le Tartarughe Ninja; quindi, usando le abilità apprese in un corso di logica, ne consegue che potrei avere degli esseri umani sotto tutela in casa mia, anziché dei rettili.

"In ogni caso, ti conviene visitare presto la casa e incontrare i tuoi nuovi animali, nonché il personale che lavora lì. Inoltre, forse dovresti riflettere sulle implicazioni finanziarie della tua nuova situazione."

Sentendomi sopraffatta, annuisco.

"Chiamami se hai bisogno di qualcosa."

Annuisco di nuovo e mi alzo in piedi, con le ginocchia che traballano.

"Buona fortuna per tutto" mi augura.

In preda alla confusione, mi volto per andarmene.

A rigor di logica, dovrei sentirmi felice per essere improvvisamente diventata ricca, ma mi sento tutt'altro.

Ora che ho la prova inconfutabile che mio padre tenesse a me, mi sento in colpa per aver pensato il contrario per tutta la vita. Se i soldi potessero comprare una macchina del tempo, spenderei qualsiasi cifra per tornare indietro e presenziare al suo funerale. Meglio ancora: direi alla giovane me stessa di conoscerlo, perché ora vorrei davvero averlo fatto, ma è troppo tardi.

Inoltre, i soldi che ho appena ereditato comportano un mucchio di responsabilità per le quali non mi sento preparata (e non mi riferisco solo a Donatello, che potrebbe essere o meno una tartaruga che conosce il ninjutsu, e ad April, che potrebbe essere o meno una donna umana che assomiglia a Megan Fox). Essendo sempre stata povera, temo che, in qualche modo, finirò per sperperare la mia nuova eredità, come fanno alcuni vincitori della lotteria.

Forse, dovrei seguire qualche corso di finanza personale? Imparare a investire in modo intelligente?

Una cosa è certa: nel bene e nel male, la mia vita è cambiata per sempre.

Capitolo 2

Mason

"Perché non hai concluso l'accordo con Theodore prima che morisse?" mi chiede Landon.

Grazie tante, signor Ovvio. "Stavo per farlo. Ma, poi, le sue condizioni si sono improvvisamente aggravate, quindi non c'è stata l'occasione."

Cioè, suppongo che avrei potuto insistere di più, ma Theodore aveva già abbastanza problemi da affrontare, quindi non l'ho fatto.

"E pensi che la figlia collaborerà con te?"

"È per questo che sono qui." Mi guardo intorno nella sala d'attesa dello studio legale e mi pento subito di averlo fatto.

C'è un tizio che si sta abbottonando e sbottonando la camicia.

Che schifo! Io detesto i bottoni. Sono disgustosi: vengono costantemente toccati dalle dita di tutti e vengono ingoiati dai bambini, che, poi, li cagano fuori, a meno che non rimangano per sempre bloccati nel loro intestino.

Distogliendo lo sguardo, faccio un respiro calmante, proprio come mi ha insegnato il mio psicoterapeuta. Ricordo a me stesso che i bottoni sono oggetti benigni. È solo la mia koumpounofobia che mi sta incasinando il cervello. Si tratta di una condizione rara, che, di solito, comporta la paura dei bottoni; ma, poiché io non ho paura di nulla, provo invece disgusto.

"Nello studio legale?" chiarisce Landon, riportandomi alla realtà.

"Sì. Ho intenzione di farle un'offerta." E dovrò stare particolarmente attento a essere molto civile con quella donna, nonostante il modo in cui ha trattato il povero Theodore.

Per la mia squadra, farei un patto col diavolo se fosse necessario. È *così* importante per me.

"Pessima idea" commenta Landon.

"Perché?" Irritato, stringo il telefono in mano, ma mi costringo a rilassarmi. Probabilmente, sono ancora i fottuti bottoni a rendermi nervoso, non Landon.

La mia presa si allenta.

Va meglio. Proprio come le mazze da hockey, i telefoni hanno bisogno di una presa salda, ma non schiacciante (cosa che ho imparato a mie spese, una volta, distruggendo un iPhone).

Curiosità interessante: se non fosse per la koumpounofobia, forse l'iPhone non esisterebbe nemmeno. Steve Jobs aveva la stessa fobia e presumo che questo fosse il motivo per cui non voleva pulsanti sui suoi dispositivi, da cui il touch screen.

Landon sospira. "Come facevi a sapere dove sarebbe stata e a che ora?"

La custodia del mio telefono scricchiola. Suppongo di non aver ancora superato del tutto l'avvistamento dei bottoni, oppure il fastidioso Landon sta diventando sempre più difficile da ignorare. "L'avvocato è un grande tifoso degli Yeti, altrimenti non sarei venuto a sapere del destino della squadra."

Mi è costato solo qualche biglietto di fine stagione.

Con la coda dell'occhio, scorgo il tizio che armeggia di nuovo con la camicia.

Maledetto! Vorrei che fosse socialmente accettabile avvicinarsi a uno sconosciuto e strappargli via i bottoni.

"E la gente mette in dubbio la *mia* intelligenza emotiva" borbotta Landon sottovoce.

"Sto per riattaccare." Distruggendo un altro dannato telefono.

Quando Landon afferma che la gente mette in dubbio la sua intelligenza emotiva, probabilmente intende dire che lo paragonano a Patrick Bateman, il serial killer in giacca e cravatta di *American Psycho*.

"Guarda la cosa dal suo punto di vista" mi dice Landon. "Ti presenti lì come uno stalker e..."

"Questo è anche lo studio del mio avvocato. Uno stalker la aspetterebbe nel suo appartamento."

Landon sospira. "Ha appena perso il padre. E ha saputo del testamento solo oggi. Dubito che sarà dell'umore giusto per discutere di qualsiasi tipo di affari."

Come se le parole di Landon non fossero già abbastanza irritanti, il tizio dei bottoni armeggia di nuovo con la camicia, stavolta con più vigore.

Perché questo è accettabile?

È più disgustoso che tirarsi fuori i pelucchi dell'ombelico in pubblico.

"Oh, fammi il favore!" Nonostante i miei migliori sforzi, la mia voce si alza. "Lo ha evitato per tutti quegli anni, ma, appena lui si è ammalato, eccola lì. Pensi che fosse interessata a una riconciliazione? Certo che no, cazzo! Non è nemmeno venuta al suo funerale. Voleva solo i soldi, come un avvoltoio in cerca d'oro."

Sento un sussulto indignato nelle vicinanze.

Oh, merda!

Sentendomi sprofondare, seguo il rumore con lo sguardo.

Eh, già! I miei piani sono andati a farsi fottere, perché eccola: la donna che sapevo sarebbe stata qui.

La donna che avrei dovuto affascinare affinché mi vendesse la mia squadra.

Capitolo 3

Sophia

Un minuto prima

Ancora stordita, scruto la sala d'attesa.

Ci sono due uomini che aspettano qui: uno baffuto e corpulento, che sta leggendo una rivista mentre giocherella con i bottoni del colletto della camicia, e un esemplare alto, cupo e dalle spalle larghe, che sta stringendo il telefono in un pugno teso.

Oh, cavoli!

Quel pugno...

Non di nuovo.

E invece sì! Ecco che divento bagnata, calda ed eccitata alla sola vista.

Cosa c'è di sbagliato in me? Dopo tutto ciò che ho appena passato dentro quell'ufficio, i momenti sexy dovrebbero essere l'ultimo dei miei pensieri, ma sembra che questa mia stupida reazione ai pugni non si spenga mai.

In realtà, sono una persona pacifica (anzi, pacifista) e non sono particolarmente perversa, per quanto ne so; quindi, non ho idea del perché la vista del pugno di un uomo mi faccia lo stesso effetto che il Viagra farebbe a un adolescente arrapato. Ah, e il fatto che il pugno sia attaccato a un uomo stupendo come questo rende la situazione infinitamente peggiore.

Il tipo ha occhi grigi penetranti, un naso marcato (anche se precedentemente rotto), una mascella possente e ciglia per le quali venderei l'anima. E, per qualche motivo, indossa una tuta da ginnastica, che dovrebbe farlo assomigliare a un rapper o un mafioso della vecchia scuola. Ai miei occhi, invece, assomiglia a un vichingo. Forse, per i lunghi capelli biondi? O per la ferocia che emana?

Se stiamo facendo domande a caso, come funziona realmente l'attrazione? "Essere sexy" è oggettivo o soggettivo? Abbiamo tutti la possibilità di scegliere chi trovare attraente o questo è solo un altro modo per formulare la domanda sul libero arbitrio?

Pazienza! Ingoio la saliva in eccesso che mi si sta accumulando in bocca (e vorrei che anche la passera potesse ingoiare l'eccesso di umidità in modo equivalente). Proprio come mi succede con i pugni, nonostante io detesti la violenza e tutto ciò che i vichinghi rappresentano, li trovo infinitamente affascinanti. E non ne vado fiera, ma, certe volte, fantastico su come sarebbe rotolarmi nel fieno con uno di loro... urlando il nome di Odino mentre raggiungo l'orgasmo.

D'accordo, forse ho una perversione. O due.

"Questo è anche lo studio del mio avvocato" ringhia il vichingo in modo sexy. "Uno stalker la aspetterebbe nel suo appartamento."

Chi sarà mai questa donna e perché mi sento gelosa?

"Oh, fammi il favore!" risponde il vichingo a qualunque cosa senta all'altro capo della linea, con gli occhi grigi che brillano d'acciaio. "Lo ha evitato per tutti quegli anni, ma, appena lui si è ammalato, eccola lì."

Un momento! È la mia coscienza sporca a sentirsi presa in causa, o lui...

"Pensi che fosse interessata a una riconciliazione?" prosegue. "Certo che no, cazzo! Non è nemmeno venuta al suo funerale."

Merda! Il bruto sta davvero parlando di *me*. Ma...

"Voleva solo i soldi, come un avvoltoio in cerca d'oro."

Un sussulto mi sfugge dalle labbra e ogni traccia di eccitazione evapora, lasciandomi più secca di una prugna nel deserto.

Lo stronzo vichingo incontra i miei occhi e una valanga di emozioni attraversa i suoi lineamenti, nessuna delle quali è senso di colpa per ciò che ha detto.

Principalmente, sembra deluso di essere stato scoperto.

Agendo per puro istinto, riduco la distanza tra noi,

gli pungolo l'ampio petto con l'indice e sibilo: "Come osi?"

Capitolo 4

Mason

Pochi secondi prima

Quindi, questa è la figlia di Theodore? Assomiglia a tutte le cacciatrici di dote che hanno cercato di indurmi in tentazione: alta e snella, con lineamenti del viso perfettamente simmetrici, tette grosse, lucenti capelli castani, splendidi occhi marroni... e l'atteggiamento intrepido di un tasso del miele. L'unica incongruenza è il suo abbigliamento: anziché abiti d'alta moda, indossa un semplice vestito rosso a pois neri, come una coccinella sexy ad Halloween. Per fortuna, non ci sono bottoni in vista. Le cacciatrici di dote tendono a indossare abiti con molti di quegli orribili oggetti. Questa donna ha anche un odore diverso da quello della maggior parte delle cercatrici d'oro che conosco, che sembrano cospargersi di profumi sofisticati, che irritano le narici. Invece, qui percepisco una fragranza di mango succoso e anguria appetitosa, ma potrebbe essere la sete a giocarmi brutti scherzi.

Stringendo gli occhi in modo micidiale, lei si avventa su di me, proprio come ha fatto il Numero Venti l'altro giorno (finendo seduto in panchina in punizione per il resto della partita).

Mi pungola con il suo dito sottile e dice: "Come osi?"

L'impulso di leccare quel dito è forte, ma è un'idea tanto stupida quanto quella di parlare male di lei dove avrebbe potuto sentirmi.

"Landon, ti richiamo io." Riattacco, poi fisso il dito e la donna che vi è attaccata. "Se tu fossi un uomo, perderesti quell'appendice."

Lei si ritrae e mi rendo conto che le sto rivolgendo lo stesso sguardo che rivolgo solitamente ai giocatori della squadra avversaria sul ghiaccio.

Ottima mossa. Cos'altro farò poi, le sputerò addosso? Insulterò sua madre? Le dirò che ci sono venticinque pois che le coprono il seno?

"Sei una bestia!" Ritira il dito di scatto e si incolla la mano al fianco, come un pistolero che non vede l'ora di estrarre l'arma.

Inclino la testa di lato. "È il miglior insulto che hai?"

Nella mia squadra, questo è il genere di cose che potremmo dire all'arbitro o alla nonna di qualcuno.

"Sei un orso rabbioso." Sembra tentata di punzecchiarmi di nuovo con il dito. "Un gorilla stupido."

"Questi sono solo esempi di bestie" non posso fare a meno di sottolineare.

Perché me la sto inimicando, quando ho bisogno che mi venda la squadra? È come quella volta in cui ho chiesto all'arbitro se sua moglie sapeva che lui ci stava fottendo.

"Chi diavolo sei?" mi domanda. "Come facevi a conoscere mio padre?"

Merda! Ora, si sta avvicinando a muovermi quell'accusa di stalking di cui ero stato avvertito.

"Theodore è il proprietario della squadra di hockey in cui gioco. Era il proprietario, volevo dire."

Il promemoria che il vecchio è morto mi fa provare una stretta al petto. Lei, al contrario, non batte ciglio.

Stringendo i denti, continuo. "Mi stava simpatico e lo rispettavo."

È vero, anche se non lo vedevo come una figura paterna come facevano altri della squadra. Per me, etichettare qualcuno come figura paterna è un insulto.

Lei continua a fissarmi, quindi concludo: "Lo conoscevo da parecchi anni." Mi ci vuole uno sforzo per non aggiungere: "A differenza di te."

"Oh." Stringe le labbra carnose e lucide. "Non sapevo nemmeno che possedesse una squadra di hockey."

Ovviamente, non lo sapeva. Non sa nulla di lui. Ma non glielo faccio notare. Invece, approfitto di questo spiraglio. "È così" dico con una cordialità che, di solito, riservo per le interviste con i giornalisti sportivi. "Io e lui stavamo lavorando a un accordo per cui mi avrebbe venduto la squadra, ma non abbiamo concluso le pratiche in tempo..." La guardo con aria significativa.

Auspicabilmente, la sua natura di cercatrice d'oro la renderà più interessata ai soldi che a vendicarsi per le mie parole precedenti (che, comunque, erano solo la voce della sgradevole verità).

Merda! Lo sguardo letale che mi rivolge è uguale a quello che una coccinella deve rivolgere agli acari prima di divorarli interi (almeno, questo è ciò ho visto in quel documentario sugli insetti che ho guardato l'altro giorno). "Perché me lo stai dicendo?" mi domanda.

"Pensavo fosse ovvio" rispondo, decidendo di andare avanti. "Sono qui per fare un accordo con te."

Capitolo 5

Sophia

Sono una pacifista.

Aborro la violenza.

Schiaffeggiare un uomo (per quanto io lo desideri) è un esempio di violenza e, quindi, sarebbe sbagliato, sia moralmente sia eticamente. Sarebbe una cattiva idea anche dal punto di vista pratico, visto che lui è enorme e ha l'aria di essere pericoloso.

"Vediamo se ho capito bene." Mi sento orgogliosa di me stessa per aver usato le parole anziché gli schiaffi. "Sei venuto qui per comprare una squadra che io ho appena ereditato?"

Annuisce. "Farò in modo che per te ne valga la pena, credimi."

Sbuffo senza alcun umorismo. "Sei completamente ignaro del concetto di ironia?"

La sua mascella si contrae. "Cosa?"

"Un minuto fa, hai avuto il coraggio di darmi dell'*avvoltoio*." Fa una smorfia, ma io continuo. "L'ironia è che *tu* sei piombato qui subito dopo la morte di mio padre, cercando di 'fare un accordo'." Mimo il gesto delle virgolette più sarcastico possibile intorno alle ultime tre parole.

"*Sono* qui per fare un accordo." Stringe i pugni e li rilascia, ma quella vista non mi eccita... non come al solito. "Un accordo equo" prosegue, mentre io cerco di controllare il mio respiro. "Un accordo che è persino migliore di quello che avrei fatto con tuo padre."

"Bene, allora. Considerando che sono una cacciatrice di dote a cui interessano solo i soldi, sto per sconvolgerti." Incanalo tutte le mie fantasie violente in un unico sguardo di sfida. "Non ti venderei una mazza da golf nemmeno se stessi morendo di fame e avessi bisogno di soldi per il pane. E, nel caso te lo stessi chiedendo, non gioco a golf."

Così come per gli insulti, anche le risposte per le rime non sono il mio forte, ma questa dovrà bastare, perché ho finito di parlare con questo stronzo.

Mi volto per andarmene, ma sento un grugnito sofferente alle mie spalle.

Mi guardo indietro.

Il signore paffuto che avevo visto prima si sta stringendo il petto.

Ma che diavolo?

Scivola giù dalla sedia e si accascia sul pavimento, con gli occhi chiusi.

Io resto immobilizzata sul posto, in completo stato di shock... ma lo stronzo vichingo no.

Balza verso l'uomo, gli afferra le spalle con entrambe le mani e grida: "Si sente bene?"

Nessuna risposta.

"È incosciente." Il vichingo incontra il mio sguardo. "Chiama il 911 e portami il DAE."

Le parole sono pronunciate con una tale forza di comando che mi ritrovo a correre fuori dalla stanza per obbedire, solo per rendermi conto che non ho idea di cosa sia il DAE.

Torno subito indietro e vedo il mio nemico strappare la camicia dell'uomo con un potente strattone, rivelando un petto villoso con tette maschili. Poi, il vichingo mette una mano sopra l'altra e preme sul petto dell'uomo con una forza tale che quasi mi aspetto che gli si rompano le costole.

Avvistandomi, il vichingo lancia un'occhiataccia alle mie mani vuote. "Dov'è quel dannato DAE? E l'ambulanza sta arrivando?"

"Cos'è un DAE?" La domanda mi esce con uno squittio di panico.

"Inutile" borbotta il vichingo sottovoce e interrompe le compressioni per soffiare nella bocca dell'uomo svenuto.

Quant'è inopportuno che io provi una minuscola fitta di invidia nei confronti del moribondo?

"DAE sta per defibrillatore automatico esterno" dice il signor Cohen uscendo di corsa dal suo ufficio. "Vado a prenderlo io. Tu chiama il 911."

"Ammesso che tu ci riesca" aggiunge il vichingo con tono sprezzante, per poi riprendere le compressioni toraciche, canticchiando quella che potrei giurare essere "Stayin' Alive" dei Bee Gees.

Tiro fuori freneticamente il mio telefono, compongo il 911 e spiego all'operatrice cos'è successo, dove mi trovo e che qualcuno sta già praticando la rianimazione cardiopolmonare. Mi dilungo anche in una serie di dettagli che potrebbero essere irrilevanti, come il motivo per cui sono qui e cosa ho mangiato a colazione prima. E, oltre a dire il *mio* nome, menziono quello del signor Cohen e chiedo al vichingo quale sia il suo.

"Mason" brontola. "Mason Tugev, anche se non vedo perché ai soccorritori dovrebbe interessare."

"Ha detto Tugev?" mi chiede l'operatrice del 911 con voce emozionata. "Intende il giocatore di hockey?"

Dato che si era parlato di una squadra, presumo di sì e glielo confermo.

"È stupendo, vero?" mi chiede senza fiato.

"Ah-ah. I paramedici stanno arrivando?"

Mason mi guarda con aria interrogativa.

"Sì" mi risponde lei e io faccio il gesto del pollice in su a Mason, che reagisce con un'espressione accigliata. "Parlare con me non li rallenta" continua l'operatrice. "Quindi, per favore, mi dice com'è Mason Tugev nella vita reale?"

Roteo gli occhi. "Ha visto il film *The Northman*?"

"Quello in cui Eric Northman è un vichingo?"

Mi ci vuole un secondo per collegare i puntini. Eric Northman è un personaggio di *True Blood* interpretato da Alexander Skarsgård, che interpreta anche il berserker in *The Northman*. "Sì" rispondo finalmente. "Mason è amichevole come il protagonista di quel film."

Il Mason del mondo reale mi lancia un'occhiataccia, a riprova della mia tesi.

"Non ho visto quel film" dice lei. "È bello?"

Spero davvero che i soccorritori non subiscano ritardi per questo. "Se le piace Vikings, deve vederlo."

"Parla dell'invenzione dell'hockey?" Sembra confusa.

Ah. Giusto. Tifosa di hockey. "No. Dubito che i Vichinghi abbiano inventato qualcosa, a parte dei modi orribili per giustiziare le persone. Anche se amavano pattinare e sciare."

A questo punto, il cipiglio di Mason si inasprisce.

"Credo che stiamo andando un po' fuori strada" dico all'operatrice del 911.

E con "fuori strada" intendo dire che il treno si è fatto crescere dei razzi e sta volando verso la luna.

"Giusto" concorda lei timidamente. "I paramedici saranno lì tra cinque minuti."

Riattacco, proprio mentre il signor Cohen torna con il DAE, che mi rendo conto di aver già visto in passato, di solito accanto a un estintore. Solo che non sapevo cosa fosse.

"Lo apra" gli ordina il vichingo (cioè, Mason).

Il signor Cohen fa un passo indietro. "Non mi sento a mio agio a usarlo su un cliente."

"Perché no?" gli chiedo.

"Potrei essere denunciato" spiega il signor Cohen.

"Non sarò un avvocato" dice Mason durante le compressioni, "ma persino io so che esistono leggi del 'Buon Samaritano', che proteggono chi cerca di aiutare in queste circostanze."

Il signor Cohen fa un altro passo indietro. "Le leggi di cui parli non proteggono le persone tanto quanto tutti pensano. Ho trattato molti casi in cui qualcuno ha fatto qualcosa di gravemente negligente e questo termine è piuttosto soggettivo."

Mi mordo la lingua. Non è il momento di dilungarmi in un trattato filosofico sull'esistenza o meno dell'obbligo etico di aiutare le persone in difficoltà.

Mason mi guarda. "Hai più palle di questo codardo?"

Annuisco, anche se il cuore mi batte forte. "Cosa devo fare?"

Mason sospira. "Apri quel dannato aggeggio!"

Apro il contenitore del DAE e un messaggio vocale automatico mi dice cosa fare. Come da istruzioni, estraggo gli elettrodi adesivi e li collego. Prima che possa attaccarli al corpo dell'uomo, Mason mi dice: "Prima, devi raderlo. Dovrebbe esserci un rasoio sul retro della scatola."

Raderlo? E dopo cosa, manicure e pedicure?

Poi, però, ci arrivo. I peli del petto intralciano gli elettrodi. Rovisto in cerca del rasoio ed eccolo lì.

Aggredisco i peli, ma sono troppo folti e ricci (o questo rasoio è troppo smussato).

"Tira fuori gli elettrodi adesivi a misura di

bambino" mi dice Mason quando si accorge dei miei problemi di rasatura.

Individuo gli adesivi più piccoli e li estraggo.

"Appiccicali dove dovrebbero andare quelli di dimensioni normali."

Obbedisco.

"Ora, strappali via."

Fisso Mason a bocca aperta. "Strapparli via?"

"Sono sicuro che conosci la ceretta" dice. "Stesso concetto."

Ah. Giusto. Strappo il primo adesivo, rimuovendo i peli ostinati e dimostrando senza ombra di dubbio che il nostro paziente non sta fingendo lo stato di incoscienza. Poi, faccio altrettanto sull'altro punto, prima di attaccare i due elettrodi per adulti alle chiazze di pelle rossa e glabra.

La faccenda della ceretta è una cosa per cui potrei essere denunciata? Non è stato negligente, ma è stato disgustoso.

Da qui in poi, il DAE assume praticamente il controllo, dicendo a tutti di non avvicinarsi quando ritiene necessario colpire il paziente con un elettroshock. Poi, ordina a Mason di riprendere la rianimazione cardiopolmonare.

Devo ammetterlo: questo aggeggio è fico. Un po' come Alexa con una laurea in medicina.

Il rumore delle sirene risuona nelle vicinanze, seguito dai passi dei vigili del fuoco e dei paramedici. Con rapidità e determinazione, sostituiscono Mason, mettono il paziente su una barella e si precipitano via.

Non appena se ne sono andati, mi rendo conto di avere una domanda, perciò la pongo al signor Cohen e a Mason. "Ce la farà?"

"Probabilmente" risponde Mason. "D'altra parte, nella vita non ci sono garanzie."

"Qualcuno chiamerà per informarci?" Vorrei averlo chiesto prima, mentre parlavo con la loquace operatrice del 911.

"Ne dubito" risponde Mason. "Probabilmente, sarebbe contro le norme sulla privacy o cose simili."

"Beh, è un mio cliente" afferma il signor Cohen. "Quindi, io saprò se ce la farà... prima o poi."

"Ci avviserà?" gli chiedo.

"Dovrei domandare al mio cliente se è d'accordo" risponde il signor Cohen.

Lo fisso sbattendo le palpebre. "Come potrebbe darle il permesso se muore?"

"In tal caso, chiederei alla sua famiglia."

"Per quanto riguarda me, non si prenda il disturbo" borbotta Mason.

Mi volto verso di lui, incredula. "Non ti interessa?"

"Non particolarmente" risponde Mason. "Non conosco quell'uomo."

"Ma gli hai salvato la vita." Guardo il signor Cohen nella speranza che possa spiegare l'enigma.

Mason sospira. "*Forse* gli ho salvato la vita. Forse no. Tutto ciò che volevo era evitare titoli di giornale che dicessero: 'Giocatore di hockey con addestramento alla rianimazione cardiopolmonare guarda un uomo morire!'"

È come se praticasse due sport: l'hockey e l'essere uno stronzo.

"Ok" dico. "È stato... interessante. È meglio che io vada."

A quanto pare, ho una nuova casa da visitare e delle tartarughe con cui fare amicizia.

"Aspetta!" mi dice Mason mentre mi volto. "Voglio che tu prenda in considerazione la mia offerta."

"Certo" rispondo. "La prenderò in considerazione."

Detto ciò, me ne vado senza voltarmi indietro.

Per assicurarmi di non essere una bugiarda, prendo in considerazione per un millisecondo l'idea di vendergli la squadra... e decido che la mia risposta è ancora: "no, col cavolo." Anche se Mason Tugev non fosse un tale stronzo, ho bisogno di rendermi conto della mia nuova ricchezza prima di stipulare qualsiasi accordo. Inoltre, se ho così tanti soldi come ha detto il signor Cohen, non me ne servono altri; quindi, tanto vale diversificare possedendo una squadra di hockey.

A proposito di diversificazione e di non sperperare la mia eredità, devo parlare con una persona che si stia specializzando in finanza. Per mia fortuna, è la mia migliore amica e coinquilina: Abigail.

Salgo su un taxi e dico all'autista di portarmi a casa.

Capitolo 6

Mason

Non appena Coccinella se ne va, mi rendo conto che non ho modo di contattarla, anche se (per miracolo) decidesse di fare un accordo.

"Avresti potuto gestire meglio la faccenda" mi dice Cohen con cautela.

Per tutta risposta, tiro un pugno al muro, lasciando un grosso buco.

"Te lo metterò in conto" mi avvisa Cohen, sorprendentemente calmo. "E, prima che tu me lo chieda, non discuterò con te della signorina Papachristodoulopoulou."

"Papa-cosa?" Mi sfrego le nocche sanguinanti.

"Papa-christo-doulo-poulou. È un cognome greco comune."

Ma certo che sì. "Grazie per la lezione di cultura."

Sorride. "Quando ti manderò il conto per il muro, includerò anche un'ora fatturabile."

"Perché è il tempo che ci vuole per pronunciare quel cognome?"

Lui fa spallucce, sorridendo ancora di più, e io resisto all'impulso di dare un altro pugno al muro, decidendo di conservare le mie emozioni per l'allenamento.

———

Di solito, mi sento in pace dopo un allenamento, soprattutto quando mangio con la squadra come sto facendo adesso, ma non oggi.

"Allora, com'è andata?" mi chiede Jason con un boccone di gyros in bocca.

Tutti si zittiscono, persino il personale del ristorante.

Il mio hummus di lenticchie sa improvvisamente di polistirolo. "Non ha venduto... ancora."

"È terribile, cazzo" commenta Jason, mentre gli altri fanno eco a questo sentimento imprecando a mio favore in inglese, finlandese, russo e francese canadese.

"L'avevo intuito da quanto eri feroce durante le esercitazioni" continua Jason. "Pare che dovrai continuare a mangiare il tuo cibo per mucche ancora per un po'."

Con "cibo per mucche" intende la mia dieta estremamente nutriente, ma prevalentemente a base vegetale. "L'avrei fatto comunque" borbotto. "Mangio bene per vivere più a lungo, non solo per poter continuare a giocare a hockey."

Tutti i miei compagni di squadra mi guardano con scetticismo. L'idea che qualcosa non riguardi l'hockey è estranea per loro come mangiare una ciambella alla crema lo è per me.

Jason storce il naso di fronte al mio hummus. "Se io mangiassi come te, appassirei e morirei."

"Sono d'accordo con Venerdì" interviene Parker. "Solo che l'ordine degli eventi sarebbe: scoreggiare a più non posso e *poi* appassire e morire."

Jason dà un colpetto in fronte a Parker per averlo chiamato ancora una volta con il soprannome di Venerdì. Tuttavia, sta combattendo una battaglia persa. Poiché è nato in una cittadina del New Jersey di nome Voorhees e fa il portiere, le battute su *Venerdì 13* sono inevitabili come gli accoltellamenti al Camp Crystal Lake.

"Mangiare sempre lenticchie non fa scoreggiare" dico per quella che mi sembra la milionesima volta. "Il corpo si adatta."

Alcuni dei miei compagni di squadra annuiscono, ma i più fanno battute sulle scoregge, come i bambini troppo cresciuti che sono. La cosa fastidiosa è che so che loro, essendo atleti, ne sanno di più sull'alimentazione rispetto alla media delle persone. Io ho semplicemente fatto un passo avanti nella mia dieta rispetto a quella necessaria per l'hockey, seguendo un piano alimentare che è stato testato in laboratorio alla Octothorpe. Con l'aggiunta di alcuni farmaci e integratori alimentari, la mia dieta ha lo scopo di rallentare significativamente l'invecchiamento e, a trentasette anni, mi sento come se ne avessi venti. Tuttavia, sarò il primo a questo tavolo ad andare in pensione; perciò, acquistare la squadra è il modo migliore per mantenere questi zucconi nella mia vita.

"Che aspetto aveva la nuova proprietaria?" mi chiede Jason.

"Perché?" gli domando con sospetto.

Fa spallucce. "Se non è troppo brutta, magari puoi convincerla a venderti la squadra usando il tuo... fascino."

Il resto della squadra emette versi che ricordano un branco di iene eccitate.

"Non è che non sia attraente" ammetto con riluttanza. "Ma dubito che vorrebbe avere a che fare con il mio fascino, anche se fossi l'ultimo uomo sulla Terra."

E il sentimento è reciproco.

"Non è che non sia attraente?" Jason stringe il suo gyros finché la salsa tzatziki gli cola sulle ginocchia. "Forse dovrei aiutare un fratello, usando il mio 'fascino'."

"Non esiste, cazzo!" Quasi gli tiro un pugno in faccia per sottolineare il punto, poi mi controllo appena in tempo, perché... che razza di problema ho?

Tutti smettono di mangiare e mi guardano con aria confusa.

Jason inclina la testa. "Lei ti piace?"

Lui e il resto della squadra stanno cercando di convincermi a scopare da un mese a questa parte, ma io sto praticando la castità.

Mi piace Coccinella?

L'idea è assurda.

Non mi piace nessuna da un bel po' di tempo e, se dovessi interrompere questa tendenza, non lo farei con una sgradevole cacciatrice di dote. Inoltre, è decisamente troppo giovane.

"Ah, ho capito" Jason dice a tutti con tono cospiratorio. "Non può agire perché lei è la proprietaria della squadra. Se le desse una bottarella e poi si lasciassero, le cose si metterebbero male."

Non riesco a credere che abbia detto "darle una bottarella" senza ironia. Inoltre, incredibilmente, l'idiota ha fatto una giusta osservazione (come un orologio fermo che ha ragione due volte al giorno). Non che io avessi bisogno della sua osservazione per evitare Coccinella come un afide eviterebbe l'insetto omonimo.

"Possiamo parlare di qualcos'altro?" Infondo alla domanda una minaccia sufficiente a far sì che tutti sappiano che, se insistono, la loro faccia assomiglierà a quel muro nello studio dell'avvocato.

"Certo" risponde Jason con un sorriso malizioso. "Hai visto qualche nuovo documentario sulla natura ultimamente?"

Gemo. Gli ho permesso di condividere il mio account Netflix e questo è il ringraziamento che ricevo. Deve aver spiato i miei film visti di recente, che sono tutti documentari sulla natura perché mi aiutano a rilassarmi.

"Sì, ne ho visto uno sulle coccinelle" rispondo con

aria seria. Se non mostro di essere infastidito, le prese in giro si placheranno più rapidamente. Spero. "Sono carnivore e, quindi, rappresentano un insetticida naturale; per questo sono considerate un portafortuna in tutto il mondo."

Con un sonoro russare, Jason abbassa la testa verso il piatto, fermandosi a pochi centimetri. "Cavoli! Era talmente noioso che mi sono addormentato."

"Dovresti ripetere quello che hai appena detto, ma con la voce di David Attenborough" mi dice Parker.

"Se sai chi è David Attenborough, devi aver visto la tua buone dose di documentari naturalistici" gli faccio notare.

"No, non è vero" mi risponde Parker (un po' troppo in fretta). "Inoltre, è *Sir* David Attenborough."

Sogghigno mentre le prese in giro deviano verso Parker, con tutti che insistono affinché lui chiami "sir" anche loro, per poi seguire con altre sciocchezze.

Sospiro. I miei compagni di squadra sono come fratelli, nel bene e nel male. Quando serve, ci copriamo le spalle a vicenda e non ci prenderemmo mai in giro per qualcosa di autentico, come la mia fobia dei bottoni. Infatti, nessuno ha detto una parola, ma io ho notato che hanno iniziato a indossare tute da ginnastica senza bottoni in mia presenza, persino quando andiamo in locali eleganti.

Dannazione! Se non comprerò la squadra, li deluderò. E se lei facesse dei cambiamenti che avranno un impatto negativo su di noi? O...?

"Quando le parlerai di nuovo?" mi chiede Jason, riportandomi all'argomento in questione.

"Non ne ho idea" rispondo. "Prima di tutto, mi serve un piano di gioco."

———

Non appena entro nel mio appartamento, il mio gatto, Spike, mi corre incontro e mi saluta con l'entusiasmo che ci si aspetterebbe da un cucciolo di golden retriever.

"Anch'io sono felice di vederti" gli dico burberamente, prima di dirigermi in cucina per dargli da mangiare qualche fetta di tonno sashimi.

Poi, prendo una bottiglia della mia vodka preferita e videochiamo Evan, il mio amico della Florida. Abbiamo l'accordo reciprocamente vantaggioso di non lasciare che l'altro beva da solo.

"Ciao" mi saluta Evan; poi, aggrotta la fronte guardando la bottiglia che ho in mano. "Mi dispiace, ho smesso di bere."

"Davvero?"

"Ho un bambino per casa, adesso" dice Evan. "Non voglio dargli un cattivo esempio."

Ah. Giusto. "Ha senso."

"Dovresti smettere anche tu" mi suggerisce Evan. "Non si addice al tuo mangiare sano."

"In realtà, in Estonia, si crede che la vodka curi ogni tipo di disturbo." Quand'ero bambino, ogni volta che ero malato, mia madre intingeva i miei calzini nella vodka e me li faceva indossare; così, quando arrivavo a scuola, puzzavo come un alcolizzato.

Merda! Adesso, ho ancora più bisogno di quel drink. Succede così ogni volta che ripenso alla mia famiglia e a come hanno tagliato i ponti con me.

"Ma tu non sei nato negli Stati Uniti?" mi chiede Evan.

Faccio spallucce. "I miei genitori, nati in Estonia, sono comunque riusciti a trasmettermi le loro convinzioni sulla vodka." E anche la loro ossessione per le saune, cosa in cui ho coinvolto tutta la squadra.

"Beh, sono abbastanza sicuro che questa teoria non abbia molti supporti scientifici" afferma Evan. "Quindi, se eviti le ciambelle, forse dovresti evitare anche la vodka."

"Sai una cosa? La prossima volta che non vorrò bere da solo, andrò in un bar invece di chiamarti e farmi fare una ramanzina."

"Perfetto" commenta. "Così, forse, incontrerai finalmente una donna che..."

Chiudo la chiamata.

Perché tutti quelli che intraprendono una storia seria vogliono convincermi a unirmi al loro culto? Lo stesso vale per le persone che hanno figli: si trasformano in campagne pubblicitarie ambulanti per la riproduzione.

Guardo la vodka e valuto se infrangere il tabù del bere da solo.

No. Suppongo che alcune cose che ho imparato dai miei genitori siano troppo difficili da ignorare.

D'accordo.

Metto via la vodka e videochiamo il Coach: la persona che, nella mia vita, funge contemporaneamente da psicologo, sacerdote e agente di libertà vigilata.

"Ehi, ragazzo." L'allenatore si accarezza la barba di una lunghezza da record. "O dovrei chiamarti Capo?"

"Non sono il tuo capo... non ancora."

"Che cos'è successo?" Il Coach si tira la barba senza pensarci (o, come direbbe Jason, "ci cerca dentro uno spuntino").

Gli racconto quello che è successo e, quando arrivo alla parte della rianimazione, lui mi fa i complimenti per le mie capacità di salvataggio (e potrebbe anche darsi una pacca sulla spalla da solo, visto che è stato lui a suggerirmi di imparare il primo soccorso).

Si getta la barba oltre la spalla. "Forse, dovresti prendere in considerazione l'altro mio suggerimento?"

"No." Non riesco a credere che stia risollevando l'argomento. Nonostante la barba lo faccia sembrare letteralmente antico, il Coach ha solo dieci anni più di me; eppure, si è messo in testa che dovrebbe andare in pensione, a patto che prima trovi un sostituto adeguato. Non capisco come mai pensi che io sia in grado di rimpiazzarlo.

La nostra squadra è una delle poche del campionato a non avere un capitano, ma, se lo avessimo, non sarei io. Non sono capace di essere incoraggiante e ispiratore. Anzi, sono stato accusato del contrario.

Le parole "pessimista" e "cinico" sono state usate spesso per descrivermi.

La barba del Coach si contorce in un modo tale da suggerire che, forse, lui stia stringendo le labbra (mai visibili). "In tal caso, riprova con la nuova proprietaria. Magari, la prossima volta, sii cordiale."

"Sì. Grazie tante. Ottimo consiglio. Perché non ci ho pensato?"

Lui stringe gli occhi. "Il sarcasmo è la forma più vile di arguzia."

"I giochi di parole sono ancora più vili. E le battute sulle scoregge." Insieme alle altre cose che escono dalla bocca di Jason.

"Comunque sia, il mio consiglio resta valido" sbuffa l'allenatore. "Tieni sotto controllo il tuo temperamento. È una buona idea sul ghiaccio, se diventerai un allenatore, e come essere umano in generale, sul serio."

Grandioso. È in uno di *quegli* stati d'animo. "La prossima volta, sarò più gentile con lei. Lo giuro." Sarà una sfida enorme, ma, per la squadra, ne vale la pena.

"Ottimo." Si gratta dove potrebbe celarsi il suo mento. "Ora devo andare. Mia moglie vuole un massaggio ai piedi."

"Troppissime informazioni" dico e riattacco, ma con un sorriso riluttante.

Il Coach ha trovato un unicorno: un matrimonio felice.

Sono quasi certo che, in tutta New York, ci siano solo lui e un altro tizio.

Cammino avanti e indietro per casa mia, mentre

Spike scivola tra i miei piedi, imitando un gatto da circo. La cosa su cui sto riflettendo è: come faccio a ritentare di parlare con Coccinella?

Primo passo: Devo trovarla. Dubito che Cohen mi aiuterà di nuovo; quindi, stavolta, dovrò cavarmela da solo.

A proposito di Cohen... grazie a lui, ora conosco il cognome di Coccinella, anche se non oserei provare a pronunciarlo ad alta voce: Papachristodoulopoulou. Il suo nome di battesimo, Sophia, l'avevo saputo da Theodore.

Mi metto al portatile e cerco su Google questa combinazione.

No. C'è una sciatrice alpina di nome Sophia Papamichalopoulou, ma non è Coccinella. Un'altra cosa che apprendo è che il suo cognome significa "discendente del sacerdote e servo di Cristo." Ah. Dopo un'altra ricerca, scopro che, a differenza delle loro controparti cattoliche, i sacerdoti greco-ortodossi possono sposarsi, il che può portare a cognomi piuttosto lunghi per i loro discendenti.

In altre parole, non scopro nulla.

Mmm. Sembrava una ventenne, quindi è probabile che sia su TikTok.

Nessun risultato. Strano.

Snapchat?

Ancora niente. Lo stesso vale per Facebook.

Non le piacciono i social media? Immagino che questa sia l'unica cosa che abbiamo in comune.

Bene. Piano B... che mi renderà ancora più simile a uno stalker.

Chiamo Landon, ma senza usare il video per non dover vedere la sua espressione compiaciuta da "te l'avevo detto" quando verrà a sapere del casino che ho combinato.

"Fammi indovinare" esordisce invece di salutarmi. "È stata *lei* a dire: 'Come osi?'"

"Sì. Avevi ragione. Possiamo passare oltre?"

"Cazzo, no!" esclama. "Raccontami cos'è successo."

Lo faccio, sentendomi già stufo della storia.

"È attraente?" mi chiede.

"Cosa?" Sto stringendo di nuovo il telefono con troppa forza.

"Dalla voce, sembrava sexy" spiega. "Tutta affannata e indignata."

Stringo e rilascio la mano libera. "Il suo aspetto è irrilevante."

"Ah sì?" mi chiede.

Grandioso. Un'altra volta. Se mi chiederà di convincerla con il mio "fascino", gli presenterò Jason, così potranno farsi le treccine sui peli pubici a vicenda.

"Ho bisogno del tuo aiuto" gli dico a denti stretti.

"Ovvio che sì" ribatte. "Così tanto aiuto che dovrai essere più specifico."

La dannata custodia del mio telefono scricchiola di nuovo. "Tu conosci un tizio che sa trovare informazioni sulle persone. Voglio che mi faccia un dossier su di lei."

Silenzio.

"Ci sei?" Ringhio.

"Sì, ma non riesco a credere alle mie orecchie. Due secondi fa, mi hai detto che avevo ragione quando ti ho dato dello stalker. Ora, anziché cambiare tattica, raddoppi quella precedente."

"Che scelta ho?"

Sospira. "Aspettare che lei convochi una riunione con te e il resto della squadra? *È* la nuova proprietaria, dopotutto."

"No, cazzo! Se non vuoi aiutarmi, pazienza, ma io..."

"Ti manderò un messaggio con il numero del tipo" mi dice e, in qualche modo, riesco a sentirlo roteare gli occhi all'altro capo della linea. "Lo avviserò di aspettarsi che lo contatti."

"Grazie. Sono in debito con te."

"Di niente. Fammi solo sapere come va."

Gli prometto a malincuore che lo farò e riattacco. Poi, mi metto in contatto con il tizio, che si chiama Max Stolyar, e pago la sua esorbitante tariffa. Max mi rassicura che no, non si fa pagare per ogni sillaba del nome da ricercare, e che avrà qualcosa per me nel giro di poche ore.

Per ingannare il tempo, accendo la TV e avvio il prossimo documentario naturalistico della mia lunghissima lista di contenuti da vedere.

La serie si svolge nell'oceano, cosa che solitamente sarebbe calmante, ma la situazione irrisolta con Coccinella mi sta irritando troppo per godermi qualcosa, al momento.

Finalmente, dopo quella che mi sembra un'eternità di attesa, ricevo un messaggio da Max.

Capitolo 7

Sophia

"Tesoro, sono a casa." Entro nel minuscolo appartamentino che condivido con la mia migliore amica e incappo direttamente nel nostro letto a castello.

"Cos'è questo baccano?" Abigail borbotta burberamente dal letto superiore, la "postazione alta" che ha ottenuto letteralmente per sorteggio, estraendo il laccetto più corto, quando ci siamo trasferite in questa gloriosa casa delle bambole. "Qualcuno sta cercando di dormire."

Guardo l'orologio sul nostro piccolo e squallido microonde (o, come lo chiamo io, il nostro micro-microonde). "Sono le 15:45 del pomeriggio."

"E allora? Ho studiato tutta la notte per Calcolo finanziario" ribatte Abigail. "E adesso ho bisogno di dormire per consolidare la memoria."

"Vedi? È per questo che filosofia è una specializzazione migliore" le dico con un sorriso. "Non esiste il Calcolo filosofico e, quindi, non c'è bisogno di notti insonni."

"Certo, se con 'una specializzazione migliore' intendi la serenità mentale che deriva dal sapere che sei completamente priva di possibilità di occupazione." Fa dondolare giù dal letto a castello le lunghe gambe perfettamente sagomate. "Inoltre, non esiste forse il Calcolo etico? Il Calcolo felicifico?"

Dovrei forse ribattere che io *riuscirò* a trovare un'occupazione? No. Piuttosto, mi stupisco (e non per la prima volta) di quanto Abigail sia incredibilmente intelligente. Mi ha appena impartito una lezione sulla mia stessa area di studio, perché sì, quei tipi di calcolo esistono effettivamente. La nostra università non li propone come corsi e, se lo facesse, probabilmente io li eviterei come una carota farebbe con un coniglio.

"Ti preparo la colazione." Mi avvicino al minifrigo, tiro fuori un burrito congelato e lo ficco nel micro-microonde.

"Grazie." Abigail scende dal letto a castello e si dirige verso il gabinetto (sì, quello al centro della stanza). "Non girarti" mi avverte.

Come da protocollo abituale, non solo evito di girarmi, ma canto anche "Let It Go" di *Frozen* a voce abbastanza alta da attutire qualsiasi rumore poco femminile possa provenire dalla mia compagna di stanza.

"Fatto." Accentua la parola con una tirata dello sciacquone. "Ah, devi aggiornare il tuo repertorio."

La ignoro. Quando è il mio turno di andare in

bagno, lei canta esclusivamente "Ring of Fire" di Johnny Cash, che mi fa pensare all'herpes, alla clamidia e al peperoncino chipotle.

Mi sposto dalla sua traiettoria per permetterle di usare il lavandino della nostra cucina/bagno, che funge da doccia improvvisata nei giorni in cui non abbiamo tempo di passare dagli spogliatoi della palestra della nostra scuola.

Quando il micro-microonde suona, Abigail si ritiene presentabile e io concordo. Anche senza trucco e dopo aver dormito poco, è bellissima: bionda, alta, tonica, con le labbra naturalmente carnose e agguerriti occhi azzurri. In altre parole, assomiglia molto a Lagertha di *Vikings*.

"Dunque." Afferra il burrito e gli dà un morso enorme. "Com'è andata?" La sua domanda sembra attutita dal riso e dai fagioli mezzi masticati.

Infilo un altro burrito nel micro-microonde: una versione dessert che piace a me, con cioccolato, burro di arachidi e gelatina, che contiene tanti zuccheri quanti ne servirebbero per insegnare a un elefante ad andare in monociclo. "Credo di essere ricca."

Abigail quasi si strozza con il cibo e, poi, pretende tutti i dettagli. Quando le racconto tutti gli eventi di oggi, è inquietantemente più interessata al vichingo che alla mia nuova ricchezza. Con noncuranza, menziono il suo nome. Lei ingoia udibilmente il boccone e sussulta. "Hai detto Mason Tugev?"

"Sì." Non mi ero resa conto che gli stronzi come lui fossero dei nomi conosciuti.

"Il giocatore di hockey?"

Roteo gli occhi. "Sì. Te l'ho appena detto."

"Lo sai che è un miliardario, vero?" strilla. "E tu gli hai risposto: 'niente accordo'."

È miliardario? "Pensavo che gli atleti professionisti guadagnassero milioni, non miliardi."

"Ah, ma questo qui ha usato i soldi del suo contratto per investire nella Octothorpe. In anticipo." Tira fuori il telefono e lo tocca un paio di volte. "Ti ho appena inviato un articolo del WSJ."

WSJ? Per cosa dovrebbe stare? Ma, soprattutto: "La Octothorpe non è il posto in cui muori dalla voglia di lavorare?"

Annuisce con tale entusiasmo che quasi becca il burrito con il naso. "Tutto ciò che quell'azienda tocca si trasforma in oro. Ah, e danno ancora stock option ai loro dipendenti."

"Trasformare in oro tutto ciò che si tocca non ha funzionato bene per Re Mida" le ricordo.

Lei annuisce con aria saggia. "Ti riferisci ai suoi problemi a masturbarsi?"

Sbuffo. "Certo. Credo che quello sia anche il retroscena di Goldmember di *Austin Powers*."

Il micro-microonde suona.

"Leggi l'articolo" mi ordina mentre tiro fuori il mio burrito.

Prendo il telefono e, mentre mastico, scopro che: a) WSJ sta per *Wall Street Journal* e b) Mason Tugev è il miglior giocatore della DHL (la Diamond Hockey League, che non ha alcun legame con l'omonima società di spedizioni). Mason diventò famoso per essersi rifiutato di lasciare la sua squadra, persino quando una squadra più famosa tentò di accaparrarselo. Poi, la sua fama crebbe quando continuò a giocare a hockey anche dopo aver guadagnato un'oscena quantità di denaro, il che porta all'importantissimo punto c): è davvero un miliardario, grazie a "investimenti oculati."

Mmm.

Alzo gli occhi dal telefono. "Pensi che voglia la squadra di hockey perché sa che sta per salire di prezzo?"

Abigail scuote la testa. "Le squadre sportive salgono di prezzo nel lungo termine. Forse, vuole il prestigio di possedere una squadra. Oppure, sta cercando di ottenere privilegi fiscali."

Mastico il burrito e rifletto sui cibi deliziosi che, ora, posso permettermi. Caviale? Tartufi? Cioccolatini Godiva?

"Allora" continua Abigail mentre il mio stomaco brontola. "La parte più importante: che aspetto aveva?"

Non so perché, ma arrossisco come una suora medievale che incontri un vichingo seminudo.

Abigail sogghigna. "Così sexy, eh?"

"Era maleducato e antipatico."

Lei liquida la mia affermazione. "Ha tatuaggi?"

Ora, è il mio turno di sorridere. Quando si tratta di uomini, i tatuaggi sono il tallone d'Achille di Abigail... fatto di kryptonite. Frequenterebbe (e uso questo termine in senso lato) qualsiasi sfigato con un bel disegno sulla pelle, persino un operatore di telemarketing che chiami la gente di mattina presto per vendere dei fidget spinner.

"Nessun tatuaggio" rispondo. "Nessuno che fosse visibile, almeno." Ma, accidenti a lei, mi ha indotta a domandarmi come sia Mason sotto quella tuta da ginnastica.

"Nessun tatuaggio è meglio" commenta. "Dato che lui è tuo e io non voglio essere indotta in tentazione."

"Possiamo parlare seriamente per un momento?" le chiedo, mentre il mio burrito perde improvvisamente la sua dolcezza.

Lei inclina la testa.

Tiro fuori i documenti che elencano tutte le cose che ho ereditato. "Come posso assicurarmi di non sperperare tutti questi nuovi soldi?"

Abigail prende i documenti e li legge con attenzione, aggrottando la fronte.

Un paio di volte, fischia, il che dev'essere un buon segno.

Dopo qualche minuto, mi riconsegna i documenti, con gli occhi che le brillano. "Sei super ricca. Talmente ricca che sperperare tutti quei soldi sarebbe una vera sfida."

Sospiro. "È una sfida che non voglio accettare. Anzi, il contrario."

Lei annuisce. "Credo di poterti dare qualche dritta. Lasciami il tempo di pensarci."

"Sei la migliore." Le sorrido. "Domani, alla mensa, il pranzo lo offro io."

Abigail fa tsk-tsk con finta disapprovazione. "Stiamo già sperperando denaro in lussi, eh?"

"Già. Prenderò addirittura un taxi per andare a vedere la mia nuova casa... e le mie nuove tartarughe."

———

La mia nuova casa non è una casa.

È una villa (e non uso questa parola con leggerezza). È come se la residenza di Downton Abbey avesse ingravidato la Casa Bianca e, poi, avesse nutrito eccessivamente il bambino che ne è nato. La villa è circondata da innumerevoli ettari di giardini perfettamente curati, una buona parte dei quali è coperta da una cupola trasparente, che la rende la più grande serra che io abbia mai visto.

"La stanno aspettando?" mi chiede il tassista quando ci avviciniamo all'alto cancello adornato.

"Questo posto è mio" affermo con incertezza. "Ma... non saprei."

Con un'espressione confusa, lui accosta vicino al citofono che si trova accanto al cancello e abbassa il mio finestrino.

Premo il pulsante.

"Salve" dice una voce femminile elegante con accento britannico. "Come posso esserle d'aiuto?"

"Salve. Sono Sophia Papa..."

"Ah, Mistress Papachristodoulopoulou" dice la donna. "Prego, entri pure."

Fisso il citofono a bocca aperta. Questa è la prima

volta che qualcuno ha pronunciato correttamente il mio cognome... nonché la prima volta che qualcuno mi ha chiamata "Mistress" ("padrona").

"Vuole scendere qui?" mi chiede il tassista.

Sta scherzando? Il vialetto è lungo un chilometro. "Per favore, mi porti fino alla porta d'ingresso."

Lui lo fa e, mentre pago, una donna sulla trentina corre verso il taxi per aprirmi la portiera.

Scendo e mi sforzo di non fissarla. Indossa abiti di pelle nera, ha più piercing di un puntaspilli ed è ricoperta di così tanti tatuaggi che, se fosse un uomo, avrebbe la strada spianata per la vagina di Abigail.

"Grazie" le dico ed esamino la villa, che, da vicino, sembra ancora più grande.

"Di niente, Mistress Papachristodoulopoulou" mi risponde la ragazza tatuata con lo stesso accento britannico che avevo sentito all'ingresso. "Benvenuta."

"Grazie" replico. "Per favore, chiamami Sophia."

"Ma certo... Mistress Sophia" dice.

"Solo Sophia" preciso (senza aggiungere che, tra noi due, è lei quella che assomiglia di più a una "padrona"... del tipo BDSM).

"Va bene." Corruga il naso così tanto che il suo piercing alla narice tintinna contro l'anello al naso. "In tal caso, mi chiami Eufemia."

"Eufemia." Dovrei dirle che, in greco, significa "ben parlato"?

"Oppure Effie" aggiunge, arricciando di nuovo il naso con un tintinnio più forte. "Se preferisce."

"Piacere di conoscerti... Effie. Di cosa ti occupi qui?"

Raddrizza la schiena. "Sono il maggiordomo... Mistress."

"Chiamami Sophia." Ha detto maggiordomo?

"Mi scusi" dice. "Rivolgermi a un datore di lavoro in modo rispettoso mi è stato insegnato all'accademia per maggiordomi."

Quindi, è davvero il maggiordomo. "La parola 'Mistress' è rispettosa?" A me, fa venire in mente fruste, catene e sfasciafamiglie.

"Ma certo che sì" replica lei. "Dopotutto, è la forma femminile di Mister."

Suppongo che abbia senso. "A mio padre piaceva essere così formale?"

Scuote la testa. "Mi esortava a chiamarlo Theo, quindi la mela non è caduta tanto lontano dall'albero."

Perché questo mi fa sentire calda e confusa? "Che compiti hai come maggiordomo?"

La mia unica conoscenza della sua professione deriva da Alfred, la figura paterna surrogata di Batman.

"Preparo le stanze, accolgo gli ospiti, riordino, acquisto beni per la casa, faccio telefonate per..."

Va avanti per un po' e questo assomiglia sempre più a un colloquio di lavoro (o a una giustificazione per tenersi il lavoro). È preoccupata che mi porterò il mio maggiordomo personale? Oppure (cosa che sarebbe totalmente folle, lo so) che me la caverò senza maggiordomo?

"Comunque" conclude infine. "Posso fornirle un quadro più dettagliato delle mie mansioni a tempo debito. Nel frattempo, immagino che gradirà conoscere il resto dello staff e fare un tour del luogo."

"Un tour sarebbe apprezzato." Come lo sarebbe sapere quante persone lavorano in questo posto. Ma non lo chiedo, perché mi sembra una cosa che dovrei già sapere.

Mentre camminiamo nell'ampia dimora, emerge un tema preciso: le tartarughe. Ci sono dipinti di tartarughe, statue di tartarughe, affreschi che raffigurano tartarughe, piatti di ceramica con tartarughe disegnate e fotogrammi realistici di ogni tipo di tartaruga conosciuta dall'uomo. Quando arriviamo alla "sala multimediale", che è praticamente un cinema privato, sullo schermo gigante sta scorrendo un film sulle tartarughe.

"Almeno, è tutto coerente" mormoro sottovoce.

Effie sorride, ma solo con gli occhi (dev'essere una cosa da maggiordomo). "Nella biblioteca, il novanta per cento dei libri parla di tartarughe."

Sogghigno. "Certo. Scommetto che, mentre parliamo, da qualche parte in casa c'è una musica a tema tartarughe."

Effie tradisce la sua professione, perché un sorriso genuino le sfiora le labbra adornate da piercing. "Se fosse dipeso da Theo, gli antichi indù avrebbero ragione nel sostenere che la Terra è piatta e poggia sul dorso di una grande tartaruga."

Il mio ghigno si allarga. "Una tartaruga che sta sopra una tartaruga ancora più grande, che sta sopra una tartaruga ancora più grande... e così via, tartarughe fino in fondo." In uno dei miei corsi, abbiamo parlato di quest'idea come esempio di regresso all'infinito.

Effie annuisce. "Se questo posto avesse un motto, sarebbe: 'tartarughe fino in fondo'."

Mi chiedo se mio padre fosse così appassionato di tartarughe quando conobbe mia madre. Di certo, lei non ne ha mai parlato (e mi sembra il genere di cose che si dovrebbe menzionare). Forse, le tartarughe erano il suo modo di affrontare quello che lei gli aveva fatto passare? Non ne ho idea e, a questo punto, è come chiedere cosa sia nato prima, se l'uovo o la tartaruga.

"Il personale è riunito nella sala di lettura" mi informa Effie mentre indica una porta, facendo sparire il suo sorriso.

La seguo e incontro tre signore più anziane (che, sorprendentemente, non assomigliano affatto a delle tartarughe) e vengo a sapere che condividono con Effie la cucina, le pulizie, il giardinaggio e altre responsabilità.

Il tour continua su questa linea e, quando entriamo nel garage, non posso fare a meno di fischiare.

Le auto che mio padre mi ha lasciato valgono una fortuna. Ci sono esemplari di Bugatti, Ferrari, Bentley e (nel caso mi fossi chiesta se mio padre avesse avuto una crisi di mezza età) una Porsche. Naturalmente, nessuna collezione di auto sarebbe completa senza un Maggiolino Volkswagen verde a forma di tartaruga gigante.

"Questo è Richard" mi informa Effie.

Un'auto-tartaruga di nome Richard? No, sta

indicando un signore basso, che sembra intento a riparare l'auto-tartaruga (o darle da mangiare).

"Salve, signorina Papa-chi-sta-dopo-lou" mi saluta Richard con un ampio sorriso. "Assomiglia molto al defunto Theo."

Effie aggrotta la fronte. "Te l'ho detto. È Papachristodoulopoulou."

"Errore mio" dice. "Papa-ci-sto-dopo-lou."

Effie mi guarda con aria di scuse. "Ho fatto esercitare tutti. Lo giuro."

Sorrido. "Ho sentito di peggio." Mi rivolgo a Richard. "Per favore, chiamami Sophia."

Gli adulti, di solito, non saltano su e giù per l'allegria, ma Richard lo fa. "Piacere di conoscerla, Sophia. Mi chiami pure Dick."

Mmm. "D'accordo... Dick."

"Oppure Dickie" aggiunge.

Devo proprio?

"No, lo chiami Richard" interviene Effie con un'espressione accigliata, che avvicina pericolosamente i suoi piercing alle sopracciglia tra loro.

Lui sospira. "Certo. In questa casa, mi chiamano tutti Richard."

Come mai è arrabbiato per questo? Se il mio nome fosse abbreviato in Pussy e avesse una forma diminutiva come Pus, userei il nome completo, sempre. D'altra parte, come disse Shakespeare: "Una rosa, anche con un altro nome, conserva sempre il suo profumo"... quindi, anche se il mio nome fosse abbreviato in Pussy, profumerei comunque di...

"Possiamo continuare il giro" mi dice Effie, girando sui tacchi a spillo.

"Aspetti!" Richard mi piazza in mano un biglietto da visita. "Quando ha bisogno di un passaggio, me lo faccia sapere."

Wow! Ho un autista personale? E pensare che mi sembrava di aver sperperato denaro quando ho preso il taxi per venire qui!

"Sarò il miglior autista che lei abbia mai avuto" mi assicura Richard mentre ci dirigiamo verso l'uscita. "Vedrà!"

Già, certo, proprio come questa villa è la migliore che io abbia mai posseduto.

"Grazie!" Mi volto per salutare Richard mentre usciamo dal garage. "Dove stiamo andando, adesso?" chiedo a Effie quando ci dirigiamo verso un ampio corridoio.

"Ho lasciato il meglio per ultimo" mi informa.

"Ah sì?"

Apre una serie di porte-finestre, che conducono alla serra gigante che avevo visto prima. "È ora che lei conosca Donatello, April e Dr. Kelpcon."

Un momento! Ci sono tre tartarughe adesso? Inoltre, perché chiamare la terza Dr. Kelpcon? Non mi sembra un personaggio delle Tartarughe Ninja. A meno che non si tratti di uno dei cattivi minori?

I miei pensieri sono interrotti da uno strano rumore, proveniente da dietro gli alti cespugli vicini. Sembra che siano gemiti e tonfi ritmici. I gemiti sono sofferti, come quelli che provo io quando mi sveglio con i postumi della sbornia, soprattutto se coincidono con le mestruazioni. Inoltre, si ode il suono di qualcosa di pesante e duro che sfrega contro qualcos'altro di pesante e altrettanto duro, come due carri armati che si coccolano.

Anche Effie deve averlo sentito, perché si acciglia. "Forse, dovrei mostrarle un'altra parte della tenuta. Le tartarughe sembrano impegnate, al momento."

No-no. Sono morbosamente curiosa adesso, quindi accelero il passo finché supero i cespugli e vedo la fonte del rumore... e vorrei aver accettato l'offerta di Effie.

Una tartaruga gigante sta montando un'altra tartaruga gigante da dietro (e la cosa è tanto esilarante quanto intimidatoria). Il maschio (presumo) sta usando un'appendice che assomiglia più a un tentacolo da fumetti porno che a un pene: è più lungo del suo lunghissimo collo. Inoltre, si dedica completamente all'atto, spingendo molto più velocemente di quanto ci si aspetterebbe da una creatura così notoriamente lenta. La cosa deve anche piacergli parecchio, perché la sua bocca da rettile è spalancata e la bava cola sul guscio della femmina (di nuovo, sto presumendo il sesso).

Li fisso, ammutolita (e non solo perché sto assistendo al significato letterale di "sbavare per qualcuno").

"Sì! Proprio così!" grida una donna in camice bianco, inducendomi a notare la sua presenza per la prima volta. "Stai facendo un ottimo lavoro, Don! Ci sei quasi. Continua a darglielo. Forte."

D'accordo, avevo indovinato il sesso giusto.

Don (che dev'essere l'abbreviazione di Donatello) sembra incoraggiato, perché i suoi gemiti diventano più forti e la sua bava si fa più abbondante.

Effie si schiarisce la gola con rabbia.

La donna in camice bianco la fulmina. "Silenzio!" sibila. "Don sta per eiaculare dentro April."

Ok, non sono una che si imbarazza, ma...

Proprio in quel momento, Don raggiunge l'orgasmo (o, di nuovo, così presumo) con un verso che mi perseguiterà per sempre. Mentre si allontana lentamente da April, mi ritrovo a preoccuparmi che lei non si sia goduta l'esperienza. A differenza di Don, è stata piuttosto zen per tutto il tempo. Inoltre, mi chiedo se le tartarughe (o gli altri animali) possano innamorarsi e, quindi, se si possa dire che hanno "fatto l'amore." A questo proposito, possono acconsentire al sesso, come fanno gli esseri umani? Se...

"Ottimo lavoro!" esclama vigorosamente la donna con il camice, interrompendo le mie riflessioni filosofiche. Si rivolge a Effie. "Ora, puoi parlare."

"Sono qui per presentarti Mistress Papachristodoulopoulou" annuncia Effie con tono severo. "Sai, la persona che, ora, paga per tutto questo." Indica tutt'intorno all'habitat.

L'altra donna sembra notarmi per la prima volta. "Sei la figlia di Theo?"

Annuisco. "Tu devi essere la dottoressa Kelpcon."

"Chiamami Acadia." Allunga la mano, fasciata da un guanto di gomma.

"Io sono Sophia." Le stringo la mano con cautela, pregando che non sia stata utilizzata per aiutare in qualche modo le tartarughe nell'accoppiamento.

"È un piacere conoscerti" mi dice Acadia. "E, se sei libera al momento, vorrei spiegarti tutti i motivi per cui dovresti mantenere il programma di accoppiamento."

Inclino la testa di lato. "Programma di accoppiamento?" Ti prego, ti prego, fa' che si tratti di tartarughe e solo di tartarughe.

Acadia mi guarda sbattendo le palpebre. "Non sai nulla del programma?"

"La vita non ruota intorno alle tartarughe per tutti" afferma severamente Effie.

"Questo è vero" conferma Acadia, ma è chiaro che intenda "però, dovrebbe." Si rivolge di nuovo a me. "Tuo padre si era posto come obiettivo personale quello di ripopolare questa rara specie di testuggine sull'orlo dell'estinzione." Guarda amorevolmente Romeo (cioè, Donatello), che ora sta pascolando beatamente sull'erba vicina. "Don ha personalmente generato duecentosettanta figli."

"Mi sembrano parecchi" commento.

"È un inizio" dichiara Acadia. "Abbiamo bisogno che la popolazione superi i millecinquecento abitanti."

"Sarebbero molte tartarughe a fare sconcezze" dico con un sorriso.

"Testuggini" mi corregge Acadia in tono professorale.

Oh. "Qual è la differenza?"

"Le tartarughe vivono nell'oceano, mentre le testuggini vivono esclusivamente sulla terraferma. Le tartarughe sono generalmente onnivore, mentre le testuggini sono per lo più erbivore. I gusci delle..."

Non ascolto il resto (come ho fatto con altre minuzie, ultimamente), perché temo che le informazioni extra rischino di farmi uscire dal cervello uno dei termini legati alla filosofia prima degli esami finali. So solo che le Tartarughe Ninja devono essere davvero tartarughe, perché mangiano pizza con pollo e salamino piccante, quindi sono decisamente onnivore.

A un certo punto, a metà della lezione, Effie interviene per dire che abbiamo degli affari importanti da sbrigare alla villa.

"Ah" commenta Acadia. "Suppongo che spiegherò le nozioni di base sulle testudini un'altra volta."

Testudini? Nozioni di base? Sento che potrei prendere ciò che ha detto finora e trasformarlo in una tesi di laurea in biologia.

Quando rientriamo nella villa, chiedo a Effie quali siano i nostri affari importanti.

"Oh, volevo solo evitarci una lezione lunga un giorno."

"Grazie" le dico. "Ora, se non ti dispiace, ho voglia di gironzolare un po'."

Mi fa un inchino. "È casa sua."

Ed è per questo che esamino tutto, ogni angolo,

ogni fessura e ogni raffigurazione di tartaruga, sentendomi sempre più sopraffatta.

Prima di venire qui, non ero sicura di cosa fare della mia ricchezza, ma ora non so cosa fare nemmeno di questa villa. Ci sono persone che dipendono da me per il loro reddito; quindi, se gestirò male i miei soldi, perderanno il loro sostentamento. Ah, e la ciliegina sulla torta del senso di colpa sarebbe far estinguere una specie (nonché trasformare Donatello in una testuggine molto triste senza tutto quel sesso).

Il mio telefono squilla.

È un messaggio di Abigail:

Pranzo alle 14?

Rispondo affermativamente e spero che sia pronta a mettermi sulla retta via finanziaria.

Tornando al garage, rendo felice Richard chiedendogli di darmi un passaggio all'università.

———

"Sesso tra tartarughe?" Abigail quasi si strozza con il suo California roll.

"Sesso tra *testuggini*" la correggo con un sorrisino. "C'è un'enorme differenza."

"Giusto, hanno il cazzo più lungo del collo."

"Per favore, *non* parliamo di cazzi di testuggini." Mi ficco in bocca un pezzo del mio involtino e resisto all'impulso di fare una smorfia. Non sono assolutamente schizzinosa in fatto di cibo, ma il sushi della mensa universitaria sta al sushi normale come le barrette di cereali stanno agli Oreo fritti.

"Ho capito. Niente cazzi di *testuggini*" ripete Abigail. "Hai più sentito Mason?"

"No. Come potrei sentirlo?"

Fa spallucce. "Sembra un uomo pieno di risorse."

Stringo gli occhi. "A proposito di risorse, hai pensato al mio dilemma?"

"Stai cambiando argomento?" mi chiede Abigail, roteando leggermente gli occhi. "D'accordo, ecco cosa devi fare con i soldi fermi in banca: investi il quaranta per cento in fondi indicizzati, poi il venti per cento..."

Quello che segue è molto più noioso del precedente trattato sulle tartarughe/testuggini e include la temuta matematica, ma mi costringo ad ascoltare e a fare quelle che spero passino per domande intelligenti.

Quando Abigail ha finito, le chiedo: "Pensi che possa permettermi di divertirmi un po'?"

Sogghigna. "Puoi permetterti di divertirti da morire!"

"Allora, farò una crociera con la Royal Ruskovian" annuncio.

Da quando una mia compagna delle scuole medie ci è andata e mi ha raccontato tutto nei minimi dettagli, ho sempre desiderato andarci.

"Puoi permetterti di affittare una nave privata" mi dice Abigail.

"No, voglio vivere l'esperienza completa. Voglio che mi facciano sedere a tavola con gente a caso dell'Iowa.

Voglio una folla enorme allo spettacolo di magia serale. Voglio..."

"Il Norovirus? L'influenza? Il Covid?"

"Mi laverò le mani" replico con decisione. "Ne deduco che tu non voglia venire con me?"

Scuote la testa. "Ho già dei progetti per le vacanze."

Apro la bocca per chiederle quali siano i suddetti progetti, ma qualcuno si schiarisce la voce.

Una voce maschile.

Mi volto verso il suono e quasi mi strozzo con il mio involtino di sushi.

È lui.

Il vichingo.

Mason Tugev.

Il giocatore di hockey miliardario di cui mi sto sforzando di dimenticare l'aspetto, ma, ora che mi si presenta davanti, non posso fare a meno di fissare la sua feroce bellezza.

E, poi, mi viene in mente.

Mi trovo all'università.

Lui non è uno studente.

Aggrottando la fronte, gli chiedo: "Che diavolo ci fai tu qui?"

Capitolo 8

Mason

Un'ora prima

"Seguirò il corso più facile, qualunque esso sia" dico alla bambina confusa che lavora alla segreteria dell'Università. "Astronomia introduttiva, Apprezzamento musicale o Introduzione al russo. Non sono esigente."

Dopo un po' di tira e molla, mi ritrovo iscritto a "Introduzione all'educazione fisica": un corso che, probabilmente, potrei insegnare molto meglio del professore. Il motivo del mio improvviso interesse per l'istruzione in età adulta è semplice: il protocollo di sicurezza dell'università è piuttosto rigido; quindi, questo è il modo più rapido per ottenere un documento di identità valido per gli studenti e l'accesso a tutti gli edifici.

Una volta entrato nel campus, mi dirigo verso la mensa e, mentre cammino, non posso fare a meno di chiedermi come abbia fatto Max a scoprire a che ora Sophia pranzi con la sua amica ogni giorno. Sophia non sembra essere presente sui social media; quindi, a meno che lui non l'abbia appreso dal feed dell'amica, deve aver hackerato le telecamere della scuola o qualcosa del genere.

Quando mi avvicino a Coccinella, vedo che è nel bel mezzo di una conversazione con la sua amica bionda.

Che mi venga un colpo! La suddetta amica indossa una cosa che potrebbe tranquillamente essere un costume di Halloween volgare: una camicia con bottoni rosa giganti.

Faccio un respiro rilassante. Sono qui. Tanto vale andare fino in fondo.

Sentendomi un briciolo meno disgustato, apro la bocca per schiarirmi la gola, ma, prima che ne abbia la possibilità, Coccinella dice: "Allora, farò una crociera con la Royal Ruskovian."

Ma che diavolo? Perché? Theodore possedeva uno yacht, che ora è suo.

"Puoi permetterti di affittare una nave privata" le risponde la bionda.

O utilizzare una compagnia di crociera migliore, o...

"No, voglio vivere l'esperienza completa" ribatte Coccinella. "Voglio che mi facciano sedere a tavola con gente a caso dell'Iowa. Voglio una folla enorme allo spettacolo di magia serale. Voglio..."

"Il Norovirus?" ribatte la bionda. "L'influenza? Il Covid?"

Per non parlare dei luridi idioti che ci proveranno

con lei in continuazione, un'idea che detesto appassionatamente.

Non ho il tempo di schiarirmi la gola prima che Sophia risponda: "Mi laverò le mani. Ne deduco che tu non voglia venire con me?"

La bionda scuote la testa. "Ho già dei progetti per le vacanze."

Prima che Coccinella possa continuare questa conversazione insensata, mi schiarisco finalmente la voce.

Un momento! È stato scortese? Coccinella si gira e mi guarda con la fronte aggrottata (come faceva il preside a scuola ogni volta che tiravo un disco attraverso la finestra della palestra).

"Che diavolo ci fai tu qui?" esclama.

Faccio un respiro profondo. "Ciao. Mi dispiace di averti interrotta." Ecco, so essere cordiale... se ci provo *davvero*.

"Un momento!" Gli occhi della bionda, che brillano maliziosamente, passano da me a Coccinella e viceversa. "Tu sei Mason, vero?"

"Non parlargli!" Coccinella sibila all'amica prima di voltarsi per fissarmi torvo. "Se ne stava giusto andando."

"Sì, sono Mason" rispondo alla bionda. "E tu sei?"

"Abigail" risponde lei. "Sono la migliore amica di Sophia, quindi mi ha raccontato tutto di te."

"Ah, sì?" E si trattava di una sfuriata rabbiosa?

"Se non te ne vai tu, lo farò io." Coccinella balza in piedi.

Sembra che il tempo dei convenevoli sia finito. "Avevi detto che avresti preso in considerazione la possibilità di vendermi la squadra."

Lei stringe le labbra. "E l'ho fatto." Alzandosi in piedi, annuncia: "*Non* venderò."

"Non vuoi sapere quanto offro?" Le mie mani si stringono a pugno prima che io riesca a fermarle e Sophia se ne accorge. Infatti, le fissa con una strana espressione, probabilmente terrorizzata.

Rilasso i pugni. L'ultima cosa che voglio è che una donna tema violenza da parte mia. Considero gli uomini che fanno del male alle donne le forme di vita più infime del pianeta. Anzi, sono fortunati che non sia io a governare questo mondo, perché, in tal caso, cesserebbero di esistere.

"Non mi interessa il prezzo" dichiara Sophia. "Non venderò." Non aggiunge "a te", ma sono abbastanza sicuro che sia quello che intende.

"È una decisione stupida" dico di getto, prima di riflettere.

"Ah, già" commenta lei, con parole che grondano veleno. "Darmi della stupida mi rende proprio impaziente di fare affari con te."

"Non ho dato della stupida a *te*." Se c'è qualcuno che è stupido, sono io, per aver pronunciato quella parola davanti a una donna. "Ho definito stupida la strategia di non vendere la squadra senza sapere quanto potresti guadagnarci. E se il mio prezzo fosse venti volte il valore della squadra? Trenta? Cinquanta?"

"Forse, dovreste fare entrambi un bel respiro

calmante" suggerisce Abigail. "Potreste discutere di tutto questo... a cena."

Una cena in cui Coccinella avveleni il mio cibo?

"Tu stanne fuori" Coccinella dice bruscamente all'amica.

Abigail alza le mani. "D'accordo."

Faccio un respiro calmante, come da suggerimento precedente. "Senti, Sophia, se non venderai, cosa pensi di fare con la squadra?"

"Non sono affari tuoi" ringhia Coccinella. A differenza di me, lei sembra aver fatto l'esatto contrario di un respiro calmante.

I miei denti si stringono di loro spontanea volontà. "Faccio parte della squadra, dannazione! Questo li rende affari miei."

Si rimette a sedere. "Penserò a cosa fare. Tu non verrai consultato. Ciao."

"Tu non sai nulla di sport, né di come si gestisce una squadra" sbotto. "Né di finanzia in generale."

Le sue narici si dilatano. "Imparerò. Sono sicura che, se un cavernicolo come te pensa di potercela fare, io non avrò alcun problema."

"Questa era una bella frecciatina... una rarità, per te" Abigail sussurra a Sophia con approvazione. Poi, mi rivolge uno sguardo di sfida. "In ogni caso, posso aiutarla io con il lato finanziario. Quindi, non c'è bisogno che tu arrovelli il tuo bel testone."

A questo punto, le due tornano alla loro conversazione, che ora, per qualche motivo, verte su crampi mestruali e assorbenti. Lo prendo come un invito ad andarmene, nel caso in cui decidano di mettersi a parlare di bottoni, poi.

Potranno anche aver vinto questo set, ma io vincerò la partita.

Capitolo 9

Sophia

"E per un flusso extra" dico, mantenendo una faccia da poker. "Sai, del tipo che sembra una scena di *Non aprite quella porta*, uso i Tampax Pearl..."

Abigail ridacchia. "Se n'è andato."

"Finalmente." Sorrido come una cattivona. "Tipico dell'uomo."

Rupert, il mio ex (a cui mi sforzo di non pensare), aveva conati di vomito per qualsiasi accenno a "quel periodo del mese", anche se si trattava di qualcosa di innocuo, come una discussione sui "cicli" geologici o un viaggio a "Tampa".

"A suo merito, Mason ha resistito più a lungo di quanto mi sarei aspettata." Abigail agita le sopracciglia. "A proposito, dovresti controllare la sua resistenza anche... a letto."

"Cosa?"

Rotea gli occhi mentre afferra l'ultimo pezzo di sushi con le bacchette. "Dovresti farti portare fuori da lui... per discutere di affari, ovviamente, e poi invitarlo a casa per un po' di... Netflix."

"Non abbiamo un televisore."

"Esattamente" ribatte lei. "Anche se, viste le vibrazioni tra voi due, forse dovresti essere meno timida e invitarlo direttamente a casa per una scopata rabbiosa."

Grazie, no. Non sono il tipo che può invitare qualcuno così, ma, anche se lo fossi, quel qualcuno *non* sarebbe quell'uomo. Grazie soprattutto a Rupert, non voglio avere nulla a che fare con gli uomini, sia che si tratti di una relazione, di una scopata rabbiosa o anche solo di chiedere loro di avvitare una lampadina.

"Vedo che ci stai ragionando troppo" mi dice Abigail con un sospiro.

Controbatto con un sospiro a mia volta. "Possiamo parlare di qualcos'altro? Per esempio, come sta andando la tua ricerca di lavoro? Hai fatto domanda alla Octothorpe?"

L'espressione ansiosa sul volto di Abigail mi fa pentire di averglielo chiesto. "Ho fatto domanda, ma non mi hanno risposto. Tuttavia, ho in programma alcuni colloqui con altre aziende dopo gli esami finali. E tu?"

"Nessun lavoro all'orizzonte" rispondo. "Ma, a quanto pare, non ho più bisogno di soldi così urgentemente."

Provo una fitta di senso di colpa non appena le parole mi escono di bocca. È quasi come se mio padre fosse morto in tempo perché io non dovessi preoccuparmi di sostituire Abigail come coinquilina. Cavoli! A proposito... "Ti va di fare un pigiama party nella mia nuova villa?"

Lei balza in piedi, eccitata. "Pensavo che non me l'avresti mai chiesto!"

———

Mentre Richard ci dà un passaggio, Abigail mi racconta quello che ha imparato sulla gestione di una squadra di hockey.

Si scopre che il costo della squadra comprende il campo da gioco, i giocatori e il personale.

"Possiedo un campo da gioco?"

Lei annuisce. "Certo. A Brooklyn. Possiedi anche Mason... in un certo senso."

"Come si fa a guadagnare con tutto questo?" le chiedo, ignorando la parte relativa a Mason.

"Vendita di biglietti e merchandising, sponsorizzazioni e contratti televisivi" mi spiega Abigail. "Potrebbero esserci anche altre cose che non ho ancora approfondito."

Il sushi nel mio stomaco torna a essere un pesce freddo e umido. "Mi sento già sopraffatta dalla mia nuova ricchezza. Questa squadra mi sembra un grosso grattacapo extra."

"Non immagini quanto" conferma. "Dovrai aumentare le entrate e/o ridurre i costi. I media e i fan avranno molte domande da farti. Il..."

"Forse *dovrei* vendere?" domando ad alta voce. "Non a quello stronzo, ma a qualcun altro?"

"Qualsiasi cosa tu voglia fare" risponde Abigail. "Come ho detto a lui, posso aiutarti a barcamenarti in tutto questo."

Apro la bocca per replicare, ma noto l'espressione stupita della mia amica.

Ah.

Giusto.

Siamo arrivati alla mia non-esattamente-umile dimora.

"Già." La osservo ancora una volta. "È grande."

Lei sorride. "È la stessa cosa che dirai a Mason uno di questi giorni."

Prima che io possa pensare a una risposta a tono, Effie balza fuori dall'ingresso e si inchina come un vero maggiordomo.

Gli occhi di Abigail brillano mentre osserva tutti i tatuaggi che adornano la sua pelle.

"Abigail, lei è Effie, il maggiordomo" le presento.

"Hai un fratello?" le chiede di botto Abigail.

Sul serio? Anche se avesse un fratello, non è che i tatuaggi siano genetici.

"Sono figlia unica" risponde Effie con un'espressione confusa. "Perché?"

Perché la mia amica vuole fare sesso con il tuo inesistente fratello (e forse anche con te, almeno un po').

"Nessun motivo" dice Abigail, arrossendo. "Sembravi proprio il tipo."

Il tipo da avere un fratello? Si tratta forse di una certa freddezza negli occhi che una sorella sviluppa dopo aver sopportato innumerevoli e stupidi scherzi?

"Gradisce fare un altro tour?" mi chiede Effie, cambiando argomento.

Bel salvataggio! "Sì, grazie" rispondo. "Non conosco abbastanza questo posto per rendergli giustizia."

In questo modo, io ottengo il secondo tour guidato e Abigail il primo. Ogni tanto, devo dare una gomitata alla mia amica perché, ogni volta che vede una rappresentazione di tartarughe, fa una risatina maniacale, che la fa sembrare Floki di *Vikings*.

"Siete pronte a vedere i giardini?" ci chiede Effie.

Abigail annuisce.

Ci dirigiamo verso il dominio di Donatello e April e li troviamo intenti a fare esattamente la stessa cosa che stavano facendo l'ultima volta che sono stata qui: scopano come conigli (anche se penso che, d'ora in poi, cambierò questa espressione in "scopano come testuggini").

"Wow" sussurra Abigail. "Ci danno dentro."

Le sorrido.

"Non fermarti!" sentiamo improvvisamente Acadia urlare a Donatello. Evidentemente, la dottoressa non ha notato che ci stiamo avvicinando o non le importa di essere ascoltata. "Forza, continua! Così. Sì! Sì! Sì!"

Io ed Effie ci scambiamo sguardi confusi, mentre Abigail sussurra: "Regola 34."

Credo che la Regola 34 sancisca qualcosa del tipo "se una cosa esiste, allora è il porno di qualcuno" e, se è così, la mia amica ha ragione. La brava dottoressa potrebbe avere giusto un piccolissimo feticismo per i grandi rettili che lo fanno, ma chi sono io per giudicarla, dato che mi bagno alla vista di un pugno?

"Ti va di vedere il garage?" sussurro ad Abigail.

Lei annuisce e ci dirigiamo lì, dove Abigail ridacchia alla vista del Maggiolino-tartaruga.

"Qual è la prossima tappa?" chiedo a Effie.

Il maggiordomo si stringe nelle spalle. "Me lo dica lei. Ormai, ha visto tutta la casa."

Mi gratto la testa. "Qualcosa tipo una cucina?"

Effie si sposta da un piede all'altro. "Ha visto la sala da pranzo."

Aggrotto la fronte. "Giusto, ma dove vado quando mi viene fame?"

"Beh, è ovvio" interviene Abigail. "Vai in sala da pranzo e dici al tuo fantastico maggiordomo cosa desideri."

Considerando lo sguardo di gratitudine che Effie rivolge alla mia amica, scommetto che, se avesse un fratello maggiordomo ricoperto di tatuaggi, glielo offrirebbe come ringraziamento.

Mi rivolgo a Effie. "Non posso saccheggiare il frigorifero?"

Effie storce il naso, facendo tintinnare i piercing. "Mi dica semplicemente cosa starebbe ipoteticamente cercando e io glielo procurerò."

"E se è notte fonda?" Non ho ancora deciso se dormirò qui regolarmente, ma stanotte lo farò.

"Le viene fame di dolci nei momenti più strani"

Abigail sussurra a Effie con aria cospiratoria. "Mi sveglia ogni volta che apre quello stupido frigorifero."

"Può chiamarmi comunque" mi dice Effie, ma sembra meno sicura, ora.

"Non mi sentirei a mio agio a farlo" replico.

"Quindi, si terrà la fame" interviene Abigail. "Il che significa che sarà irascibile la prossima volta che la vedrai."

Effie sembra inorridita all'idea di una "padrona" irascibile. "La cucina è da questa parte, ma, per favore, la usi solo in caso di emergenza."

Così, visitiamo la cucina e spieghiamo alla cuoca (una signora anziana che avevamo conosciuto prima) che la sua presenza non sarà superflua e che mi farò vedere in questa stanza solo quando avrò voglia di una ciambella di notte.

"Va bene" replica la cuoca. "Che tipo di ciambelle preferisce?"

Glielo dico e lei mi promette di prepararne un paio da tenere in frigo per la notte.

Wow! Chi sostiene che il denaro non può comprare la felicità, evidentemente, non ha considerato le ciambelle fatte in casa come una variabile.

"Puoi prepararci la cena?" chiedo alla cuoca. "Con dei popcorn come antipasto?"

Quando Abigail mi guarda con aria interrogativa, le spiego che voglio guardare un film con lei nella "sala multimediale" e, poi, cenare.

"Sì!" La mia amica solleva il pugno in aria. "Questo sarà il miglior pigiama party di sempre!"

"Allora" dico ad Abigail la mattina seguente, mentre Richard ci sta riportando al nostro micro-appartamento. "Vuoi trasferirti nella mia villa con me?"

Lei aggrotta le sopracciglia perfette. "Per andare all'università, ci vorrà una vita."

Indico Richard. "Ma lo faremo con stile."

Abigail si mette una mano sulla pancia. "Ingrasserò di duecento chili."

Non ha tutti i torti. La cena di ieri sera e la colazione di oggi erano di qualità da ristorante di lusso, ma con una quantità da fast-food. E non sto nemmeno contando la ciambella di mezzanotte che ho mangiato (e che ancora penso possa essere stata un sogno erotico).

"C'è una palestra" le ricordo. "Possiamo smaltire i pasti."

Lei inclina la testa. "Se dico di no, mi lascerai da sola?"

"No. Ma vorrò affittare un appartamento migliore."

Scuote la testa. "Non posso permettermi di pagare la metà di un appartamento migliore. A meno che io non trovi un lavoro."

"Non è un problema" le dico.

"No, invece, lo è." Si sposta una ciocca di capelli biondi dietro l'orecchio. "Dormire nella tua villa sarebbe una cosa, ma un appartamento è tutta un'altra storia. Non posso permetterti di pagare..."

"Sì, puoi. Mi stai aiutando gratuitamente in questa

faccenda della gestione della squadra, o te ne sei dimenticata?"

"Perché, invece, non facciamo qualche altro pigiama party nella villa?" mi propone, con un tono che mi comunica che la sua decisione è irremovibile. "Poi, ne riparleremo."

Traduzione: dopo i suddetti pigiama party, mi dirà come stanno le cose (il che va bene).

"Avete un posto auto?" ci chiede Richard e io mi rendo conto che stiamo accostando sulla nostra strada.

"Un posto auto?" Abigail sogghigna. "Certo, è accanto alle scuderie."

"Puoi lasciarci scendere qui e cercare un garage a pagamento?" suggerisco.

Parcheggiare qui costerà un occhio della testa, ma devo iniziare a pensare come una persona ricca.

Richard annuisce, ma, poiché c'è un grosso camion fermo davanti all'ingresso dell'edificio, ci fa scendere lungo il marciapiede dell'isolato.

Mentre percorriamo la strada, noto un uomo che sta portando a spasso uno strano cane maculato e qualcosa nella sua schiena larga mi sembra familiare.

"Ehi" dice Abigail, seguendo il mio sguardo. "Quello non è...?"

Già! Lo sconosciuto si gira ed è Mason, in tutta la sua gloria virile.

"Mi stai stalkerando?" gli chiedo, avanzando verso di lui.

Mason alza un sopracciglio. "Sto solo portando a spasso il mio gatto."

Interrompo il mio sguardo truce per controllare lo strano cane che avevo visto prima e che, in effetti, si rivela essere un grosso gatto. Un gatto adorabile, con orecchie a punta e un manto da leopardo.

Stringo gli occhi verso Mason. "Come facevi a sapere che mi piacciono i gatti?"

Perché è così e ho sempre sognato di averne uno, ma non mi è mai stato possibile. Prima che le regole del nostro padrone di casa me lo impedissero, c'era l'allergia di mia madre ai gatti, per non parlare della sua incapacità di mantenere adeguatamente nutrito persino l'unico essere umano di cui doveva prendersi cura, cioè me.

Il sopracciglio scuro di Mason si inarca ancora di più. "Come potevo sapere che ti piacciono i gatti?"

"Nello stesso modo in cui sai dove abito" dico di getto, indicando il mio palazzo. "E dove vado a scuola."

Mason stringe la mano sul guinzaglio del gatto (un gesto che rende tale mano troppo simile a un pugno per la comodità delle mie mutandine). "Io e Spike stiamo insieme da quattro anni. Ti ho appena conosciuta. Non sono così bravo a pianificare."

"Di che razza è?" chiede Abigail, fissando Spike.

"È un Savannah" risponde Mason con orgoglio. "Prima che tu me lo chieda, l'ho preso da un rifugio e so che la città non ammette la sua razza, per questo ho una licenza speciale per lui."

"È carinissimo" esclama lei.

"È vero" ammetto a malincuore. Non ho idea di quanto sia costata la suddetta licenza o di come sia stata ottenuta, ma una donna con tartarughe giganti che scopano ininterrottamente non dovrebbe lanciare pietre.

"Grazie." Per la prima volta dal nostro incontro, Mason sorride e vorrei che non lo avesse fatto, perché rende il suo viso già attraente fin troppo bello (al punto che, sulle mie parti intime, fa lo stesso effetto di un bel pugno).

Faccio del mio meglio per scrollarmi il pensiero di dosso. Con severità, gli chiedo: "Sul serio, che ci fai qui?"

"Sono venuto per scusarmi." Infila la mano nella tasca della tuta. "E per darvi questi." Mi porge due foglietti di carta.

"Biglietti?" esclama Abigail. "Sono per..."

"La partita di fine stagione" spiega lui. "Posti centrali, vicino al vetro."

Devono essere buoni posti, perché gli occhi di Abigail si allargano fino a raggiungere proporzioni comiche. Proprio mentre io apro la bocca per rifiutare la losca offerta, lei inizia a saltare su e giù come un'adolescente che sta per andare al concerto della sua boyband preferita.

"Grazie! Grazie! Grazie!" esclama. "Morivo dalla voglia di andarci!"

Fulmino Mason, il quale mi lancia un'occhiata che sembra dire: "Hai davvero intenzione di privare la tua migliore amica di questa gioia?"

"Ok." Gli strappo i biglietti di mano (un grosso errore, perché le mie dita sfiorano le sue ed è come se tutta l'energia elettrica del potente martello di Thor mi attraversasse). "Grazie" borbotto mentre ritraggo di scatto la mano.

Mason si guarda con aria stupita le dita che tenevano i biglietti. "Non c'è di... che."

"Bene, allora" borbotto. "Dobbiamo andare."

"Prendi un caffè con me." La fa sembrare una conclusione scontata.

Dannazione! Sono davvero tentata?

Come se percepisse la mia debolezza, Spike si struscia sulla mia gamba, facendo le fusa come un vibratore iperattivo.

Wow! Ha addestrato il suo gatto a conquistarmi?

Forse, non solo il gatto. Al mio fianco, Abigail annuisce così velocemente da sembrare un pupazzo umano.

"Mi dispiace, ma no" dico, più a Spike e ad Abigail che a Mason.

E, prima che la tenerezza felina venga ulteriormente sfruttata come arma, scatto verso l'ingresso del nostro edificio.

———

Solo quando siamo entrambe al sicuro dentro l'appartamento, mi rendo conto di una cosa a cui avrei dovuto pensare prima: la squadra e lo stadio sono di mia proprietà, quindi non ho bisogno di biglietti per andare alla partita. Allo stesso modo in cui non avrei bisogno di un invito per venire alla mia stessa festa.

Grrr! E pensare che, per un attimo, mi sono sentita grata a quell'uomo.

"Allora, perché non vuoi prendere un caffè con lui?" mi chiede Abigail, mentre io sto ancora elaborando il fatto che, in qualche modo, Mason mi ha fregata.

Stringo i denti. "Perché è uno stronzo e quello era solo un pretesto per discutere dell'acquisto della squadra." Mentre parlo, accendo l'oggetto più lussuoso di casa nostra: la minuscola macchina per il cappuccino.

Abigail mi guarda con esasperazione. "Guarda cosa stai facendo. Hai voglia di caffè. Avresti dovuto assolutamente dirgli di sì."

Se la voglia di qualcosa fosse un motivo per accettare, ne avrei due. "Ho solo bisogno di caffeina per la lezione sull'idealismo platonico."

Abigail sbuffa. "Non importa quanto vuoi insegnarmi la lezione; non concorderò sul fatto che mantenere le cose platoniche con un uomo come Mason sia l'ideale."

Non sapendo se stia scherzando o meno, non posso fare a meno di spiegare: "Secondo Platone..."

"La tua tetta destra o il tizio greco antico?" mi interrompe lei.

Sospiro. È stato un errore rivelarle i soprannomi segreti delle mie tette: Platone (la destra) e Socrate (la sinistra). Le ho chiamate così perché le mie risorse mammarie sono grandi e, in filosofia, non c'è niente di più grande di Platone e Socrate.

"Intendevo Platone il greco" brontolo. "Credeva che

il mondo fisico non fosse reale quanto le idee o le forme."

"Quel tipo doveva essersi fatto di qualcosa" afferma Abigail. "O aveva guardato *Matrix* una volta di troppo."

So che questo commento è un'esca per indurmi a parlare di tutta la filosofia di *Matrix*, quindi lo ignoro. "Le cose nel mondo reale sono mere imitazioni delle forme ideali. Quindi, per esempio..." Indico il micro-microonde. "Da qualche parte (non chiedermi dove), esiste l'ideale platonico di un microonde e il nostro è una pessima imitazione di quell'ideale."

"Cosa che si potrebbe dire di un microonde all'interno di Matrix" conclude Abigail con aria trionfante.

Faccio spallucce. "Forse, è quello che imparerò durante la lezione, ma non lo saprò mai se non sarò sveglia. C'è un motivo per cui tutti chiamano il nostro professore Sonnifero."

Finalmente, lei lascia cadere la questione del caffè con Mason e facciamo colazione assumendo caffeina prima che io mi precipiti alla mia lezione.

Sono seduta davanti a una pista di ghiaccio, con gli occhi spalancati alla vista dei giocatori: tutti nudi come vermi, ma molto, molto più sexy.

Poi vedo Mason, che è più sexy di tutti i suoi compagni messi insieme, e questo prima di notare il suo pugno stretto intorno alla mazza da hockey e l'altro pugno con cui si accarezza il cazzo duro.

Tutti intorno a me applaudono, come se esortassero all'unisono Mason a venire.

Incontrando il mio sguardo, Mason si fa una sega esperta e spedisce abilmente il disco nella porta della squadra avversaria.

Non sono sicura di quale bastone abbia usato per farlo, ma mi eccita in modo insopportabile.

Anche se non mi sono mai considerata un'esibizionista, ignoro tutte le persone intorno a me mentre mi infilo la mano nelle mutandine e traccio un cerchio con il dito intorno al clitoride. Una volta. Due volte.

"Sophia!" grida Mason mentre si accarezza più intensamente. "Sto venendo, Sophia. Sophia!"

"Sophia?" la voce del professor Sonnifero è come un pungolo che mi punge nel sedere.

Accidenti a me! Nonostante il cappuccino precauzionale, sono comunque riuscita ad appisolarmi e sbavare sulla scrivania.

"Vuoi dirci in quale testo è stata introdotta per la prima volta la Teoria delle Forme?" mi chiede Sonnifero malignamente.

Mi strofino gli occhi cisposi. "Nel *Fedone?*"

Sonnifero sembra deluso. "Dovresti ringraziare Zeus per la tua abitudine di studiare in anticipo. La partecipazione alle lezioni vale il venti per cento del voto finale e tu l'hai quasi perso."

Non dovrebbe invocare Morpheus come dio greco di sua scelta, visto che è la divinità dei sogni eccetera?

"In ogni caso" continua Sonnifero, "ne *La Repubblica*, Platone..."

Gli occhi mi tornano subito pesanti, così mi mordo la lingua per restare sveglia.

L'ultima cosa che voglio è tornare al sogno in cui ho visto Mason nudo.

Capitolo 10

Sophia

"Questi biglietti sono fantastici!" esclama Abigail quando prendiamo posto il giorno della partita.

Mi bruciano le guance. Stare qui mi ricorda troppo i sogni erotici ricorrenti che ho fatto nelle ultime due settimane, ma non ho intenzione di parlarne ad Abigail... o a chiunque altro. A meno che... forse, dovrei raccontarli a uno psicologo? Credo di potermene permettere uno, ora, e disquisire sulla mia infanzia traumatica sembra un modo divertente di passare il tempo.

"Guarda!" Abigail indica il ghiaccio. "Numero quarantadue."

Non posso fare a meno di guardare ed ecco che vedo Mason, con indosso una maglia da hockey che non lo fa sembrare grosso come accade, invece, ad altri giocatori. Al contrario, l'uniforme mi stuzzica con la promessa che se la toglierà.

Aspettate, cosa? Non se la toglierà. A meno che io non stia sognando di nuovo.

Mmm. Sto sognando? I giocatori non sono nudi, ma l'agilità e l'abilità che mostrano sul ghiaccio sono sbalorditive, soprattutto nel caso di Mason.

Esempio: pattina in avanti, lasciandosi alle spalle i compagni di squadra, e poi inciampa sulla mazza da hockey che un tizio della squadra avversaria (il numero trenta) gli ha messo tra i piedi. Se fosse successo a me, mi sarei svegliata in ospedale con una commozione cerebrale, ma Mason si limita a inginocchiarsi (come se facesse una proposta di matrimonio) prima di tirare il disco da quella posizione. E... segna!

"Hai visto che roba?" strilla Abigail. "L'ha infilata proprio tra le gambe del portiere!"

Ignorando la mia amica, inizio a guardare seriamente e rimango incantata quando Mason segna un altro gol.

"È stato incredibile!" commenta un vicino tifoso rivolgendosi a un altro. "Ha tenuto il disco, ha fatto una piroetta, ha attraversato la D e poi ha segnato in mezzo alle gambe del portiere."

Già. È stato davvero incredibile e comincio a capire che Mason è molto bravo ad andare a segno... e a infilarsi in mezzo alle gambe delle persone.

Il gioco continua, ma poi il Numero Trenta si schianta contro Mason proprio accanto a noi.

Ehi! Ma è lecito, almeno? Mason sarà anche uno stronzo, ma non mi piace vederlo picchiato in quel modo... né vedere picchiato chiunque, in realtà.

Per fortuna, Mason sta bene, o almeno così presumo, perché, invece di cadere a terra per il dolore, tira un pugno in faccia al Numero Trenta e la folla esplode in risposta.

Sussulto e mi porto la mano alla bocca. All'inizio, riesco solo a pensare di aver intravisto un vero e proprio pugno. Poi, rimango pietrificata perché il Numero Trenta reagisce colpendo Mason a sua volta.

O ci prova. Con la grazia di una tigre sui pattini, Mason schiva il pugno e poi sferra un altro colpo, dritto nell'occhio dello stronzo. Tutti intorno a noi si scatenano, con un'esplosione di applausi per Mason e di oscenità per il suo avversario.

Aspettate! Perché, all'improvviso, sono arrabbiata con il Numero Trenta? Perché voglio vederlo soffrire? È questo che spingeva i Vichinghi, questa specie di sete di sangue?

Do la colpa al conformismo di gruppo. I tifosi vogliono chiaramente che Mason vinca.

Gli arbitri vestiti a strisce arrivano sulla scena e mi aspetto che espellano Mason e/o il Numero Trenta dalla partita, o almeno che impartiscano loro una dura punizione.

No-no. Ho chiaramente sottovalutato i livelli di violenza considerati accettabili nell'hockey. Gli arbitri non fanno nulla a nessuno dei due uomini e permettono loro di tornare in campo come se i recenti pugni fossero stati solo uno scambio di parole pungenti.

"Amica" mi dice Abigail, facendosi aria con le mani. "Se non vai a letto con lui, qualcun'altra potrebbe farlo."

Potrebbe avere ragione. Alla nostra destra, un gruppo di bionde sta sbavando e ovulando, con gli sguardi da avvoltoi fissi su Mason.

Grrr. Ora, non solo riesco a immedesimarmi in un normale vichingo, ma persino in un berserker. Qualcosa di verde mi fa venire voglia di ululare come un animale selvaggio, di schiumare dalla bocca e di collezionare scalpi biondi.

Aspettate, quest'ultima potrebbe non essere una cosa che facevano i Vichinghi.

Per alimentare ulteriormente la mia ira, Mason guarda in direzione delle bionde, o almeno così penso all'inizio.

Abigail mi dà una gomitata sul rene, dimostrando che la violenza genera violenza. "Ti sta cercando."

Incredibile, ma vero. Mason mi guarda e mi fa l'occhiolino.

L'occhiolino!

Prima ancora che io possa elaborare l'effetto delle farfalle nello stomaco che si sta verificando dentro di me, un compagno di squadra passa il disco a Mason.

Whoosh. Mason si trasforma in un siluro umano che si dirige verso il portiere, scivolando in mezzo alla difesa nemica come un pene ben lubrificato in una...

"Gol!" urla lo stesso tifoso impaziente qui vicino, mentre la folla si scatena di nuovo.

Ok. È ufficiale. Se tutto l'hockey è così, potrebbe piacermi, anche se va contro la mia natura pacifista.

Un po' come i Vichinghi.

Il gioco continua sulla stessa linea, con Mason che fa la rockstar per tutto il tempo.

Alla fine, gli Yeti vincono e lo stadio festeggia con un boato.

"Vuoi andare negli spogliatoi?" Abigail mi grida all'orecchio al di sopra del frastuono. "Parlare con la squadra?"

Scuoto la testa con veemenza. "Potrebbero farmi domande del tipo: 'Che progetti hai?' Senza contare che Mason cercherà di farmi pressione per vendere di nuovo."

Abigail sospira con rassegnazione. "Possiamo, almeno, andare a bere qualcosa?"

Annuisco e usciamo dallo stadio in cerca di un bar.

"Un frullato di biscotti e panna con Bailey's, di nuovo?" mi chiede Abigail con disapprovazione quando il barista mi piazza davanti l'appetitoso intruglio.

Faccio spallucce. "È la cosa che più si avvicina a un dessert in questo bar."

Lei rotea gli occhi. "*È* un dessert."

In risposta, bevo un bel sorso del mio drink/dessert e mi costringo a non trasalire: il barista ci è andato giù pesante con l'alcol.

"Allora" esordisce Abigail dopo aver trangugiato la sua birra a basso contenuto di carboidrati (o qualsiasi cosa abbia preso). "Hai già prenotato la crociera?"

Annuisco. "È tra una settimana. Subito dopo gli esami finali."

Aggrotta la fronte. "Non devi trasferirti nella villa più o meno nello stesso periodo?"

Il promemoria mi fa sentire in colpa. Dopo aver riflettuto un po', ho deciso di vivere nella villa, ma Abigail ha insistito per rimanere nell'appartamento che abbiamo condiviso per tutto questo tempo. Ci sono volute molte discussioni, ma sono riuscita almeno a convincerla a lasciarmi pagare in anticipo la mia parte di affitto per il resto del contratto.

"Richard ha detto che si sarebbe occupato del trasloco" le spiego. "Metterò semplicemente le mie cose negli scatoloni dopo aver fatto i bagagli per la crociera."

Abigail mette il broncio. "Mi mancherà averti intorno."

"Idem. Ma guarda il lato positivo... Potrai dormire nel letto in basso, oppure (e questo sarebbe un lusso pazzesco, lo so) avere un letto normale, per una persona sola."

Certo, potrebbe semplicemente trovare un'altra coinquilina per il letto a castello, ma l'idea mi rende stranamente gelosa, il che è sciocco se si considera che potrei scegliere di restare nel minuscolo appartamento con Abigail... almeno fino a quando non troverà un lavoro, cosa che probabilmente non richiederà molto tempo.

"Aspetta un attimo" dice lei, interrompendo i miei pensieri. "Quello non è...?"

Seguo il suo sguardo e per poco non mi strozzo con il mio dessert (cioè, la mia bevanda alcolica).

Mason è appena entrato nel bar, insieme a una folla di ragazzi di cui riconosco i volti dalla partita.

Si tratta dell'intera squadra degli Yeti, senza dubbio qui per festeggiare la vittoria... e non sono soli.

Le bionde che avevo visto prima sono con loro e, anche se la cosa non dovrebbe avere alcuna importanza, per qualche motivo, questo mi rende più incazzata di un diavolo della Tasmania a cui abbiano appena rubato una carogna succulenta.

Posando il mio drink con un colpo secco, balzo in piedi e mi dirigo verso Mason.

Capitolo 11

Mason

Appena entriamo nel bar, i miei occhi si concentrano su Coccinella e il mio cazzo diventa più duro di un disco da hockey (e quegli aggeggi possono romperti le ossa della mano).

Do la colpa al vestito che indossa. È scollato e mette in mostra il suo seno perfetto in tutta la sua gloria color avorio. Non è d'aiuto il fatto che sono sempre stato un appassionato di tette, anche se tali tette sono attaccate a una donna con cui non dovrei voler avere nulla a che fare.

Che mi venga un colpo! È già abbastanza grave aver pensato a questa donna ogni volta che mi sono masturbato nelle ultime due settimane. Ora, mi fa venire un'erezione coi vestiti addosso? Se i miei compagni di squadra non amassero questo bar così tanto, farei un buco nel muro, ma, dopo l'ultimo incidente di questo tipo, il proprietario ha detto che ci avrebbe banditi se avessimo anche solo spezzato un'unghia a qualcuno.

Controllo se i miei compagni di squadra stanno fissando Sophia, pronto a rompere ossa anziché muri, in quel caso.

No-no. Sono troppo occupati con l'orda di coniglette bionde che ci hanno avvicinato fuori.

Stringo i denti e incolpo la scarica di endorfine della vittoria per il mio intenso turbinio di emozioni. Io e i miei compagni abbiamo fatto di tutto per smaltire la folle energia della vittoria, dalle testate (una tradizione celebrativa del nostro sport) agli abbracci collettivi. Questa capatina al bar doveva essere la continuazione dei festeggiamenti, ma ora è rovinata, almeno per me.

No. Un momento. Forse, posso offrirle da bere e chiederle di vendere?

O forse no.

Non appena Coccinella mi vede, i suoi occhi si stringono fino a diventare due piccole fessure ambrate.

Belle fessure, comunque.

Si dirige con rabbia verso di me.

Questo non va bene.

"Non seguitemi!" ringhio ai miei chiassosi compagni di squadra e mi affretto a raggiungere Sophia lontano dalle loro orecchie.

Con mia grande sorpresa, nessuno di quei ficcanaso mi viene dietro, probabilmente perché sono troppo occupati con le bionde.

Io e Coccinella ci ritroviamo faccia a faccia al

centro del bar e lei quasi si schianta contro di me, con l'ampio seno che si gonfia, facendo impazzire il mio cazzo.

"Mi stai stalkerando di nuovo?" mi domanda.

Arriccio il labbro superiore. "Certo. Mi porto sempre dietro tutta la mia squadra quando vado a caccia."

"Intendi forse la *mia* squadra?" Persino le sue narici si dilatano in modo grazioso, in qualche modo.

Con uno sforzo di volontà che dovrebbe farmi vincere una sorta di premio per la pace, alzo le mani con i palmi rivolti all'esterno. "Giuro sulla nostra prossima partita che non avevo idea che tu fossi qui." Sembra un po' rassicurata, perciò continuo. "Perché non mi permetti di offrirti da bere? Prometto di non assillarti con la vendita della squadra."

Sarà una delle cose più difficili che io abbia mai fatto, seconda solo a quella di non fissarle il seno, ma, se riuscirò a seppellire l'ascia di guerra con lei una volta per tutte, allora, forse, quando..."

"D'accordo" accetta, con mio grande stupore. "Un drink."

"Due." Non ho idea del perché l'ho detto. Più drink, più possibilità di fare un passo falso sociale (che, probabilmente, coinvolgerà le sue tette).

"Affare fatto."

Mi conduce dalla sua amica Abigail (mi pare si chiamasse così). L'espressione dell'amica mi ricorda quella di Spike quando mette all'angolo un ragno sfortunato per "giocarci insieme".

"Mi sono appena resa conto che devo andare" dice Abigail, fingendo malissimo di essere rammaricata.

"Perché?" le chiede Sophia.

"Si tratta della mia ricerca di lavoro" risponde Abigail. "Un amico di un amico mi ha detto che conosce qualcuno alla Octothorpe. Voglio parlarci il prima possibile."

Conversazione d'emergenza per la ricerca di lavoro? Di sera? Non poteva inventarsi qualcosa di meglio?

Con mia grande sorpresa, Sophia sembra crederci, perché le chiede: "Puoi restare almeno per un altro drink?"

"Certo" risponde Abigail.

Faccio un cenno al barista. "Un altro giro di quello che hanno preso le signore e una vodka per me." Rivolgendomi ad Abigail, le dico: "Sai, ho un buon amico che lavora alla Octothorpe. Se il tuo contatto di stasera non dovesse funzionare, posso presentartelo." E, considerando che il contatto di stasera è immaginario, perché mai dovrebbe funzionare?

"Sarebbe fantastico!" Gli occhi di Abigail brillano di eccitazione, confermando la sospetta bugia.

Per la prima volta, Sophia mi guarda con un'espressione quasi priva di ostilità. "Perché mai lo faresti?"

Mi stringo nelle spalle. "Se Abigail ottenesse il lavoro, Landon, cioè il mio amico, riceverebbe un generoso bonus di assunzione dalla Octothorpe e, quindi, sarebbe in debito con me."

"Ah, certo" commenta Sophia, prendendo un enorme bicchiere bianco dal bancone del bar. "Avrei dovuto sapere che, in qualche modo, ci avresti guadagnato."

Fisso la mostruosità che tiene tra le mani. "Che cos'è quello?"

Abigail ridacchia e Sophia le rivolge uno sguardo solitamente riservato a me. "È un frullato di biscotti e panna con Bailey's."

Strabuzzo gli occhi di fronte all'atrocità nel bicchiere, che sovrasta tutto ciò che lo circonda (persino l'ampio seno di Sophia). "Quelli sono Oreo schiacciati?"

"Sì" ammette Sophia roteando gli occhi. "La bevanda ha la parola 'biscotti' nel nome."

"E il caramello?" Malgrado non mi piacciano gli intrugli zuccherosi, mi viene in mente un'immagine in cui spalmo il caramello sulla sua pelle chiara, liscia e soda...

"Si usa come topping" dice Sophia. "È delizioso."

Mi sistemo furtivamente l'uccello. "Probabilmente, contiene un quarto del mio apporto calorico giornaliero."

Aspettate! Non avrei dovuto dirlo. Do la colpa al troppo sangue che manca al mio cervello.

Gli occhi a fessura sono tornati. "Mi stai dando della grassa?" sibila Sophia.

Abigail fa un passo indietro, come se temesse che la sua amica possa esplodere.

"Il tuo corpo è perfetto, in realtà" dico sinceramente

(e il mio cazzo si tende contro i boxer, come a voler confermare l'affermazione).

Un rossore le si diffonde dal viso fino al seno e mi fa venire voglia di gettarmela sopra la spalla, in stile cavernicolo.

"La vodka non ha forse un mucchio di calorie?" Sophia indica il mio drink.

"Touché" rispondo. "Un solo bicchierino contiene un centinaio di calorie; ecco perché me lo concedo solo in rare occasioni." E non voglio sviluppare una dipendenza come quella di mio nonno, che morì presumibilmente per un'intossicazione da alcol prima che io nascessi.

Bene. Pensare alla mia famiglia ha smorzato un po' la mia libido... Questo finché Sophia non fa un altro respiro, che le fa muovere le tette su e giù.

Abigail posa il proprio bicchiere vuoto sul bancone con un tonfo. "Mi dispiace interrompere tutto questo flirtare dietetico, ma devo proprio andare."

"Buona fortuna" le augura Sophia.

"Grazie" risponde Abigail e si allontana in fretta.

Sophia si volta verso di me e beve un grosso sorso del suo cosiddetto drink. "Pensi che si trattasse davvero di una questione di lavoro o stava solo cercando di lasciarci da soli?"

Allora, non è così credulona come pensavo. "La seconda, ne sono certo."

Inclina la testa e persino quel gesto è sensuale quando lo fa lei, il che è assurdo. "Potresti *davvero* aiutarla a trovare un lavoro alla Octothorpe?"

"Certo." Tiro fuori il mio iPhone. "Scambiamoci i numeri, così puoi inoltrarmi il suo curriculum."

"Molto machiavellico." Tira fuori il telefono. "Vuoi il mio numero e basta."

Faccio spallucce.

Lei si scola il resto del dessert, poi mi manda un messaggio e controlla che io le risponda.

"Lascia che ti offra un altro drink." Guardo con diffidenza il suo bicchiere vuoto. "Vuoi la stessa cosa?" Spero che dica di no, perché, se ingerirà un'altra di quelle bibitone, potrebbe diventare diabetica ed entrare in coma sotto i miei occhi.

Esamina le bottiglie dietro il bancone. "Ti va di bere degli shottini di tequila con me?"

Trasalisco. "Io e la tequila non andiamo d'accordo." La capacità di reggere l'alcol che mi è stata concessa dai miei geni estoni va a farsi benedire quando bevo tequila (e questo dopo aver tenuto conto del fatto che la maggior parte delle marche di tequila ha una gradazione alcolica superiore a quella della maggior parte delle vodke).

Il diabolico sorriso sexy di Sophia mi fa pentire della mia ammissione. "O la tequila o un altro frullato. A te la scelta."

Faccio un cenno al barista. "Due shot della vostra migliore tequila."

"Non posso crederci!" esclama Jason, che arriva con Parker proprio mentre i bicchierini vengono piazzati sopra il bancone del bar. La sua parlata è biascicata.

"Avevi detto che non avresti mai più bevuto 'piscio di verme'."

Cazzo! Mi ero dimenticato che la squadra fosse qui e, ora, questi due idioti ci hanno sgamati.

"Jason, Parker, questa è Sophia" annuncio con tono significativo. "La nuova proprietaria della squadra."

"Ah" commenta Jason stupidamente.

"Noi ce ne stavamo andando" dice Parker, sembrando molto più sobrio di Jason (anche se l'asticella è bassa).

"Prima che ve ne andiate..." Sophia tracanna il suo shottino come se fosse acqua. "Non è un verme quello che si vede nelle bottiglie di mezcal. È una larva di falena."

Perché parlare di vermi o larve di falena non mi aiuta a placare la mia stupida erezione? Uno dei miei compagni di squadra mi ha forse infilato del Viagra nel bicchiere?

Jason dà una gomitata a Parker. "Persino le donne che gli piacciono parlano come i documentari naturalistici."

Li fulmino entrambi. Parker capisce al volo l'antifona e trascina via Jason verso la pista da ballo, dove iniziano subito a strusciarsi addosso alle bionde.

"Jason è nella squadra?" mi chiede Sophia. "Non ricordo di averlo visto sul ghiaccio."

"È il portiere, quindi il suo muso è fortunatamente coperto da una maschera durante le partite, risparmiando l'orrore ai nostri fan."

"È uno scherzo?" Sophia inclina di nuovo la testa. "In realtà, il suo viso è piuttosto bello."

Non lo sarà più dopo che avrò dato un pugno a quella stupida faccia, anche se non ho idea del perché mi sia venuta improvvisamente voglia di farlo. "Vuoi che te lo presenti?" Dopo che lui avrà smaltito la sbornia, naturalmente, e sarà stato dimesso dall'ospedale in cui lo farò ricoverare.

Lei scuote la testa. "Non frequento uomini brutali. Né tantomeno li trovo attraenti." Non aggiunge "presenti inclusi", ma intuisco che vorrebbe farlo.

Stringo i denti e tracanno il mio shottino, poi faccio una smorfia.

Che si tratti di vermi o di larve di falena, è comunque piscio di insetto.

Sophia sembra trovare divertente la mia espressione. "Un altro shot?"

"È una sfida?"

Lei risponde ordinando altri quattro shot di tequila, aggiungendo che "meno costa e meglio è."

Che mi venga un colpo! Non ho mai assaggiato la tequila economica, ma ho sentito dire che ha un sapore ancora peggiore, per quanto sia difficile da credere.

"Alla salute" brinda Sophia e si scola il primo bicchierino, con espressione allegra anziché disgustata.

Quanto schifo potrà mai fare?

Bevo lo shottino e ho un conato di vomito. È come se qualcuno avesse estratto gli aghi dal fottuto cactus da cui è stata ricavata questa bevanda, li avesse immersi nelle fogne e me li avesse conficcati in gola.

Eppure, miracolosamente, sono ancora eccitato.

"Un altro?" mi chiede Sophia con un singhiozzo.

La fulmino con lo sguardo. "Fatti sotto."

Cosa sto combinando? Lei ha ventiquattro anni e può usare la giustificazione dei lobi frontali ancora in via di sviluppo. Io sono più vecchio di dieci anni e presumibilmente più saggio, quindi dovrei porre fine a tutto questo... invece, prendo il bicchierino, chiudo gli occhi e assaggio ancora una volta l'orribile sapore.

"Ammetti la sconfitta?" Lei indica altri due shottini.

Non capisce cosa signifCHI essere un atleta *competitivo*? Bevo non solo il bicchierino designato per me, ma anche il suo (e, sorprendentemente, l'ultimo non sembra così cattivo come gli altri).

"Arrenditi" le dico quando riprendo fiato. "Ti ubriacherai molto prima di me."

"Figuriamoci! No." Ordina altri quattro shot, ne beve due per raggiungermi, poi indica con un cenno quello successivo. "Vuoi rinunciare?"

"No, ma se è quello che serve per evitarti una lavanda gastrica stasera, così sia." Spingo via la tequila.

Lei sbatte le ciglia morbide. "Ti interessa così tanto il mio benessere?"

"No" mento. "Ho solo pensato che, se tu dovessi tirare le cuoia, chi erediterà la squadra dopo di te potrebbe essere una spina nel fianco ancora più grande."

"Ah" commenta lei con un singhiozzo. "Sono il diavolo, sai?"

"Esattamente" rispondo, per poi rendermi conto

che sto parlando alle sue tette anziché al suo viso, quindi sollevo lo sguardo.

"Mi sembra piuttosto un mucchio di scuse." Fa un sorriso diabolico (che spero significhi che non ha notato dove stavo guardando). "Non reggi l'alcol."

Sono io l'adulto dei due (o, almeno, così ricordo a me stesso, più e più volte). "Perché non sospendiamo la nostra gara di bevute per qualche minuto e non facciamo, invece, una sfida di ballo?" suggerisco.

Considerando quanto ha bevuto, avrà già abbastanza difficoltà ad alzarsi da quella sedia, figuriamoci a fare un passo di danza.

Con mio grande stupore, si alza in piedi con solo un leggero barcollamento (anche se potrebbe essere la mia vista leggermente offuscata a giocarmi brutti scherzi).

Mmm. Forse, gli ultimi drink non sono ancora arrivati a colpirle il fegato?

Mi alzo anch'io dallo sgabello e il mondo intorno a me scivola un po', come se fossi di nuovo sul ghiaccio, ma senza i pattini.

Notando il mio disagio, Sophia inarca un sopracciglio. "Pronto per la gara di ballo?"

Pronto o meno, le porgo la mano e, quando lei la prende, la sensazione della sua pelle morbida sul mio palmo calloso fa urlare oscenità estoni al mio cazzo duro già da troppo tempo.

Quando Sophia non guarda, mi sistemo in modo da poter camminare nonostante l'erezione mostruosa.

In qualche modo, arriviamo alla pista da ballo.

I miei compagni di squadra fanno un ampio cerchio

per noi, ma le loro partner, le bionde, sembrano scontente di qualcosa, almeno a giudicare dalle occhiatacce che lanciano a Sophia.

Lei si sporge verso di me e le sue labbra succose mi sfiorano l'orecchio, facendo diventare il mio cazzo verde di gelosia e le mie palle blu di...

"Invece di competere tra noi" mi sussurra, "ti va di fare un tipo di ballo più cooperativo?"

Mi ritraggo per fissarla stupidamente. "Perché?"

"Perché, se dici di sì, ti concederò la vittoria nella gara di tequila" risponde.

"No, intendevo dire perché ballare in modo 'cooperativo'?" Non significa semplicemente "ballare insieme"?

Lei fa spallucce. "Ho voglia di far ingelosire il tuo piccolo fan club di bionde."

"Diamine, sì!" Aspettate, l'ho detto ad alta voce? Beh, non importa. La tiro così vicino a me che riesco a sentire il suo profumo di mango e anguria. "Balliamo, cazzo!"

Capitolo 12

Sophia

La pista da ballo vortica, ma Mason mi tiene ancorata (o, più precisamente, lo fa il suo inguine, mentre io mi struscio con il sedere in stile twerking). In realtà, se vogliamo essere precisi, è il suo *cazzo duro* ad essere la mia ancora (almeno, presumo che sia quello ciò che sporge contro il mio sedere e non, per esempio, il suo bastone da hockey).

Forse, il mio piano per far ingelosire le bionde sta andando un tantino troppo bene. Sembrano tutte pronte a sventrarmi, per poi friggere le mie interiora e gustarle con un bicchiere del mio sangue.

Inoltre, temo che le bionde fossero solo un pretesto. La triste verità è che volevo ballare con Mason.

No. È la tequila che parla.

Mason non è...

Inizia una canzone lenta e delle braccia forti mi girano.

"Hai bisogno di una pausa?" mi chiede Mason con voce roca.

Scuoto la testa, non fidandomi ad aprire la bocca perché, se lo facessi, quel cazzo duro potrebbe finire lì dentro in qualche modo.

Lui mi prende la mano e appoggia l'altra sulla parte bassa della mia schiena, prima di iniziare a ondeggiare a ritmo di musica, come se fosse il ballo di fine anno.

Uccidetemi ora! Mason ha l'odore che ho sempre immaginato in un vichingo: betulla, ghiaccio e testosterone in egual misura. La sua vicinanza rende i capezzoli di Platone e Socrate duri come il cazzo che, ora, è contro il mio ventre.

"Pensi che siano sufficientemente gelose?" Mason mi mormora all'orecchio, con parole biascicate.

"Chi?" Platone e Socrate? *Sono* effettivamente un po' gelosi del mio fondo schiena e della mia mano, dove Mason mi sta toccando.

Lui sorride. "Hai dimenticato perché stiamo ballando 'in modo cooperativo'?"

Aggrotto la fronte. Ah! Merda. Si stava riferendo alle bionde. Nel mio stato di iper-eccitazione, mi ero completamente dimenticata della loro esistenza (ma la sensazione non è reciproca, perché loro continuano a lanciarmi occhiate cariche d'odio).

"Non l'ho dimenticato" mento. "Ma, ora che mi ci fai pensare, c'è qualcos'altro che possiamo fare che le farebbe davvero rosicare." Mi inumidisco le labbra asciutte e gli lancio il mio migliore sguardo ammaliante da sotto le ciglia.

Nei suoi occhi si accende un'energia selvaggia, tanto spaventosa quanto eccitante.

La sua voce è un basso ringhio. "Credo di sapere a cosa ti riferisci." China la testa.

Senza volerlo, mi sporgo verso di lui, sollevandomi in punta di piedi.

Le sue labbra si schiantano sulle mie e inghiottono il mio sussulto.

Mason bacia con la stessa foga con cui gioca sul ghiaccio e io adoro ogni millisecondo del bacio. È così bello, infatti, che il bar e il resto del mondo diventano un ricordo lontano. Riesco a sentire solo le sue labbra rudi, la sua lingua che mi esplora, nonché la sua durezza sempre maggiore contro la morbidezza del mio ventre.

Oh, e ha appena palpato Socrate? Penso di sì e lo adoro, così come adoro l'altra sua mano sul mio sedere, che mi tira sempre più vicino e...

Il mondo riacquista la messa a fuoco sotto forma della squadra degli Yeti, che ci acclamano ed esultano come uno stormo di gufi sifilitici.

Mason si stacca da me con aria riluttante e ringhia qualcosa di micidiale ai suoi compagni.

Il bar vortica intorno a me e io mi aggrappo a lui per stabilizzarmi. "Ti va di andarcene da qui?" Mormoro quando lui riporta la sua attenzione su di me.

Con gli occhi che brillano febbrilmente, mi afferra la mano e ci precipitiamo fuori (come se le bionde ci stessero inseguendo con unghie incollate limate a forma di artigli e garrotte fatte di extension per capelli).

Sbatto le palpebre con aria stordita in direzione della strada sfocata, illuminata dai lampioni. "Dove..." Singhiozzo. "Dove andiamo adesso?"

Lui indica dall'altra parte della strada. "A casa mia?"

"Vivi dentro lo stadio?" È legale, almeno? Inoltre, non sono forse io la proprietaria dello stadio e, quindi...

"No." Mi prende il mento e mi gira leggermente la testa verso destra, facendomi venire la pelle d'oca col suo tocco. "Quell'edificio, proprio accanto."

Se una parte di me non era sicura che andare a casa sua fosse una buona idea, quest'ultimo tocco segna il mio destino.

"Andiamo." Gli afferro la mano e... credo di essere svenuta per la conseguente scarica di lussuria, perché la prossima cosa di cui mi rendo conto è che stiamo salendo in ascensore, con le lingue che danzano come le mani di Mercoledì al ritmo di "Bloody Mary" di Lady Gaga. O qualunque fosse la canzone originale della serie.

L'ascensore si apre su un appartamento e noi ci spogliamo mentre ci baciamo, camminando per un lunghissimo corridoio. Poi, qualcosa (auspicabilmente Spike, il gatto) ci sibila contro.

"Scusa" sospira Mason, allontanandosi momentaneamente. "Credo di avergli pestato la coda."

Non ho idea del perché, ma quello che mi esce dalla bocca in risposta è: "L'unica micia di cui dovresti preoccuparti è la mia."

È evidente che le mie parole colpiscano nel segno. Mason ringhia come un berserker, mi solleva, mi porta nella sua camera da letto e mi depone come un sacrificio sull'altare di Odino.

Il mio vestito soffocante viene prontamente tolto, così come il reggiseno, liberando Socrate e Platone con i capezzoli quasi dolorosamente inturgiditi.

"Stupenda" mormora Mason prima di strapparmi di dosso le mutandine come se fossero fatte di carta velina.

Ho menzionato il fatto che, facendolo, forma un pugno? Beh, è così e io sono ufficialmente più bagnata di quanto fossi mai stata in mia vita.

Ansimando, lo guardo spogliarsi a sua volta fino ai boxer.

"Anche quelli." Indico i boxer tesi con dito tremante.

Lui se li toglie, sguinzagliando il cazzo che ho sentito contro di me per tutta la serata.

Wow! Semplicemente wow. È grande, grosso, vellutato e così perfetto che potrebbe essere l'ideale platonico di un pene, tale da far sembrare tutti gli altri delle flosce imitazioni al confronto. Non posso fare a meno di pensare a Nietzsche e al suo Übermensch (Superuomo). Inoltre, parafrasando leggermente Nietzsche: se guardi a lungo questo cazzo, il cazzo entrerà dentro di te.

Sì, battezzo ufficialmente questo pene con il nome di Uber.

"Lo voglio dentro di me" dico di botto.

Le narici di Mason si dilatano. "Non prima che io abbia assaggiato quella fica."

"Ah. Beh. Credo di poter essere paziente."

Con un sorrisetto, lui si china e dà un bacio leggerissimo sul mio sesso.

Tutto il mio corpo è percorso da un brivido.

Le mani callose di Mason coprono Platone e Socrate e le sue dita forti pizzicano i capezzoli con la giusta pressione, come se avesse avuto anni per imparare cosa mi piace.

Il suo prossimo bacio si posa sul mio clitoride ed è più deciso e più meraviglioso del precedente.

Mi appoggio all'indietro e chiudo gli occhi, sopraffatta da tutte le sensazioni.

Lui lambisce le mie pieghe con la lingua, facendomi gemere di piacere. Poi mi dà un altro bacio lì. E un altro ancora. Poi, mi lecca il clitoride e traccia un cerchio con la lingua prima di baciarlo di nuovo.

I miei gemiti diventano frenetici e disperati, mentre la pressione inizia a crescere nel mio intimo.

Mason rilascia Platone e Socrate, che sentono subito la mancanza del suo tocco. Poi, però, i suoi palmi scivolano sotto le mie natiche e lui mi tira verso di sé, penetrandomi con la lingua come per darmi un preludio di ciò che Uber farà.

Proprio mentre l'orgasmo sta per raggiungermi, Mason piazza la lingua sul mio clitoride, rendendola piatta e flessibile, poi tira ancora una volta il mio culo verso di sé e io vengo con un urlo.

"Brava ragazza" mormora con voce roca. "Ora, vieni sulle mie dita."

Una delle sue mani mi libera il sedere e un dito scivola dentro di me, poi un altro, mentre le sue labbra e la sua lingua si alternano sul mio clitoride ipersensibile.

La sensazione è intensa e l'orgasmo impiega solo pochi secondi per formarsi completamente e schiantarsi su di me, con forza. Stavolta, vengo ancora più forte e, quando riprendo fiato, Mason mi dispone a quattro zampe, con il culo e la fica esposti da dietro per il piacere dei suoi occhi.

La sua voce è un ringhio basso e profondo. "Così. Dannatamente. Sexy." Strappa un profilattico e inguaina Uber. "Sei pronta per me?"

"Diavolo, sì!" sussulto. "Ma... puoi fare una cosa per me?"

"Qualsiasi cosa." Come per confermare le parole, Uber si contorce.

"Puoi impugnarmi i capelli?" Mi sciolgo la coda di cavallo. "E poi tenerli in modo che io possa vedere?" Ho sempre desiderato che un ragazzo lo facesse mentre mi scopava, ma non mi sono mai sentita abbastanza audace da chiederlo.

La sua mascella si contrae. "Come ho detto: dannatamente sexy." Afferrandomi per i fianchi, mi penetra, dapprima in modo superficiale, poi spingendo sempre più a fondo finché sono deliziosamente dilata; poi, si allunga in avanti, mi afferra una manciata di capelli e li stringe in un pugno stretto, venoso e con le nocche bianche a portata di sguardo.

Dannazione! Non avrei dovuto chiederglielo. L'ondata di eccitazione è così estrema che la mia visuale si tinge di bianco. C'è qualcosa di animalesco in quanto desidero che mi scopi. Qualcosa di disperato.

"Più veloce" ansimo, fissando il pugno senza nemmeno battere le ciglia. "Più forte. Ti prego!"

Con un grugnito di piacere, Mason accelera il ritmo, sbattendomi con la stessa velocità di quando pattinava verso la porta nemica.

Mi sembra che tutto il mio corpo sia un'onda pulsante di sensazioni. "Mason! Oddio, Mason..."

Prende le mie parole come un invito a spingere più veloce e più forte; la sua mano libera mi palpa il culo mentre l'altra continua a stringermi i capelli in quel pugno glorioso.

"Vieni per me" ringhia, sbattendomi con spinte potenti, che mi spingono oltre il limite.

Con un grido ansimante, vengo, fremendo intorno a lui.

"Cazzo!" grugnisce e lo sento indurirsi prima che si strusci contro di me nel suo stesso orgasmo, dandomi un'ultima scossa di piacere che mi lascia completamente esausta.

"È ufficiale" sussulto mentre lui si sfila da me. Mi lascio cadere sul letto. "Adesso, sto per crollare addormentata."

"Certo, Coccinella" mormora, avvolgendo il suo corpo caldo intorno a me. "Sogni d'oro."

Coccinella? Qualsiasi cosa. Dopo il piacere che mi ha dato, gli permetterei di chiamarmi persino scorpione. Magari anche scarafaggio o scarabeo stercorario.

Chiudendo gli occhi, soddisfatta, mantengo la parola e crollo addormentata.

Capitolo 13

Mason

Mi sveglio con un mal di testa lancinante. È più acuto di quella volta in cui sono stato colpito da un disco che viaggiava a cento chilometri all'ora. La consistenza del dolore è persino più nauseante di quella volta in cui sono stato colpito alla testa con una mazza da hockey.

Forse, stavolta, qualcuno mi ha sbattuto il cranio contro il ghiaccio? O, forse, lo stanno facendo proprio ora?

No. Il sapore sgradevole della tequila nel mio alito mi riporta alla mente gli eventi di ieri sera.

Sophia mi ha sfidato a una gara di bevute.

Un momento! Sophia.

Sbatto le palpebre e ignoro il martellamento infernale alle tempie. Lei è qui, tutta avvolta su di me, come la coperta più bella nella storia delle coperte.

Oh, cazzo. Mi sta tornando in mente tutto,

compresa la parte in cui l'ho scopata... e quanto è stato fantastico.

Oppure ho sognato quella parte?

La faccio scivolare delicatamente via da me e do una sbirciatina sotto le coperte.

Sì. Abbiamo sicuramente scopato per davvero. Devo essermi addormentato prima che mi venisse in mente di gettare via il preservativo, perché è ancora lì, sul letto.

Lo afferro e, con cautela, sguscio fuori da sotto le coperte. Non appena i miei piedi nudi toccano il pavimento, barcollo verso il bagno e uso mezza bottiglia di collutorio nel tentativo di sbarazzarmi del sapore della tequila.

Non aiuta. E nemmeno lavarmi i denti. Mi arrendo, vado in cucina e tranguggio la mia bevanda elettrolitica su misura, composta da acqua di cocco, tè verde e succo di cavolo fresco.

La bevanda sembra aiutare un po'. Ora, invece di sentirmi come se mi stessero uccidendo, mi sento semplicemente come se mi stessero torturando.

Poi, mi viene in mente: mi sono appena bevuto tutto l'intruglio. Quando Sophia si sveglierà, avrà bisogno di elettroliti tanto quanto me o, forse, anche di più.

Quindi, nonostante il mal di testa, mi costringo a preparare un'altra bevanda. Ci aggiungo anche un po' di succo di carota per addolcirla (sembra che Coccinella sia ghiotta di dolci).

Preparata la bevanda, decido di preparare anche la

colazione. Mangiare aiuta quando si hanno i postumi della sbornia, anche se, spesso, è l'ultima cosa che si vorrebbe fare.

Mentre taglio le verdure, mi concedo di elaborare il disastro di ieri sera.

Sono andato a letto con la proprietaria della mia squadra.

No. Peggio.

L'ho fatta ubriacare e *poi* sono andato a letto con lei (e il fatto che io stesso fossi ubriaco non è una buona scusante). Quella donna mi detesta, da sobria; quindi, è venuta a letto con me solo a causa della tequila. Peggio ancora: io la desideravo prima ancora di iniziare a bere. Do la colpa alle sue tette grosse. E a quel luccichio malizioso nei suoi occhi color ambra. Per non parlare di...

Si sente un forte tonfo nella camera da letto.

Dannazione! Dev'essere caduta.

Mi precipito lì più veloce che posso, maledicendomi per averla lasciata sola.

Con mio grande sollievo, non è Coccinella ad essere sul pavimento. È, invece, il mio materasso.

"Sophia?" Mi guardo intorno, poi controllo sotto il letto.

È come se fosse svanita nel nulla.

Poi, sento scorrere l'acqua in bagno.

Mi precipito lì e busso.

Nessuna risposta.

"Sophia, stai bene?" chiedo a gran voce.

"Benissimo" grida lei sopra il rumore dell'acqua corrente. "Il materasso è solo scivolato."

Sì, certo. Dev'essere ancora ubriaca.

Aspetto che finisca, camminando avanti e indietro per il corridoio nel frattempo.

Quando mi avvicino alla libreria, uno dei trofei che ho esposto in cima cade verso la mia testa.

Grazie ai miei riflessi affilati dall'hockey, afferro l'oggetto e alzo lo sguardo.

Come previsto, è stato il gatto.

"Non è divertente" ringhio.

Sembra che lui non sia d'accordo. Sospiro. Non importa quante volte lo rimproveri per questi scherzi, sembra ancora che Spike trovi divertente spingere oggetti sulla mia testa. Così come far cadere nel mio cibo gli insetti che uccide.

La sua risposta è uno sguardo che sembra dire: "Avrei potuto svegliarti di nuovo nel cuore della notte, ma sono stato clemente."

Ripensandoci, forse ha davvero cercato di svegliarmi. Ero così ubriaco che non me ne sarei accorto.

"Fallo di nuovo e non avrai salmone per un mese" lo minaccio, assumendo la mia migliore espressione da poker per assicurarmi che non capisca che sto bluffando. Non dargli il salmone è come non lasciarmi andare sul ghiaccio: una forma di punizione crudele e inusuale che, ovviamente, metterei in atto solo per un giorno o due.

Spike agita la coda, salta giù dalla libreria e si strofina contro la mia gamba.

Già. Così va meglio. Peccato che la minaccia funzioni solo per poco tempo.

Dopo aver finito di rabbonirmi, Spike si dirige verso un angolo della stanza, dove prova un grande piacere a strappare con gli artigli un pezzo di stoffa di pizzo.

Un momento! "Gatto cattivo!" gli dico severamente. "Quelle erano le mutandine di Sophia."

A proposito di Sophia, l'acqua in bagno si è fermata. Torno indietro di corsa e aspetto che lei apra la porta, cosa che mi sembra richiedere altre dieci ore.

Finalmente, la porta si apre, facendo uscire un po' di vapore. Ignorandolo, scruto Sophia alla ricerca di segni di ferite. Per fortuna, non ne trovo. Con mia grande delusione, è completamente vestita. E, con mia grande invidia, non sembra affatto avere i postumi della sbornia che ho io.

"Adesso mi segui anche in bagno?" mi chiede bruscamente.

"Cosa?" Il mio mal di testa si intensifica come se il trofeo mi avesse davvero colpito in testa.

"Lascia perdere." Fa un respiro profondo e i suoi seni ondeggiano su e giù, facendomi agitare l'uccello. "È meglio che me ne vada."

"Aspetta!" Indico in direzione del materasso caduto. "Sei sicura di stare bene?"

Inoltre, mi torna in mente che non sta indossando

le mutandine e l'agitazione del mio cazzo si trasforma in un'erezione mostruosa.

Lei stringe gli occhi. "Certo che *non* sto bene. Non sarei mai dovuta venire a letto con te, tanto per cominciare. E non avrei nemmeno dovuto lasciarmi convincere a bere tutta quella tequila."

Barcollo all'indietro. "Io ti avrei convinta?"

"Sia come sia." Mi passa accanto così da vicino che sento le note familiari di mango e anguria. "Me ne vado, ora. Non osare seguirmi."

E così, prima che io possa anche solo ribattere qualcosa (o offrirle la bevanda elettrolitica), lei si precipita fuori dal mio appartamento.

Scambio un'occhiata confusa con Spike, il cui sguardo sembra dire: "Posso suggerirti di farti castrare? Potrebbe renderti la vita molto più facile."

Capitolo 14

Sophia

Qualche minuto prima

Mi sveglio di soprassalto, sentendomi male come un cane che sia stato avvelenato da un gatto cattivo.

Dove diavolo mi trovo? Perché mi sento in preda ai postumi della sbornia e, allo stesso tempo, ubriaca?

Non appena mi guardo intorno e vedo i miei vestiti sparsi ovunque, tutto mi torna in mente in un lampo: il bar, il pugno di Mason che mi afferrava i capelli e, soprattutto, tutti gli orgasmi.

A proposito... dov'è Mason? Mi ha lasciata da sola nel suo appartamento? Sarebbe piuttosto strano.

Ripensandoci, dovrei essere felice che lui non sia qui. Le cose sarebbero infinitamente più imbarazzanti se ci fosse.

Forse, dovrei approfittare della sua assenza per andarmene?

Sì, dovrei.

La determinazione e l'adrenalina mi schiariscono il cervello abbastanza da permettermi di alzarmi dal letto. D'accordo. Individuo il reggiseno e lo indosso, ignorando il succhiotto sul lato di Socrate.

Dove sono le mie mutandine? Le cerco in lungo e in largo, ma non le trovo. Pazienza. Indosso tutto il resto, prima di tornare al mistero delle mutandine scomparse. Mi guardo intorno con più attenzione, ma ancora non le vedo da nessuna parte.

Forse, dovrei lasciarle qui? No, sarebbe strano. Così, lui avrebbe un ricordo della notte che preferirei che entrambi dimenticassimo. Inoltre, mi sento un po' troppo vulnerabile senza indossarle.

Mi guardo di nuovo intorno.

Cosa diavolo sarà successo? Mason non le avrà mica mangiate ieri sera? Le mutandine commestibili esistono e noi eravamo piuttosto ubriachi.

No.

Se si fosse comportato come una capra, credo che me lo ricorderei.

Mi sforzo di riflettere e mi viene in mente un vago ricordo di lui che, a un certo punto, mi ha strappato le mutandine di dosso. Purtroppo, questo non fa altro che darmi la sensazione che, se anche le avessi indosso ora, si scioglierebbero comunque.

Perlustro la stanza ancora una volta. Anche nel caso in cui le mutandine fossero state danneggiate dal brusco trattamento di Mason, dovrebbero essere qui da qualche parte, no? Quell'uomo è forte, ma non abbastanza da romperle in atomi e farli disperdere nell'aria.

Mi inginocchio e le cerco sotto il letto.

No.

Scosto il comodino dalla parete e guardo dietro.

Niente.

È possibile che, in qualche modo, siano finite sotto il materasso? Le cose si sono fatte piuttosto selvagge, quindi è teoricamente possibile. Ansimando per la fatica, sollevo il materasso il più possibile, ma tutto ciò che ottengo è che questo scivoli dal letto e colpisca il pavimento con un tonfo assordante.

Accidenti a me! Se Mason non è uscito dall'appartamento, sarà qui nel giro di un secondo e io non sono pronta ad affrontarlo (né a spiegargli perché stavo controllando sotto il suo materasso, come una ladra dei tempi in cui il sistema bancario non esisteva ancora).

Afferrando le mie scarpe, scatto verso il bagno e mi rendo presentabile mentre rifletto su come ho fatto a commettere un errore così monumentale.

Do la colpa all'alcol, ovviamente, e alla competitività di Mason... nonché alla mia. Cerco di non pensare a quanto mi sia piaciuto quello che è successo, perché anche quello era solo effetto dell'alcol, no? Dopo una quantità di tequila sufficiente, persino uno spaventapasseri potrebbe iniziare a sembrare scopabile, figuriamoci un figo da paura come quest'uomo.

A metà delle mie attività in bagno, sento bussare alla porta.

Accidenti!

La voce è profonda, sexy e non gradita. "Sophia, stai bene?"

"Benissimo" rispondo. "Il materasso è semplicemente scivolato."

Quante possibilità ci sono che lui accetti questa scusa e se ne vada?

Zero, a quanto pare, perché, quando finisco e apro furtivamente la porta, eccolo lì: così deliziosamente sexy che sono tentata di fare il secondo round.

Aspettate, sono pazza?

"Adesso mi segui anche in bagno?" sbotto, arrabbiata con me stessa così come con lui.

"Cosa?" chiede, aggrottando le sopracciglia, e poi trasale.

Dovrei essere contenta che anche lui stia soffrendo, ma è il contrario. "Lascia perdere." Faccio un respiro per schiarirmi le idee. "È meglio che me ne vada." Prima che, in qualche modo, io finisca di nuovo nel suo letto... o su quel materasso per terra. O sul tappeto. O sul nudo pavimento.

La tentazione è fortissima.

"Aspetta!" Lui indica il suddetto materasso. "Sei sicura di stare bene?"

Mi sta prendendo in giro? "Certo che *non* sto bene" rispondo a denti stretti. "Non sarei mai dovuta venire a letto con te, tanto per cominciare." È l'eufemismo del secolo. "Non avrei nemmeno dovuto lasciarmi convincere a bere tutta quella tequila."

Lui sgrana gli occhi. "Io ti avrei convinta?"

"Sia come sia." Ad essere sincera, può darsi che io abbia avuto un ruolo maggiore di quanto sia disposta ad ammettere nel disastro della tequila (e, cosa ancora peggiore, forse l'ho usata come scusa per finire nell'esatta situazione in cui ci troviamo). "Me ne vado ora. Non osare seguirmi."

Ecco fatto. Esco a grandi passi, ma una parte di me (lo ammetto: quella stessa parte folle che vuole altri orgasmi) spera che Mason non mi dia retta e mi insegua.

Però, lui non lo fa.

Il che è positivo.

Giusto?

Quando sono uscita, tiro fuori il telefono e vedo un milione di messaggi di Richard.

Merda! Un'altra gaffe: dopo che Richard ci aveva portate allo stadio, ho lasciato che rimanesse ad aspettarci, poi mi sono ubriacata e mi sono dimenticata di lui.

Scorro i messaggi con senso di colpa. All'inizio, erano solo educatamente indagatori, ma poi sono diventati pian piano sempre più impauriti.

Lo chiamo subito e passo un buon quarto d'ora a rassicurarlo che non sono morta in un fosso da qualche parte e che sì, avrei bisogno di un passaggio.

"Sarò lì tra un minuto" mi assicura, sembrando ancora sollevato dal fatto che io non sia morta.

"Un minuto?" gli chiedo.

"Sì" risponde. "Sono ancora vicino allo stadio."

Sono una pessima persona. "Hai dormito in macchina?"

"Sì, ma non è un problema" risponde. "Mi faccia solo sapere che sta bene, la prossima volta."

La prossima volta? Esistono le sfilate della vergogna, ma sembra che io dovrò fare una corsa in auto della vergogna. "Sono mortificata" gli dico onestamente.

"Sono solo lieto che lei stia bene" mi ripete e riattacca.

Non ci sarà una prossima volta. Se si presenterà la possibilità che io esca e mi ubriachi, prenderò un Uber.

Aspettate!

Ieri sera *ho* effettivamente fatto un giro su qualcosa che ho soprannominato Uber.

Il ricordo mi diffonde un rossore in tutto il corpo.

Quanto ero ipnotizzata dal cazzo di Mason per dimenticarmi che la parola Uber è già in uso?

Beh, d'ora in poi, userò "passaggio" o "Richard". Dubito che potrò mai più "prendere un Uber." Non senza bagnarmi.

Poi, mi viene in mente un'altra cosa. Potrebbe essere colpa di Richard se ho soprannominato Uber "Uber." Richard vuole che tutti lo chiamino Dick ("cazzo") e lui è il mio servizio di trasporto; quindi, forse, inconsciamente, ho iniziato ad associare i peni alle corse in auto?

Come spesso accade quando penso al subconscio, la

filosofa che è in me inizia a riflettere su domande come: "Puoi dimostrare che le persone oltre a te sono coscienti?" Una domanda ancora più interessante è: "Gli animali sono coscienti?" Se sì, cosa dire dei vermi piatti? Alcuni vermi piatti si spezzano a metà quando vogliono riprodursi e, poi, quelle metà si fanno ricrescere le parti del corpo perse in modo da diventare due vermi piatti, con memorie apparentemente intatte. Cosa succede alla coscienza dei vermi piatti durante questo processo? Se viene mantenuta, significa che le parti del corpo possono avere una coscienza e, in tal caso, mi chiedo se Platone, Socrate e Uber siano coscienti.

Un clacson mi distrae dalle mie riflessioni filosofiche, così salgo a malincuore sull'auto di Richard e trascorro il viaggio di ritorno a casa scusandomi con lui.

———

"Raccontami esattamente cos'è successo!" pretende Abigail durante il pranzo al campus il giorno dopo. "Non tralasciare nemmeno un dettaglio."

Già. Certo. Quest'ultima parte non accadrà, ma le fornisco una versione soft degli eventi, sorvolando su quanto mi sia divertita. Nonostante la mia censura, Abigail mi ascolta con un'espressione preoccupante, come se il suo cervello stesse per esplodere o se lei potesse avere un orgasmo per interposta persona.

"Allora, qual è la prossima tappa per voi due?" mi chiede quando ho terminato.

"Nessuna." Non gli venderò la squadra e non farò altri giri su Uber.

Lei liquida le mie parole come farebbe con una mosca fastidiosa. "Ti ha chiamata?"

"Sì." E io ho ignorato le sue incessanti telefonate, così come i messaggi e persino un'email (cosa strana quest'ultima, perché non mi sembra di avergli dato il mio indirizzo email).

L'espressione di Abigail si incupisce. "Non gli hai risposto, vero?"

"E non lo farò. Non provare nemmeno a convincermi."

Lei guarda qualcosa alle mie spalle e il suo sorriso mi ricorda l'espressione che potrebbe avere Spike se avesse mangiato un canarino. "Che ne dici di parlargli faccia a faccia?"

Seguo il suo sguardo.

Merda!

Diretto nella nostra direzione c'è Mason, che regge un vassoio per il pranzo con le sue grandi mani (che assomigliano troppo a pugni per il mio comfort).

"Mi sono appena ricordata che devo correggere un tema." Balzo in piedi e mi precipito fuori dalla mensa come se fossi il canarino sopraccitato e Mason fosse Spike.

Sono talmente sopraffatta dall'incontro evitato per un pelo che rimango sveglia durante la lezione del professor Sonnifero, il che è grave. Sonnifero è un insegnante così pessimo che quasi mi fa andare la filosofia di traverso. A questo proposito, la lezione mi ricorda la scena di *Arancia Meccanica* in cui all'antieroe vengono tenuti aperti gli occhi per la terapia dell'avversione.

Mentre Richard mi accompagna a casa dopo la lezione, controllo il telefono e trovo altri messaggi di Mason, tra cui il mio preferito:

Scappare? Molto maturo.

Ha ragione lui. Dovrei affrontarlo e spiegargli con calma che non voglio vederlo, ma non riesco a farlo e non solo perché dirlo sarebbe una bugia spudorata. Credo che una parte di me abbia paura che finirei per avere un altro orgasmo.

"Dovrebbe mangiare" mi dice Richard, incontrando il mio sguardo nello specchietto retrovisore.

Ah. Giusto. C'è un cestino per il pranzo accanto a me e, quando lo apro, trovo l'ultimo capolavoro della cuoca: crêpe con Nutella e frutti di bosco, insieme a pezzetti di uova, prosciutto e formaggio.

Mentre mangio, mi rendo conto che mi sto rapidamente abituando alla mia nuova ricchezza e non solo dal punto di vista gastronomico. Nelle ultime due settimane, ho imparato a conoscere il personale domestico e ho trovato un modo efficiente di gestire la casa. Grazie ad Abigail, ho una salda padronanza di alcuni dei miei investimenti (l'eccezione è la squadra di hockey, ma anche quella sembra funzionare da sola, per il momento).

Mentre ci accostiamo al cancello della mia villa, noto una persona che si aggira nelle vicinanze. La riconosco subito e la tentazione di fingere di non essere in questa macchina è molto forte.

"Chi è quella?" mi chiede Richard.

Sospiro. "Mia madre."

Capitolo 15

Sophia

Richard accosta e io non glielo impedisco, anche se dovrei.

Invece, scendo e guardo mia madre, provando una dolorosa stretta al cuore.

Ha un aspetto così terribile che le sue foto "prima" e "dopo" potrebbero essere utilizzate per una campagna antidroga.

"*Agápi mou*" mi dice, facendomi stringere ancora di più il cuore.

"Ciao, Eleni" le rispondo.

Ridacchia amaramente. "Non più 'mamma', eh?"

"Come hai fatto a trovarmi?" Lei è uno dei due motivi per cui non uso i social media (l'altro è Rupert).

Quando aggrotta la fronte, mi rendo conto che la maggior parte delle sue rughe è specifica di quell'espressione, mentre quasi nessuna mostra che un sorriso abbia mai sfiorato i suoi lineamenti.

"Come ho fatto a trovarti?" sbuffa. "Lo dici come se non volessi essere trovata da tua madre."

Da dove comincio? "So di papà. So che non mi aveva abbandonata davvero. Che ti sei inventata tutto."

Lei stringe gli occhi e, come per la fronte aggrottata, si capisce che è un gesto che ha fatto abbastanza spesso da lasciare dei solchi permanenti sul suo viso. "All'improvviso, io sono 'Eleni' e lui è 'papà'? Quel *malákas* era un prepotente maniaco del controllo e sono felice che sia morto!"

Tiro un sospiro frustrato. Insomma, cosa mi aspettavo che dicesse? Eppure, mi sento in dovere di provarci. "Maniaco del controllo? Perché ti ha chiesto di andare in riabilitazione?"

Lei appiattisce le labbra. "Mi diceva anche cosa indossare e come parlare."

Traduzione: probabilmente, le avrà chiesto di non vestirsi come una prostituta e di non imprecare come un marinaio sulla nave di Ulisse.

Sospiro, profondamente. "Perché sei qui?"

"Volevo vederti."

Faccio una giravolta. "Ecco. Mi hai vista. Ciao."

Lei si irrita. "Non hai intenzione di invitarmi nella tua nuova villa?"

"Non posso" le dico gentilmente. "Lo sai bene. Non posso più essere tua complice."

Il suo mento trema in una perfetta imitazione di Claire Danes. "Quindi, mi lascerai a morire di fame per strada?"

"Eleni... Mamma..." Tiro un sospiro. "Che ne dici di

un'altra riabilitazione? La pagherò io. Scegli la migliore. Sarà come stare in un resort: si prenderanno cura di tutte le tue esigenze."

Si lascia andare a tutte le imprecazioni greche che io abbia mai sentito e ad altre che non avevo mai sentito, culminando con un "stronza ingrata".

Ci vuole tutto il mio impegno per mantenere la calma. "Questa è la mia migliore e ultima offerta" dichiaro in tono uniforme quando ha finito. "Quando sarai pronta ad accettarla, fammelo sapere."

Detto ciò, risalgo in macchina e dico a Richard di riportarmi a casa, reprimendo le lacrime per tutto il tempo.

———

Già nel Seicento a.C., gli antichi greci notarono che l'umore dei pazienti migliorava quando c'erano dei cavalli in giro. È così che è nato il concetto di pet therapy, ma dubito che qualcuno abbia mai usato delle testuggini giganti a questo scopo prima di me. A meno che non l'avesse fatto papà? In ogni caso, oggi è un giorno raro, in cui non becco Donatello, April e la dottoressa Kelpcon nel bel mezzo del coito, e trovo che guardarli pascolare sull'erba (solo le testuggini, non la dottoressa) sia estremamente rilassante, il che è proprio ciò di cui ho bisogno dopo l'incontro con mia madre.

Alla fine, sono abbastanza calma da studiare per gli esami finali e terminare dei compiti.

Dopo aver finito di studiare, mi ricompenso giocando a un videogame sullo schermo gigante del mio cinema privato. Il gioco in questione è *Assassin's Creed Valhalla*. In esso, interpreto una vichinga che saccheggia senza ritegno le città, uccide orde di persone ed espande lentamente la propria influenza sull'antica Britannia.

Proprio il tipo di gioco a cui una pacifista come me dovrebbe giocare.

Ho appena incontrato per la prima volta Ivarr (uno dei figli più sanguinari di Ragnar), quando Effie entra con la mia cena, inchinandosi in quel modo che deve esserle stato insegnato alla Scuola per Maggiordomi di Hogwarts.

"Ah" commenta. "Sta per andare a cercare Re Burgred."

"Ehi, niente spoiler!" la ammonisco severamente, poi prendo il cibo e mi immergo di nuovo nel gioco, finché sono così stanca che inizio ad addormentarmi a metà della battaglia. A quel punto, mi dirigo verso il mio lussuosissimo letto, decisamente non a castello.

Però, ora che sono qui, il sonno mi sfugge. Come al solito, la causa è il pensare a Mason. O, ad essere onesta, è l'eccitazione a tenermi sveglia.

Grrr! Speravo che, dopo tutto quel giocare ai videogame, sarei finalmente riuscita ad addormentarmi senza ricorrere alla masturbazione, ma non è così.

Prendo il mio vibratore e lo avvicino alle mie parti basse, facendo del mio meglio per non pensare al pugno di Mason... e, non sorprendentemente, fallendo.

Capitolo 16

Mason

"Forza, Suit, un'altra ripetizione" esorta Jason.

Landon grugnisce mentre solleva il doppio del suo peso corporeo sulla panca.

Non gioverà al suo ego già smisurato che io glielo dica, ma è davvero impressionante. Lo è ancora di più se si considera che, a differenza dei miei compagni di squadra, Landon non è un atleta professionista e non ha bisogno di essere in ottima forma per il suo lavoro d'ufficio.

"Gioca?" Parker mi sussurra all'orecchio mentre Landon fa l'ennesima ripetizione, con le vene in rilievo sul collo.

Scuoto la testa. Un'altra cosa che non dirò a Landon è che la domanda di Parker è un enorme complimento: è l'equivalente di dire "questo ragazzo sembra forte quanto un giocatore di hockey."

"Allora, Mason" mi dice Landon quando si alza dalla panca. "Sei già diventato proprietario della squadra?"

Ignoro la domanda perché lui sa benissimo che non è così. Sta solo cercando di farmi arrabbiare, il che mi fa venire voglia di colpirlo in testa con un manubrio. "Ci stai lavorando, almeno?" mi chiede Jason, preoccupato.

Andare a letto con Sophia conta come "lavorarci"? E tutti i miei patetici tentativi di comunicare con lei, quelli che non sono nemmeno sicuro riguardassero l'acquisizione della squadra?

"Ho un piano." Lancio a Landon un'occhiataccia che dice: "Potrei strozzarti con quel bilanciere e tutti penserebbero che, semplicemente, non sono riuscito a sollevartelo di dosso in tempo."

Il mio sguardo sinistro, evidentemente, fallisce, perché Landon dice: "Se per 'piano' intendi 'la trovata più da stalker che io abbia mai sentito'."

Tutti i miei compagni di squadra vicini drizzano le orecchie e Jason parla a nome di tutti quando mi chiede: "Quale sarebbe il piano?"

Li fulmino.

Landon afferma: "Io ho giurato di mantenere il segreto."

"Segretezza significa non accennare nemmeno al segreto" dico a Landon a denti stretti, prima di rivolgermi a Jason. "Non c'è bisogno che voi lo sappiate."

I miei compagni di squadra sono dei gran pettegoli e non voglio che Sophia venga a conoscenza dei miei piani, perché questo rovinerebbe tutto.

"D'accordo, il prossimo argomento" annuncia Jason

mentre prende dei manubri e si sdraia sulla panca. "Cosa farete per le vacanze?"

Tutti rispondono a turno, ma io rimango fuori dalla conversazione. Ogni anno, fingo di passare del tempo con la mia famiglia perché non riesco a confessare a Landon né ai miei compagni di squadra la verità: i miei genitori non vogliono vedermi e nemmeno sentirmi, soprattutto durante le feste e ancora di più se le festività sono di natura religiosa.

Ma va bene così. Spike è come una famiglia per me e possiamo passare un bel Natale da soli.

———

Con i muscoli piacevolmente indolenziti dall'allenamento, cammino sul tapis roulant della mia scrivania e rivedo i miei investimenti. Come al solito, il pensiero di Sophia mi distrae, ma, in qualche modo, ritrovo la concentrazione e compro alcune azioni che Landon mi aveva suggerito in precedenza. Poiché è stato il suggerimento di Landon a indurmi a comprare azioni della Octothorpe al momento giusto, tratto i suoi consigli di investimento con molto rispetto.

Una volta terminato, cerco di ricontattare Sophia.

Niente.

A questo punto, non mi aspetto più una risposta, ma suppongo di essere ancora speranzoso, anche se la speranza sta svanendo rapidamente. Sembra sempre più probabile che dovrò ricorrere a quella che Landon ha definito la mia 'trovata più da stalker'.

In effetti, sì, ho deciso.

Se Sophia non risponderà miracolosamente al mio ultimo messaggio prima che io abbia finito di portare a spasso Spike, darò il via al mio piano.

———

C'è un grosso problema nel portare a spasso un gatto e si chiama: cani. Nel caso di Spike, la questione è ancora più spinosa, perché lui è più pericoloso di molti dei cani che incontriamo. Potrebbe ferire gravemente persino le razze più feroci se gli "forzassero gli artigli" (anche se tali cani dovrebbero passare prima sul mio cadavere). Curiosità interessante: a Spike piacciono i cani e, tra loro, ha alcuni amici (quelli che non si sono comportati da stronzi quando l'hanno conosciuto quand'era un gattino).

Ecco perché sembra entusiasta quando vede uno dei suddetti amici, un papillon di nome Sir Francis.

"Ciao" mi saluta Jack, una delle persone che, di solito, porta a spasso Sir Francis.

"Ciao" rispondo.

Questo è il lato negativo dei cani amichevoli: bisogna socializzare con i loro padroni. Ma, ehi! Vale la pena di ascoltare Jack che continua a blaterare, perché Spike sembra divertirsi molto... e addirittura la prende bene quando Sir Francis gli annusa il sedere e cerca di ingropparlo.

Immagino che questo sia il massimo del complimento da parte di un cane, no? Se è così, Spike ricambia leccando le gigantesche e soffici orecchie di Sir Francis.

Non so perché, ma guardare questo spettacolo idilliaco mi fa venire in mente l'idea di mettere su famiglia un giorno, una famiglia umana, ma magari anche con un cane che diventi amico di Spike. La cosa più strana è che il volto (e le tette) di Sophia mi vengono in mente in questo preciso momento. Ma è una follia.

A proposito di follia, quando io e Spike torniamo a casa, non ci sono ancora risposte da parte di Coccinella.

Lo farò, allora?

Per essere sicuro che la decisione non sia guidata solo dal mio cazzo, mi masturbo (pensando a lei).

Una volta che la mia mente è di nuovo lucida, rianalizzo le mie opzioni. No, tuttora non vedo alternative. Con un sospiro esteriore e parecchia eccitazione interiore, mi rimetto al computer e metto in moto il mio piano.

Ok, è fatta... e mi sento come quando eseguo una giocata audace sul ghiaccio.

Sophia non se ne rende ancora conto, ma, come molti portieri, sta per trovarmi piuttosto difficile da ignorare.

Capitolo 17

Sophia

"Alle vacanze invernali!" Sollevo la mia imitazione della Fanta della mensa per brindare e mi guardo intorno.

Abigail mette il broncio. "Io ho ancora un altro esame da fare."

"È terribile essere te!" Le faccio la linguaccia in modo scherzoso, pur tenendo d'occhio i dintorni. Non si sa mai quando potrebbe comparire un certo giocatore di hockey. "Questa è la mia ultima occasione per salutarti prima di partire per Port Canaveral. Richard mi sta aspettando fuori per portarmi all'aeroporto e poi, una volta sulla nave, sarò irraggiungibile."

Lei sospira. "Sai che puoi permetterti di avere il Wi-Fi a bordo, vero?"

La schernisco. "Non mi importa quanto sono ricca, non pagherò quei prezzi per il Wi-Fi, specialmente se è molto più lento di quello che ho a casa. In ogni caso, l'assenza di internet fa parte del fascino. Una disintossicazione dal digitale. Lascerò persino il telefono in modalità aereo per tutta la durata del viaggio."

"Modalità aereo?" Sembra sconvolta.

Faccio spallucce e poi mi guardo intorno ancora una volta. "I vichinghi navigavano senza social media e lo adoravano."

"Hai in programma molti massacri e saccheggi?" mi chiede.

"Solo fare shopping e prendere il sole quando saremo sulla terraferma e guardare meditativamente l'orizzonte quando saremo in mare."

"Prendere il sole in inverno?" Storce il naso.

"Sempre meglio che arrancare nella neve." Stavolta guardo alle mie spalle, per sicurezza.

Quando mi volto, Abigail ha un'aria compiaciuta. "Speri che lui si faccia vivo?"

"No." Forse. È stupido, lo so, ma voglio dargli un'occhiatina prima di partire. Purtroppo (anzi, per fortuna), ha smesso di seguirmi fisicamente un paio di settimane fa. Anche i suoi messaggi e le sue telefonate sono cessati negli ultimi giorni.

"Potresti richiamarlo" mi suggerisce Abigail.

"E incoraggiarlo a ricominciare a stalkerarmi?"

Lei rotea gli occhi. "Non è stalking se frequenta davvero questa scuola. Conosco la ragazza della segreteria che ha gestito la sua iscrizione."

Domande come "Quale ragazza?" e "È carina?" si

affacciano sulle mie labbra, ma non voglio regalare ad Abigail alcuna munizione.

Il volto della mia amica diventa serio. "Perché sei così contraria a dargli una possibilità? Tanto, tutti pensano che stiate insieme."

Si riferisce a un tabloid poco raccomandabile che ha scattato delle foto a me e Mason mentre uscivamo dal bar il Giorno XXX. Stando a quelle foto, io e Mason siamo a pochi minuti dal tatuarci i reciproci nomi sui genitali.

"Non vuole avere una possibilità con me, se è questo che intendi" affermo. "Vuole la sua preziosa squadra e io sono solo un mezzo per raggiungere lo scopo."

Almeno, è stato aperto sul fatto di aver bisogno di qualcosa da me (a differenza di Rupert, che mi ha fottuta in senso letterale per poi fottermi in senso figurato).

"L'altro giorno, non sembrava che volesse la squadra" afferma Abigail. "Sembrava che volesse *te*."

Scuoto la testa. "Ti sbagli, ma non importa. Anche se decidessi di frequentare qualcuno, non sarebbe un tipo come Mason." Un tipo di cui mi vedo innamorarmi fin troppo facilmente: un modo sicuro per avere il cuore in pezzi ancora una volta.

"Chi ha parlato di frequentarsi?" Lei agita le sopracciglia. "Ci si può divertire parecchio anche senza misure così drastiche."

"No, grazie." Più orgasmi avrò, più mi avvicinerò al punto di non ritorno (e Mason me ne ha già dati tanti quanti me ne aveva dati Rupert nel nostro primo mese di frequentazione).

Abigail sospira. "Magari, incontrerai qualcuno durante la crociera?"

"Forse." Ma ne dubito fortemente.

Da qui in poi, non parliamo di nulla di significativo finché il cibo non è finito e, a quel punto, mando un messaggio a Richard per dirgli che sono pronta a mettermi in viaggio.

Mentre attraverso il campus fino alla macchina, mi sorprendo a guardarmi ancora intorno per cercare Mason, senza fortuna. Tuttavia, proprio quando intravedo la mia vettura, sento una mano posarsi sulla mia spalla. Una mano maschile.

Con una strana sensazione di euforia, mi giro, aspettandomi di vedere il volto cesellato da vichingo di Mason... solo per trovarmi di fronte al suo esatto opposto.

"Ciao, piccola" mi dice Rupert, con un sorriso falso quanto il Rolex falso sul suo polso ossuto. "È da tanto che non ci vediamo."

Capitolo 18

Sophia

Per quanto intensamente io fissi il mio ex, non riesco a capacitarmi di come avessi fatto a trovarlo attraente, tanto meno a pensare di esserne innamorata.

"Cosa ci fai qui?" gli chiedo, anche se ho un presentimento.

"Perché così ostile?" mi chiede Rupert contegnosamente. "Mi mancavi, perciò ho girato intorno a questa scuola nella speranza di incontrarti."

"Questa 'scuola' che quasi non ho potuto frequentare, grazie a te" dico a denti stretti.

"Cosa intendi?" I suoi occhi marroni brillano di una tale innocenza che una donna meno disillusa dalla vita potrebbe davvero cascarci (proprio com'era successo a me, in passato).

"L'appartamento" gli ricordo. "L'acconto che ti avevo dato prima della tua scomparsa? Ti ricorda qualcosa?"

La sua truffa di quei soldi si è rivelata la punta dell'iceberg. Tra le altre cose, si era anche reso inadempiente per il contratto di leasing dell'auto per il quale avevo co-firmato, infliggendo il colpo di grazia alla mia affidabilità creditizia.

"Per favore." Lui liquida le mie parole come farebbe con un insetto e io vorrei essere una vichinga perché, se lo fossi, pacifista o meno, gli spezzerei un braccio. "Posso spiegarti."

"Non c'è bisogno di spiegazioni. Hai una dipendenza dal gioco d'azzardo, forse anche dalla droga, e io sono stata un'idiota... ma non lo sono più."

La sua facciata amichevole scivola via per un microsecondo e io vedo quello che avrei sempre dovuto vedere: un brutto pezzo di merda. "Si tratta del tuo ragazzo, il giocatore di hockey? Ti tradirà con una delle sue mille groupie, lo sappiamo entrambi."

Faccio un passo indietro. "Cosa?"

"Basta leggere i tabloid" aggiunge. "È tutto lì."

Maledizione! È ovvio che una persona viscida come lui prenda in parola un giornalino di gossip altrettanto viscido. "Con chi sto io e con chi sta lui non sono affari di nessuno, ma soprattutto non sono affari tuoi. Arriviamo al punto. So che sei qui perché hai fiutato l'odore dei soldi e speri di truffarmi, ma non succederà."

Avrei dovuto aspettarmelo. Quello che mi ha fatto Rupert è molto simile a ciò che aveva fatto mia madre prima di lui... e, visto che lei ha fiutato i miei soldi, era solo questione di tempo prima che lui facesse altrettanto.

Rupert si mette una mano sul cuore (o dove *dovrebbe* trovarsi il cuore di un normale essere umano). "Devi lasciarmi spiegare cos'è successo davvero. È stato tutto un grosso malinteso. Stavo per..."

Qualcuno si schiarisce la gola con rabbia.

Per un attimo, mi viene in mente una fantasia in cui Mason appare e fa a Rupert la stessa cosa che aveva fatto al Numero Trenta durante la partita (o magari compie addirittura una sorta di esecuzione rituale in stile vichingo).

Solo che non è Mason. È Richard, anche se è quasi irriconoscibile con un'espressione così feroce negli occhi.

"Questo tizio le sta dando fastidio?" mi chiede Richard, mettendosi tra me e Rupert.

Rupert alza le mani in modo conciliante. "Stavamo solo facendo conversazione." Poi, esamina il mio autista di bassa statura e, più sgarbatamente, aggiunge: "Stanne fuori."

"Non credo proprio." Richard apre la giacca. Con mia grande sorpresa, c'è una pistola enorme in una fondina gigante. "Nel giro di due secondi, o te ne sarai andato o sanguinerai" dice Richard, come farebbe Clint Eastwood nel ruolo di Ivarr.

Wow! Vorrei avere il telefono a portata di mano per poter catturare l'espressione di Rupert. Basti dire che si sta chiaramente cagando sotto.

Girando i tacchi, si allontana di corsa.

Mi rivolgo a Richard. "Hai una pistola?"

"Beh, sì. Non sono soltanto il suo autista. Sono la sua guardia del corpo."

"Da quando?"

"Da sempre" risponde. "Altrimenti, perché pensa di pagarmi così tanto?"

Credevo che fosse solo la tariffa corrente per gli autisti, ma questo ha effettivamente più senso... se si dimentica la bassa statura di Richard.

"Eri nell'esercito?" gli chiedo.

"Army Rangers, per essere precisi" mi informa con orgoglio, poi mi apre la portiera.

Non è forse un'unità delle Forze Speciali? Rupert è stato fortunato ad andarsene con la coda tra le gambe.

Mentre guidiamo verso l'aeroporto, evito le domande sul mio ex spostando la conversazione sul rigoroso addestramento che Richard ha seguito nei Rangers dell'esercito. E questo solo in parte perché sono sinceramente interessata. La verità è che mi vergogno così tanto a parlare di Rupert che non ho raccontato tutta la storia della nostra relazione nemmeno ad Abigail, la mia migliore amica. Sono stata così ingenua e stupida a farmi ingannare in quel modo.

Fortunatamente, Richard è abbastanza professionale da lasciar cadere l'argomento e, mentre mi aiuta a portare i bagagli ai controlli di sicurezza, chiacchieriamo dei miei piani per la crociera.

Dopo un volo tranquillo fino all'aeroporto di Melbourne, arrivo a Port Canaveral usando un Lyft, per ovvie ragioni. Scesa dal mio mezzo di trasporto, poso gli occhi su quella che è stata giustamente denominata "*Meraviglia degli Oceani*".

Rimango lì a fissare a bocca aperta la nave per un minuto, impressionata dalle sue dimensioni. Se ricordo bene la brochure pubblicitaria, questa nave può trasportare diecimila persone, vanta un campo da basket a grandezza naturale, una gigantesca macchina per la simulazione del surf, un "Central Park" che sembra grande quanto l'omonimo parco nel centro di Manhattan e (nel caso in cui tutto ciò non fosse sufficiente) una pista di pattinaggio sul ghiaccio.

Grandioso. Ora, il mio umore si è leggermente inasprito perché quest'ultima cosa mi ricorda Mason.

Più mi avvicino alla *Meraviglia degli Oceani*, però, più il mio umore migliora (al punto che, se fossi una vichinga, proverei un'ondata di entusiasmo).

Con mia sorpresa, la folla di passeggeri non è così grande come pensavo. Forse, sono in anticipo? In ogni caso, dato che ho acquistato una suite con vista sull'oceano, ottengo il trattamento d'imbarco VIP e passo davanti alla massa.

Quando arrivo alla mia suite, mi scappa una risatina poco femminile.

La camera è enorme e la vista dal balcone è quella che ho sempre sognato: l'infinito oceano blu.

Dopo aver scattato numerose foto, mi metto a sedere su una sedia a sdraio nelle vicinanze e faccio qualche respiro rilassante.

Incredibile! Mi sento già in vacanza e non siamo ancora nemmeno salpati (né abbiamo acceso il motore, o qualsiasi cosa faccia la nave da crociera per muoversi).

"È il vostro capitano che vi parla" annuncia una voce dall'accento russo proveniente dal cielo... o da un interfono. La voce informa tutti che il suo nome è Ivan Vorobey e che, presto, faremo un'esercitazione di adunata.

Una volta terminato il discorso, indosso un giubbotto di salvataggio giallo e mi dirigo verso il luogo designato.

Di nuovo, non mi sembra che ci sia tanta gente in giro come mi sarei aspettata (cosa che potrebbe rivelarsi molto positiva al momento di andare su attrazioni condivise, come la zipline e il simulatore di surf).

L'adunata si rivela essere un briefing sulla sicurezza. Mentre torno alla mia cabina, entro nell'ascensore, dove sento odore di ghiaccio e betulla.

Il mio battito cardiaco accelera. All'improvviso, penso a occhi grigi, spalle larghe e... Uber.

Maledizione! È questo che si prova a struggersi per qualcuno? Se è così, detesto la sensazione, soprattutto perché è rivolta a una persona che è così sbagliata per me.

Scappando dall'ascensore, faccio del mio meglio per rilassarmi, compito facilitato dal balcone con vista sull'oceano. Poi, mi vesto con impazienza per la mia prima cena a bordo. Avendo prenotato una suite, ho accesso a un ristorante VIP dove posso sedermi al un tavolo tutto per me. Tuttavia, preferisco di gran lunga la possibilità di sedermi con persone provenienti da tutto il mondo: la quintessenza della crociera.

Quando arrivo in sala da pranzo, i profumini deliziosi mi fanno brontolare lo stomaco.

La cortese direttrice di sala mi accompagna al mio tavolo, che, stranamente, è completamente vuoto.

Mmm. C'è parecchia gente agli altri tavoli, soprattutto a quelli più lontani.

Strano.

Qualcuno si schiarisce la gola dietro di me.

Non so come, ma persino da quel suono indistinto, so già chi vedrò.

Il mio battito cardiaco balza nella stratosfera mentre mi volto.

Ebbene, sì.

È lui.

Mason Tugev tira infuori una sedia accanto a me e vi si accomoda come un re sul suo trono.

"Ciao, Coccinella" mi dice, trasudando sex appeal da ogni poro. "Cosa c'è per cena?"

Capitolo 19

Mason

Cosa c'è per cena? Dopo tutto questo tempo separati, avrei dovuto dirle qualcosa di meno idiota. Forse, avrei dovuto provare un discorso. Invece, continuavo a immaginare l'ira indignata che sarebbe stata scritta sul suo bel viso quando si fosse resa conto di ciò che avevo fatto e, in questo, ho avuto ragione, perché l'espressione è lì, solo più sexy di quanto avessi previsto.

"Cosa ci fai qui?" mi chiede quando la sua mascella delicata si risolleva dal pavimento.

Faccio spallucce con la massima disinvoltura possibile. "Avevo bisogno di una vacanza, così ho prenotato una crociera."

Per qualche istante, lei sembra a corto di parole (probabilmente, sta passando in rassegna tra sé e sé tutte le risposte rabbiose del suo repertorio). "Ma questa è la *mia* crociera" dice alla fine e, tra tutte le risposte possibili, questa mi fa sentire un tantino in colpa.

Lei voleva fare una vacanza rilassante e io le ho rovinato le cose. Oh, pazienza! Se solo mi avesse parlato in qualsiasi momento nelle ultime settimane, tutto questo si sarebbe evitato.

Alzo un sopracciglio, mantenendo una faccia da poker. "Tra noi, questa è più la *mia* crociera che la tua."

Mi guarda con aria confusa.

Indico con un cenno i posti vuoti che circondano il nostro tavolo e gli altri vicini. "Per essere sicuro che potessimo avere una certa privacy, ho comprato qualche biglietto in più."

Sì, "qualche" è un eufemismo. Ho acquistato così tanti biglietti per questa crociera che, probabilmente, avrei potuto comprarmi uno yacht privato.

"Aspetta un attimo..." I suoi occhi si restringono. "Hai prenotato tu tutti questi posti?" Indica intorno al nostro tavolo.

"Questi e un paio d'altri" rispondo, continuando a usare eufemismi.

Di nuovo, lei sembra senza parole, ma la mia attenzione viene distolta dal nostro cameriere... o, più precisamente, da una fila di enormi bottoni bianchi simili a pustole che adornano la sua uniforme.

Che mi venga un colpo! Un secondo fa, avevo fame, ma ora il mio appetito è solo un lontano ricordo (come lo sarebbe se qualcuno mettesse in tavola feci di vermi o cacca fritta di scarafaggio).

Scruto freneticamente la sala e individuo una delle cameriere. Grazie al suo vestito, mi viene risparmiato lo spettacolo dell'orrore che sono i bottoni.

"Buonasera, signor Tugev" mi dice il nostro cameriere. "Buonasera, signorina... Papa-cristo-del-popo-lo."

"Salve" replica Sophia, del tutto indifferente al massacro del suo cognome.

"Ci faremo servire da un membro femminile del tuo staff" gli dico concisamente. "Allontanati. Subito."

Il cameriere sbatte le palpebre e Sophia sembra sul punto di esplodere.

"Le assicuro che sono tanto bravo nel mio lavoro quanto le mie colleghe" dice lo sventurato cameriere. "Inoltre, signore, dovrebbe sapere che la Royal Ruskovian è un datore di lavoro per le pari opportunità, che..."

"Puoi restare se ti sbarazzi di quella." Indico la giacca, cercando di non guardare i bottoni.

"Non capisco" replica lui.

"Questo è oltremodo scortese" mi sibila Sophia.

Dannazione! Se già prima stava per scappare in camera sua, ora è doppiamente probabile che lo faccia.

Stringo i denti. Non ho altra scelta che confessare. "Soffro di koumpounofobia."

Sophia e il cameriere mi fissano con aria di incomprensione.

"Paura dei camerieri maschi?" suggerisce timidamente lui.

"O delle loro giacche?" propone Sophia.

"Nessuna delle due." Indico con circospezione uno dei vomitevoli cerchi bianchi infernali. "Quelli."

"Bottoni?" chiede Sophia.

Annuisco, tenendo lo sguardo lontano da quei maledetti aggeggi.

Il cameriere abbassa lo sguardo sulla propria giacca con un'espressione inorridita. "Non posso togliermela. Non sono decente sotto."

Sophia incontra il mio sguardo e potrei giurare che, per la prima volta, siamo d'accordo su qualcosa. Vale a dire, una domanda non espressa: "Che cosa potrebbe mai avere lì sotto che non sia considerato 'decente'?"

"Farò a cambio con Helena" annuncia il cameriere prima che possiamo approfondire il mistero. Corre verso la cameriera dall'aspetto matronale nelle vicinanze e le sussurra qualcosa. Il suo abbigliamento e il nostro tavolo vengono additati con insistenza.

"Maledizione" mormoro sottovoce. "Questo finirà sui tabloid, vero?"

"È davvero così?" mi chiede Sophia, aggrottando la fronte. "Hai paura dei bottoni?"

"Non ho paura. Li vedo semplicemente per le disgustose capsule di germi che sono." Inoltre, cosa mi ha spinto ad ammettere questa tra tutte le cose?

"Germi?" Lei inclina la testa.

"Hanno tutti quei buchi in cui si infilano i microbi e gli acari della polvere" spiego.

A volte, addirittura quattro maledettissimi buchi.

Decisamente troppi.

Lei mi guarda come se mi vedesse per la prima volta. "È successo qualcosa per farti sentire così?"

Costringo le mie spalle tese a rilassarsi. Per quanto io detesti questo argomento, almeno stiamo comunicando. "Non ne sono sicuro" rispondo. "Una volta, in effetti, mio padre mi ha abbottonato la camicia troppo stretta e ho pensato che sarei soffocato, ma credo di non essere stato un fan di quei dannati aggeggi già all'epoca e quello è stato solo un altro esempio di come possono ucciderti."

Lo sguardo di Sophia sembra particolarmente dolce. Devono essere quelle sue ciglia lunghe e nere. "È terribile" mormora e potrei giurare che la sua mano si muova verso la mia... solo che, in quel momento, Helena arriva al nostro tavolo, sorridendo maniacalmente come se stesse facendo un'audizione per il ruolo di Joker.

"Salve" cinguetta con una voce roca che lascia intendere due pacchetti di sigarette al giorno. "Lasciate che vi illustri le opzioni del menù di stasera."

Recita lentamente il menù. Quando arriva ai contorni, mi guarda con aria solenne. "Nel suo caso, le consiglio di saltare del tutto i contorni, anche se possiamo offrirle dell'hummus in sostituzione, se lo desidera."

"Perché?" le chiedo. Cioè, probabilmente avrei saltato i contorni comunque per prendere qualcosa di più sano, ma lei come fa a saperlo?

"Le opzioni sono purè di patate con funghi o pasta" dichiara ancora più solennemente.

"E questo sarebbe un problema perché?" Mentre Sophia lo chiede, le sue tette oscillano su e giù in modo molto distraente.

"La pasta è a forma di ruote con raggi" risponde Helena, come se ciò spiegasse qualcosa. "E mi dispiace molto per questo. Lo chef non sapeva della sua situazione, altrimenti..."

"A cosa ti riferisci?" Guardo Sophia per vedere se ha qualche indizio, ma lei sembra perplessa quanto me.

"Pasta a rotelle" chiarisce Helena. Vedendo i nostri sguardi ancora assenti, sbotta: "Assomigliano a bottoni."

Stringo e rilasso i pugni, un'azione che attira uno sguardo rapito da parte di Sophia. "Quel tipo di pasta non assomiglia forse alle *ruote*, motivo per cui la gente le chiama *rotelle*?" Qualcuno ha mica assunto Helena per rovinarmi la pasta... e le ruote?

"Le mie scuse" dice Helena. "Quindi, prende la pasta? È sicuramente una scelta migliore delle patate, per via... dei funghi champignon."

"Che cos'hanno che non va?" chiede Sophia, storcendo il naso per l'ulteriore confusione.

"In inglese, sono conosciuti anche come 'button mushrooms' (funghi bottoni)" spiega Helena.

Espiro, infastidito. "Helena, se stai cercando di essere utile, per favore, smettila. Di solito, non mangio cose del genere in ogni caso, ma, a meno che il tuo chef non sia così folle da friggere dei veri e propri bottoni, non c'è bisogno che mi rovini cibi perfettamente buoni facendo associazioni che non esistono."

"Mi dispiace" si scusa Helena.

"D'accordo" replico. "Hai detto che l'hummus era un'opzione, giusto?"

La cameriera annuisce.

"Lo preparate qui, a bordo?"

Un altro cenno d'assenso, ma stavolta più incerto.

"Vorrei i ceci con cui fate l'hummus, solo i ceci, con cinque delle vostre insalate di contorno senza condimento e quattro contorni di broccoli al vapore, anch'essi senza condimento."

Mentre proseguo, le sopracciglia di Sophia si trasformano in punti interrogativi.

Rispondo alla sua domanda non posta. "Sono un atleta. Dobbiamo stare attenti a quello che mangiamo." Mangio così anche nella speranza di invecchiare più lentamente e con più grazia, ma non ne parlo perché mi farebbe sembrare vetusto agli occhi della ventiquattrenne Sophia.

Helena mi guarda con pietà. "Immagino che non prenderà il dessert."

"Portami qualsiasi frutto abbiate in cucina" le dico. "I frutti di bosco sono particolarmente graditi." Menziono quest'ultima cosa perché i frutti di bosco sono super-salutari (e anche nell'eventualità in cui Helena pensi che assomiglino troppo a dei bottoni per i miei gusti).

Dopo aver annuito solennemente, la cameriera si rivolge a Sophia. "E lei, cara?"

"Oh, io non rimarrò" risponde Sophia, ma non si

alza in piedi (il che significa che potrei avere una possibilità).

Le rivolgo il mio migliore sguardo da cucciolo. "Ti prego, Coccinella, non andartene. Prometto di non parlare della squadra né di qualsiasi altra cosa di cui non vuoi parlare."

Lei sospira. "Ti rendi conto che hai rovinato la mia possibilità di incontrare persone da ogni parte del mondo? Non vedevo l'ora."

"Beh, io sono estone di prima generazione" dichiaro. "Posso raccontarti tutto sulla mia patria." E, con "tutto", intendo quel poco che mi hanno raccontato i miei genitori, non molto lusinghiero.

"E sia" acconsente Sophia prima di rivolgersi alla cameriera. "Prenderò il tortino di cipolle Vidalia come antipasto, il Surf & Turf come piatto principale e il dessert."

"Quale dessert?" le chiede Helena.

"Posso provarli tutti?" Sophia mi guarda con aria di sfida, ma non ho intenzione di perdere il mio vantaggio facendo una smorfia, anche se la tentazione è forte.

"Certo" risponde la cameriera. "Potrebbe solo esserci un piccolo sovrapprezzo."

"Mettilo in conto alla mia camera" dico, anche se questo mi rende complice del conseguente danno alla salute di Sophia.

"Desiderate qualcosa da bere?" ci chiede Helena.

"No" rispondiamo all'unisono io e Sophia.

"Niente di alcolico, almeno" chiarisco. "Prenderò del succo di pomodoro, se l'avete."

"E una bibita gassata per me" dice Sophia e, stavolta, devo aver fatto una smorfia abbastanza evidente perché se ne accorgesse, dato che sbuffa e aggiunge: "Facciamo un frapppé con gelato."

Pensa di punire me invece del suo pancreas?

"Me ne occupo subito" dice Helena e si allontana in fretta.

"Avanti, dai." Sophia fa il broncio, portando l'attenzione del mio cazzo sulle sue labbra. "Dillo."

"Dire cosa?"

"'Il cibo che hai ordinato non è salutare'" recita in quella che deve ritenere un'imitazione della mia voce. Alle mie orecchie, sembra piuttosto quella di un orco.

In risposta, faccio spallucce. "Hai ventiquattro anni. Probabilmente, potresti mangiare patatine fritte di vernice al piombo e il tuo corpo sopravviverebbe... per un po', comunque."

Lei rotea gli occhi. "Parli come se tu avessi novant'anni."

Dannazione! Ha ragione e stavo cercando di evitare proprio questo. "Ho trentasette anni" ammetto. "Il che significa che devo stare più attento, soprattutto se voglio giocare... o non avere un infarto."

Sophia mi scruta con un'espressione curiosa. "Non sembri un trentasettenne."

"Grazie." Levo il mio bicchiere d'acqua verso di lei.

"Chi ha detto che era un complimento?" borbotta.

"Potevo intendere che assomigli a un nonno, il che sarebbe adeguato alle prediche che fai."

Helena torna con i nostri drink, risparmiandomi di dover rispondere.

Quando siamo di nuovo soli, Sophia lecca il gelato sul suo frappé in un modo che fa andare in tilt il mio cazzo già iperattivo. "A trentasette anni, non sei troppo vecchio per l'hockey?"

"Stai tirando fuori gli artigli?" Mi lascio cadere un tovagliolo in grembo per nascondere il rigonfiamento, ma il tovagliolo si tende, perciò mi avvicino al tavolo.

"Sono solo curiosa" ribatte lei.

"In tal caso, non hai tutti i torti. Di solito, nell'hockey, l'età del pensionamento dipende dalla posizione che si occupa. Per i portieri, l'età non è così rilevante, anzi: migliorano più avanti nella loro carriera. Per gli attaccanti e i difensori, invece, le prestazioni tendono a diminuire verso i trent'anni... ma io sto combattendo questa tendenza con tutti i mezzi a mia disposizione." E, se vivrò più a lungo come conseguenza, tanto meglio.

"Allora, quando pensi di ritirarti?" mi chiede.

"Questa domanda si sta avvicinando troppo all'argomento che ti avevo promesso di evitare."

"In che modo?"

Prendo il mio succo di pomodoro. "Il motivo per cui voglio diventare il proprietario della squadra è che, così, i miei compagni resteranno nella mia vita anche dopo il mio ritiro."

"Ah." Sophia si sposta sulla sedia. "Io..."

"Ecco il suo tortino di cipolle." Helena pone l'antipasto a forma di torta davanti a Sophia. "E la sua insalata di antipasto." Porge a me un piatto con due foglie di lattuga e un singolo pomodoro ciliegino.

"Cosa stavi dicendo?" chiedo a Sophia non appena siamo di nuovo soli. Ho il presentimento che, forse, abbia iniziato a sentirsi in colpa per la scelta di tenersi la squadra, soprattutto perché sappiamo entrambi che non si tratta di una decisione economica da parte sua, ma di un puro dispetto.

"Niente" replica lei, afferrando un boccone del suo antipasto. "Credo che tu mi debba qualche curiosità interessante sull'Estonia."

Trangugio la mia "insalata" in mezzo morso. "L'Estonia è il luogo di nascita dell'albero di Natale" le dico. "Lo sapevi?"

"Ah sì?"

Sorrido. "A meno che tu non lo chieda a un lettone. Loro ritengono che sia il loro Paese, ma si sbagliano."

Lei sogghigna. "Certo. Certo. Che altro?"

Mi gratto la nuca. "In Estonia, le tasse sono fisse. Questo rende la compilazione della dichiarazione dei redditi talmente semplice che si può fare in dieci minuti." O, almeno, così si lamentavano i miei genitori ogni volta che dovevano fare la stessa cosa qui, negli Stati Uniti, ma non lo menziono perché non voglio che Sophia mi chieda della mia famiglia.

"Tasse fisse." Sophia finge uno sbadiglio. "Che cosa affascinante... se io facessi la contabile."

Mi stringo nelle spalle. "È uno dei Paesi meno

religiosi del mondo." Il che rende la situazione con i miei genitori tragicamente ironica, ma non ho intenzione di parlarne.

"Questo è leggermente più interessante" dice provocatoriamente. "Soprattutto, se io stessi facendo un censimento."

Quale potrebbe essere considerato un fatto interessante? "L'Estonia ha l'aria più pulita del mondo?"

Sophia scuote la testa.

"Ci sono tonnellate di foreste con lupi, linci e orsi bruni."

"Questo va un po' meglio. Ma non di molto."

"L'Estonia è il luogo di nascita di Skype" propongo.

Lei aggrotta la fronte. "Skype non è nato nella Silicon Valley?"

"No. È nato in Estonia, che è anche il Paese con il maggior numero di persone di bell'aspetto al mondo."

"Ma va?" commenta, roteando gli occhi.

Le rivolgo un sorrisino presuntuoso. "Non ho detto di essere incluso, ma sì, l'Estonia ha la più alta percentuale di top model al mondo."

"No, è impossibile." Pretende che le dia il mio telefono, digita qualcosa e si acciglia di fronte al risultato. "Ah" commenta, alzando lo sguardo. "Mi chiedo perché tu non stia con una top model estone."

"Non sto con nessuna" dichiaro, riprendendomi il telefono. "Ma, se anche fosse, non sarebbe una della mia madrepatria, questo è certo." È quello che avrebbero voluto i miei genitori se ci parlassimo ancora, quindi fanculo.

"Anch'io non sto con nessuno" dice Sophia con aria di sfida.

Sono combattuto tra uno strano senso di sollievo e di preoccupazione. "Perché no?"

"Non ci si può fidare degli uomini" dichiara con evidente sincerità. "Presenti decisamente inclusi."

Inclino la testa di lato. "Approvo questo atteggiamento verso gli altri, ma cosa ti ho fatto io per giustificare la tua diffidenza?"

"Tutto ciò che vuoi è la tua squadra" afferma. "Dubito che saresti qui, altrimenti."

Apro la bocca per rispondere, ma Helena arriva con i nostri piatti principali.

Dopo che se n'è andata, Sophia mi guarda stringendo gli occhi. "Cosa stavi per dire?"

Cosa? Forse non sarei qui se non fosse per la squadra, ma forse ci sarei. Io stesso non ne sono ancora sicuro. C'è sicuramente qualcosa di magnetico in Sophia e intendo al di là del suo splendido aspetto e di quelle tette divine. Qualcosa in lei è...

"Come pensavo" commenta. "Ma, almeno, sei onesto."

Lo sono?

"Pensi di metterci un po' di condimento?" Indica i miei piatti (al plurale).

Esamino il mio cibo. L'insalata dell'antipasto mi aveva fatto temere che le altre porzioni fossero minuscole, ma lo chef non si è trattenuto. Ci sono almeno due barattoli di ceci, oltre a un chilo di verdure. "Se fossi a casa mia, ci cospargerei sopra dei semi di canapa" rispondo. "Ma dubito che li abbiano sulla nave."

"Semi di canapa?" Tira un sospiro esasperato. "Figuriamoci. Consumeresti cannabis, ma senza il relativo divertimento."

Prende un pezzo di coda di aragosta, lo affoga nel burro e se lo mette in bocca.

Che mi venga un colpo! L'espressione del suo volto è molto simile a quella di quando viene.

Sposto la sedia ancora più vicino al tavolo e faccio del mio meglio per concentrarmi sulla conversazione. "Sei sballata mentre parliamo, vero?"

Scuote la testa. "L'erba non è consentita a bordo."

Da quando questo ha mai fermato qualcuno? Inoltre... "Come mai hai controllato?"

Si stringe nelle spalle. "Non la uso spesso, ma faremo una tappa in Giamaica e mi chiedevo se potessi comprarne un po' lì e portarla a casa per festeggiare con Abigail al mio ritorno."

"Ah. Quindi, sei tu quella che ha una cattiva influenza sull'altra" le dico sorridendo per assicurarmi che non si offenda.

"Abigail ha un'influenza su di me molto peggiore di quella che io ho su di lei" replica Sophia. "Non avrei mai provato l'alcol se non fosse stato per lei, né l'erba, se è per questo."

"Da quanto tempo siete amiche?"

Se dovessi tirare a indovinare, direi molti anni.

"Dalla seconda media." Sophia taglia la sua bistecca in piccoli pezzi. "Lei indossava una gonna e un bullo le rubò le mutandine nello spogliatoio. Io avevo i jeans, così le diedi le mie. Lo stesso giorno, lei mi invitò a casa sua e il resto è storia."

"Wow. È stato gentile da parte tua... a un'età in cui i ragazzini sono praticamente dei mostri."

"I maschi lo sono" precisa lei. "Tra le femmine, invece, c'è maggior varietà di caratteri."

"Forse hai ragione. Io non riesco a immaginare di dare a un altro le mie mutande... né che lui le indossi, se è per questo."

Lei sbuffa. "Scommetto che le indosserebbe, se portasse una gonna in un ambiente in cui i ragazzi preadolescenti si divertono a sollevare le gonne."

"Forse. Ma è altrettanto probabile che farebbe un occhio nero ai sollevatori di gonne... o un naso rotto."

"Come hai detto tu." Inforca un pezzo di bistecca. "I ragazzini sono dei mostri."

Anch'io sono un mostro, secondo lei? Sono un adulto, ma, se qualcuno cercasse di sollevarmi la gonna (metaforicamente parlando), gli farei comunque un occhio nero o gli romperei qualche osso.

"In ogni caso" continua Sophia. "Ora che so che l'erba non è permessa sulla nave, io e Abigail dovremo festeggiare alla vecchia maniera: con gli shottini."

Annuisco. "È una cosa saggia. Non assumere droghe." È l'unica regola che seguo tra quelle che i miei genitori mi hanno inculcato.

Sophia rotea gli occhi. "L'alcol è una droga, solo che è legale. Ti ho visto consumarlo, *quello*."

"L'alcol è una bevanda" ribatto. "Non è una droga."

Lei inclina la testa. "Ci si può sballare anche con le caramelle gommose e quelle sono cibo."

"Giusto, ma il THC è una droga."

"Anche l'etanolo" ribatte.

Incrocio le braccia. "Non credo proprio."

"Può portare alla dipendenza, giusto?"

"Certo. Ma questo vale anche per il formaggio... e non penserai mica che sia una droga, vero?"

"Dipendenza da formaggio?" Prende il grande barattolo di parmigiano e ne sparge una buona dose sopra il suo prossimo pezzo di bistecca.

"Almeno, non lo sniffi" dico con un sorriso.

Lei rotea gli occhi ancora una volta. "L'alcol produce endorfine, proprio come alcune delle peggiori droghe."

"Scopare produce endorfine, ma non è una droga, giusto?" Ripensandoci, forse questo non è l'esempio migliore. Scopare con Sophia potrebbe essere la droga che induce più dipendenza di tutte, una da cui sono stato irrimediabilmente assuefatto fin dal primo assaggio.

Coccinella arrossisce, poi afferra il mio telefono e fa una ricerca.

Dovrei dirle che sta continuando a infrangere la sua disintossicazione dal digitale?

"Ecco qui." Mi piazza davanti lo schermo. "L'alcol è un depressore del sistema nervoso centrale."

Le prendo di mano il telefono, leggo sullo schermo e mi acciglio. "Si vede che ti stai laureando in filosofia" brontolo, sconfitto. "Sei molto brava nei sofismi."

Lei mi guarda con sospetto e mi rendo conto troppo tardi che, forse, non mi aveva detto quale fosse la sua specializzazione.

La fortuna vuole che Helena torni proprio in quel momento. Ha in mano un vassoio di dolci e, ad aiutarla, c'è un corpulento cameriere che, per fortuna, non indossa l'orribile giacca con i bottoni.

Helena mi mette davanti una ciotola di frutta, poi dispone i dessert di Sophia sul resto della tavola (piuttosto grande) e si allontana in fretta.

Indico tutti i dolci. "*Quelli* non sono droghe?"

"No." Sophia lancia uno sguardo bramoso a un éclair, rendendo il mio uccello molto geloso. "Beh, forse." Indica il tiramisù. "Questo contiene caffeina, che è una droga."

Scruto il tavolo, stupito da quanta inventiva possa avere la gente nel tentativo di consumare più zucchero possibile. "Scommetto che io saprei rinunciare all'alcol più a lungo di quanto tu sapresti rinunciare ai dessert."

Lei afferra l'éclair dall'aspetto fallico. "Accetterò la scommessa... dopo la crociera."

"Sì. Certo." Prendo una delle fragole che ho nel piatto. "Non so se te ne rendi conto, ma, quando hai voglia di qualcosa di dolce, in realtà, hai voglia di frutta." Mordo la fragola e la trovo piuttosto aspra e, pertanto, non adatta a sostenere il punto di vista che sto cercando di far valere.

Sophia mordicchia sensualmente il fottuto éclair. "Forse, quando hai voglia di frutta, ciò che vuoi veramente è lo zucchero... e la frutta non è all'altezza."

"La frutta è deliziosa" ribatto con fermezza. "Un buon mango maturo ha un sapore più dolce di tutto quello che hai sopra questo tavolo."

Il problema è che la frutta dev'essere di stagione, mentre lo zucchero è, per definizione, dolce tutto l'anno.

"In filosofia, chiamiamo questo genere di cose 'qualia'" mi informa. "Il colore verde potrebbe apparire diverso per te da come appare a me. Lo stesso vale per i sapori. Forse, per te, un mango maturo ha davvero il sapore di un dessert, ma per me no di certo."

Resisto a fare un altro commento sulla sua specializzazione in filosofia e mi tuffo sulla frutta. Lei attacca i dolci, dando un morso a ciascuno, ma senza finirne nessuno.

"Qual è stato il tuo preferito?" le chiedo quando allontana la sedia dal tavolo.

"La panna cotta." Indica un intruglio bianco in un bicchiere. "E ti sfido ad assaggiarla."

Prendo il cucchiaino che mi offre e lo immergo nella parte fruttata dell'intruglio.

"Questo è imbrogliare" dice. "Assaggia la parte bianca, senza alcuna traccia di frutta."

D'accordo. Rovisto nella parte bianca in questione, chiedendomi di cosa sia fatta.

Qualunque cosa sia, dubito che si tratti di alimenti integrali o a base vegetale.

"Per carità!" esclama Sophia. "Non morde mica."

Stringendo i denti, mi infilo la panna cotta in bocca.

Mmm. Interessante.

"Pensieri?" mi chiede Sophia.

Beh, la mia prima impressione è che la consistenza mi ricorda la morbidezza setosa della sua fica, ma ho il presentimento che il paragone non sarebbe gradito. "È meno dolce di quanto mi aspettassi."

"Giusto. E poi?"

"Un mango Ataulfo maturo ha una consistenza simile" affermo. "E, se ti piace questa, ti piaceranno anche la noce di leechee e la cherimoya."

Lei sbuffa, esasperata. "Mi arrendo." Finisce il resto della panna cotta. Poi, con disinvoltura, mi chiede dove può trovare la frutta che ho menzionato.

"Che te ne pare se te lo dico mentre ti accompagno alla tua suite?" le propongo, alzandomi in piedi.

Merda! Non dovrei assolutamente sapere che ha preso una suite invece di una cabina, ma suppongo che l'idea di passeggiare insieme l'abbia distratta abbastanza da non mettere in dubbio la mia strana onniscienza.

Così, ci incamminiamo e io parlo. Potrebbe trattarsi della mia immaginazione, ma vedo Sophia adocchiare la mia mano un paio di volte, come se fosse sul punto di stringermela, come aveva fatto nel tragitto da quel bar al mio letto.

Che mi venga un colpo! Sono contento di aver comprato tutte le suite circostanti. Così, le possibilità che ci imbattiamo in qualcuno (e, quindi, che qualcuno veda quanto sono in tiro) sono minime.

"...e la stagione dei leechee inizia verso maggio" dico

mentre raggiungiamo la sua porta. "Come per gli altri frutti, i migliori si trovano a Chinatown."

Quando lei si accorge che mi sono fermato davanti alla porta giusta, aggrotta la fronte, perciò faccio finta di voler proseguire. Lei si rilassa visibilmente e mi dice: "Aspetta. Questa è la mia porta."

"Ah" dico, fingendo sorpresa. "Io sto proprio qui accanto." Indico la suite che ho accuratamente scelto di occupare e che, ora, penso sia troppo vicina alla sua per la mia sanità mentale.

"Oh." Si acciglia di fronte a questa "coincidenza."

"Ho chiesto all'agente di viaggio la suite con la migliore vista panoramica" le spiego. "Mi ha risposto che quella era già prenotata, ma che la mia sarebbe stata la seconda migliore."

Ciò sembra tranquillizzarla, o almeno suppongo che sia per questo che non sembra più sospettosa.

Anzi, non capisco la sua espressione attuale. Oppure la capisco, ma devo sbagliarmi.

Gli occhi pesanti.

Le labbra socchiuse.

Il rossore e il sottile guizzo della lingua che le inumidisce le suddette labbra.

Il mio cazzo, già sull'attenti, le fa un saluto militare degno di un generale a cinque stelle.

"Credo sia meglio che io entri" mormora, ma non si muove.

Mi volto verso di lei, il che è un errore perché vengo catturato dalla gravità che emana... e dalle sue tette deliziose. "Grazie per aver cenato con me."

"Non c'è di che" risponde con voce ansante. "Stranamente, mi sono divertita."

"Anch'io. Solo che non ci trovo nulla di strano."

"Beh, è meglio che io entri" ripete, ma ancora non si muove.

Si inumidisce quelle labbra una volta di troppo e qualcosa dentro di me scatta.

Chinandomi, rivendico le sue labbra in un bacio che sognavo da settimane.

Capitolo 20

Sophia

So che Mason mi sta soltanto baciando, ma mi sento sull'orlo di un orgasmo.

Do la colpa a tutta l'eccitazione accumulata. L'odore che lui emanava durante la cena, il modo in cui mi guardava e, soprattutto, il fatto che mi abbia mostrato il pugno così tante volte (come se lo facesse apposta) hanno trasformato il mio cervello in una panna cotta.

Aspettate un attimo!

Perché sto lasciando che questo accada?

Non dovrei.

Ma è così bello. Le sue labbra sono morbide, ma il resto di lui è duro. A proposito di durezza... Uber preme contro il mio ventre, facendomi sentire le capriole nello stomaco.

Ma no.

A differenza del Giorno XXX, oggi l'alcol non potrà servire da giustificazione. Se andrò fino in fondo, sarò andata a letto con lui di mia spontanea volontà.

D'altra parte, molti filosofi non credono nel libero arbitrio. Molti lo considerano un'illusione.

No.

Il libero arbitrio è reale, altrimenti io non sarei in grado di evocare il mio e usarlo per allontanare Mason da me (anche se desidero disperatamente non farlo).

"Non mi inviti a entrare?" Il suo sguardo è selvaggio, il suo respiro affannoso.

Riesco a scuotere la testa.

"Ne sei sicura?"

No, non ne sono sicura. Ma intendo fingere finché lo sarò. "Questo è il tuo modo per cercare di convincermi a venderti la squadra?"

Lui aggrotta la fronte e la selvatichezza dei suoi occhi si attenua. "Cosa?"

"Non è per questo che sei venuto in crociera? Per convincermi a venderti la squadra... con ogni mezzo necessario?" Ehi, se io avessi un pene come Uber, probabilmente riuscirei a convincere le donne a vendermi qualsiasi squadra volessi, sia essa di hockey, di basket o di lotta con gli alluci.

Mason fa un passo indietro e sembra che gli abbia dato uno schiaffo. "Senti, Coccinella... Sì, sono venuto in crociera per cercare di parlarti della vendita, ma ciò che è successo dopo il bar quella sera non c'entra niente con questo e, se..."

"È una bugia" intervengo con decisione. "Mi hai dato i biglietti per la partita come parte della tua strategia per convincermi a vendere. Se non fosse stato per quello, non sarei finita in quel bar e il Giorno XXX non ci sarebbe stato."

"Giorno XXX?"

Merda! Non avrei dovuto rivelare quel soprannome. "Non importa come lo chiamo. Non succederà di nuovo. Ma, anche se dovesse succedere, non aiuterebbe la tua causa. Non sei *così* bravo."

In realtà, è molto vicino ad essere *così* bravo. È solo che io ho più esperienza con i seduttori ingannevoli rispetto alla media delle persone.

L'espressione di Mason diventa tumultuosa. Suppongo che questo sia stato un colpo sotto la cintura.

"Sai una cosa? Fanculo" ringhia. "Non vendermi la dannata squadra. Non me ne frega un cazzo. Ma, almeno, vendila a qualcun *altro*."

Indietreggio. "Perché?"

"Tu non hai esattamente il miglior curriculum quando si tratta di questioni finanziarie."

Le mie pulsazioni aumentano mentre elaboro ciò che sta insinuando. "Io cosa?"

Fa una smorfia. "Lascia perdere. Non è quello che volevo dire. Senti, la verità è che l'impegno di possedere una squadra è gravoso persino per chi lavora nell'industria dell'hockey. Dal momento che tu..."

Continuando a fulminarlo senza battere ciglio, ignoro il resto delle sue parole, mentre alcune piccole cose che mi avevano preoccupata durante la serata si incastrano come pezzi di un puzzle. Il riferimento al "curriculum finanziario" è una frecciata al mio punteggio di credito abissale, che lui non dovrebbe conoscere. Sapeva anche qual era la porta della mia suite, ma poi ha fatto finta di non saperlo e, prima ancora, conosceva la mia specializzazione, anche se non credo di avergliene mai parlato.

"...senza contare l'esperienza nella gestione di grandi budget, della comprensione delle normative e..."

"Hai fatto delle indagini su di me, vero?" Lo colpisco al petto con un dito accusatorio. I suoi muscoli sembrano d'acciaio, ma, una volta tanto, questo non mi fa venire voglia di calarmi le mutandine proprio qui nel corridoio.

Mason sospira. "Non volevi nemmeno parlarmi. Ero disperato."

Lo ammette! Pensavo di essere solo paranoica. Tutto il mio corpo avvampa di calore, ma non come pochi istanti fa. Stavolta, non si tratta di un'eccitazione scioccamente sbagliata, ma di una rabbia così legittima che potrebbe citare versetti biblici... in altre lingue.

"Sei uno stalker" gli sibilo. "E ti voglio fuori da questa crociera."

Lui piega la mano come se fosse di nuovo sul punto di stringere un dannato pugno. "Vendi la squadra e scenderò al prossimo porto."

"No." Sono così incavolata che mi sembra possa scoppiarmi una vena nel cervello.

Mason fa una smorfia. "In tal caso, anche la mia risposta è *no*."

"Benissimo" dico a denti stretti. "Allora, scenderò io."

Lui fa spallucce, il che probabilmente significa che finirà sullo stesso aereo con me, forse nel sedile accanto al mio.

"Non appena tornerò sulla terraferma, otterrò un ordine restrittivo" lo avverto.

"La prima tappa di questa crociera è un'isola privata della Royal Ruskovian" ribatte lui. "Dubito che abbiano un dipartimento di polizia."

Faccio un respiro profondo e ricordo a me stessa che sono una pacifista e, soprattutto, che colpire è moralmente sbagliato, per quanto allettante. Invece, giro i tacchi e sventolo con rabbia la carta magnetica della mia suite sopra la serratura, poi strattono la maniglia della porta.

Non succede nulla.

Fumando di rabbia, sbatto la carta contro il lettore, ancora una volta senza successo.

"Devi dare un colpetto" mi dice Mason.

Do un colpetto al dannato aggeggio, ma ancora senza fortuna.

"Fallo più delicatamente e aspetta di vedere la luce verde" mi dice Mason con la calma più irritante. "Poi, gira la maniglia."

Faccio come dice lui e la mia rabbia raddoppia quando funziona.

Una volta dentro la suite, sbatto la porta così forte che è un miracolo che non si stacchi dai cardini. Faccio alcuni respiri profondi ed esco sul balcone, ma, a differenza della porta, io mi sento scardinata, quindi nemmeno la splendida vista mi rilassa. In preda all'ira, prendo il mio telefono per chiamare Abigail e sfogarmi, ma poi ricordo la mia stupida decisione di disintossicarmi dal digitale e non ho voglia di acquistare il Wi-Fi a bordo in questo momento.

Grrr.

Che faccia tosta quel tipo!

È già abbastanza grave che mi abbia stalkerata e seguita in crociera, ma che mi abbia fatta indagare?

Cammino avanti e indietro per la stanza nel tentativo di calmarmi, ma è inutile. Il fatto che lui sia venuto a conoscenza della mia pessima situazione creditizia (e che abbia fatto quelle insinuazioni) è ciò che mi fa davvero arrabbiare. Mia madre aveva già recato un grave danno al mio punteggio creditizio e, poi, Rupert ha completato l'opera.

Gemo. L'idea che Mason sappia quello che è successo con Rupert (anche indirettamente) mi fa venire voglia di buttarmi nell'oceano e nuotare fino alla riva più vicina.

No.

Al diavolo!

Preferirei buttare in mare Mason piuttosto che lasciare che mi rovini questa vacanza.

Già.

Esco di nuovo sul balcone, mi distendo con determinazione sulla comoda poltrona a sdraio e mi costringo a godermi il panorama.

Non so se sia un coma alimentare dovuto a tutti quei dessert o se sono più brava di quanto pensassi a rilassarmi, ma la mia strategia funziona fin troppo bene e, prima di rendermene conto, sono profondamente addormentata.

———

Mi sveglio con un'alba sull'oceano, sentendomi molto più rilassata.

Dovrei vendere la mia villa e vivere permanentemente su una nave? No, pessima idea. Il mio staff perderebbe il lavoro, le testuggini perderebbero la loro casa e le mie probabilità di diarrea (per gentile concessione del Norovirus) salirebbero alle stelle.

Nonostante quest'ultimo pensiero, il mio stomaco brontola.

Ah. Persino dopo quella cena abbondante, ho un gran appetito.

Vado in bagno e, mentre faccio le mie cose, rimugino su un grosso problema: mi serve un modo per andare a mangiare senza imbattermi in Mason, con cui sono ancora incavolata, splendida alba o meno.

Beh, lui probabilmente avrà già fatto colazione (e nel frattempo, avrà fatto anche jogging, sollevamento pesi e bevuto succo di erba di grano o chissà cos'altro). Tuttavia, nel caso in cui abbia dormito fino a tardi (o abbia intenzione di stalkerarmi di nuovo), probabilmente mi aspetterà al ristorante di ieri sera; quindi, io andrò al ristorante VIP, quello aperto solo alle persone che alloggiano nelle suite.

Mi vesto particolarmente bene (per me stessa, non

per un certo stalker). È vero, non indosso nulla con i bottoni, ma è solo perché potrebbe esserci qualcun altro affetto da koumpounofobia.

Sorrido. Conosco abbastanza la lingua greca da sapere che koumpouno significa "bottone", ma l'origine è l'antica parola greca per indicare i fagioli (che, ironia della sorte, sembrano essere il fulcro della dieta di Mason).

Maledizione! Perché lui è di nuovo nei miei pensieri?

È colpa della fame... di cibi per la colazione, si intende. Come la salsiccia. O una banana, anche se il fatto che sia un frutto mi ricorderebbe una certa persona... E anche la sua forma.

Grrr.

Prendendomi mentalmente a schiaffi, mi dirigo verso il ristorante e, quando entro, lo trovo vuoto... tranne che per una persona.

Mason Tugev, naturalmente.

Capitolo 21

Mason

"Ciao, Coccinella" dico. "Fai colazione con me."

Lei scuote la testa, ma i suoi occhi sfrecciano verso il porno di zuccheri che è il buffet di questo posto (proprio come speravo).

"Per favore" le dico. "Dammi la possibilità di scusarmi."

Lei si precipita verso di me, con gli occhi stretti come due fessure. "Scusarti per cosa?"

"Il pedinamento" rispondo sinceramente. "Non avrei dovuto farlo. Se qualcuno l'avesse fatto a me, sarei furioso quanto te." E, se si fosse trattato di un uomo, sarebbe in una sala di rianimazione d'ospedale, ma è meglio non dare a Sophia quest'idea.

Sembra che sia a corto di parole (e dev'essere la prima volta per lei e, forse, per i laureandi in filosofia in generale).

"Volevo anche dirti una cosa" affermo. "Una cosa che, te l'assicuro, vorrai sapere." In realtà, ho due informazioni di questo tipo ed è un miracolo che io non abbia avuto bisogno di usarle ieri sera, perché mi aspettavo di doverlo fare.

"Dirmi cosa?"

Pone la domanda con finta nonchalance, ma vedo che la sua curiosità è eccitata quanto il mio cazzo alla sua vista.

Indico il tavolo di fronte a me e sorrido come se questa non fosse una mossa strategica per guadagnarmi il suo perdono.

"Sarà meglio che si tratti di una cosa interessante." Prende un piatto e lo riempie con una quantità di zuccheri tale da nauseare persino l'elfo di nome Buddy.

Posando il piatto al mio tavolo, comunica alla cameriera che prende le nostre ordinazioni di bevande che vuole un mocaccino al cioccolato e mi guarda come se volesse sfidarmi a fare qualche commento di disapprovazione.

"Posso avere un assaggio?" le chiedo quando la cameriera se ne va.

Arrossendo, mi fulmina. "Un assaggio di cosa?"

"Del mocaccino." Sopprimo una risatina che quasi mi manda il succo di pomodoro su per il naso. "Cosa credevi che intendessi?"

Sophia diventa più rossa del mio succo, confermando che credeva volessi assaggiare lei. Questo pensiero me lo fa venire duro... o meglio, *più duro*.

"Scusa." Sorrido, sentendomi tutt'altro che dispiaciuto. "Intendevo il caffè, naturalmente. Stavo giusto leggendo un articolo su quanto il caffè faccia bene alla salute, a patto che lo si beva solo prima di mezzogiorno." E che non contenga latte né zucchero, ma dirlo significherebbe inasprire questo ramoscello d'ulivo.

Lei sbuffa. "È psicologia inversa?"

Inclino la testa di lato. "Cosa intendi?"

"Affermi che qualcosa che mi fa male è un alimento salutare nella speranza che io non lo voglia più. Oppure fai il contrario e affermi che la verza fa marcire i denti."

"No. Il caffè fa bene *davvero*. Perché non dovrebbe? È un chicco. È già noto che favorisce le prestazioni atletiche e cognitive, ma si è scoperto che protegge anche dalle malattie croniche e riduce il rischio di cancro."

"Ah."

"E, quindi, avevo intenzione di assaggiarlo" continuo.

"Un momento." Mi fissa con aria incredula. "Non hai mai bevuto caffè?"

Grandioso. Ci risiamo. Come se non fossi già stato preso in giro all'infinito dai miei compagni di squadra.

Scuoto la testa. "Ho assaggiato l'espresso da bambino ed era amaro, perciò non ho visto la necessità di riprovarci... fino a questo articolo."

Lei ci riflette su per un attimo. "Io ho avuto la stessa esperienza con la birra e, da allora, non ne ho più bevuta."

Ah. "Forse, la gente dovrebbe dare ai bambini alimenti che non vuole che consumino più avanti nella vita." Come lo zucchero, sto per aggiungere, ma mi blocco in tempo.

"Dovrebbe essere una sostanza amara" mi ricorda lei. "Altrimenti, il piano potrebbe ritorcersi contro."

Dannazione! Quindi, la mia idea dello zucchero è un flop in ogni caso. "Non mi vengono in mente molte cose che siano amare e nocive per la salute. La birra potrebbe essere l'unica, in realtà."

"E il cioccolato?" propone lei.

"Se è fondente, fa bene" dichiaro. "Io ne metto un po' sulle mie insalate."

Sbatte le palpebre. "Cioccolato fondente... sull'insalata?"

"Perché no?"

Fa spallucce. "Suppongo che non sia poi così diverso dal mettere il cioccolato nella salsa mole. Ma, comunque... Suona osceno."

"È delizioso, te l'assicuro" le dico. "Oppure, lo metto nelle centrifughe di frutta."

"Centrifughe di frutta, ma naturalmente!" Scuote la testa. "La cosa più simile che io abbia mai bevuto è una granita."

Non abbocco all'amo. "Sono sicuro che lo chef potrebbe preparartene una."

Si guarda intorno. "A proposito di chef e ristoranti, perché sei venuto qui? Pensavo che fossi nel ristorante di ieri sera."

"Ho pensato che l'avresti pensato ed è per questo che sono venuto qui." E ho chiesto allo chef di prepararmi questo tofu che mi sto gustando e che assomiglia abbastanza a un piatto di uova strapazzate per evitare che si ripetesse la pericolosa conversazione sulla dieta (una strategia che, evidentemente, non ha funzionato).

Sophia indica intorno a sé nel locale. "Dove sono tutti?"

Tanto vale strappare questo cerotto. "Volevo che avessimo la nostra privacy indipendentemente dal ristorante in cui avremmo mangiato, quindi ho prenotato tutte le suite."

Sgrana gli occhi. "Tutte?"

"Sì."

Morde con aria pensierosa la cosa più salutare del suo piatto: una crostata di mirtilli. "Hai speso una fortuna solo per parlare con me."

Annuisco.

"Suppongo che avrei potuto evitare tutto questo se non avessi ignorato le tue telefonate" aggiunge dopo una pausa.

"È vero, ma hai il diritto di non parlarmi. Sono io nel torto... ma apprezzo che tu l'abbia detto."

Lei inclina la testa. "Allora, torniamo all'informazione con cui mi hai corrotta?"

"Cosa vuoi sapere?" Guardo i nostri piatti non-vuoti.

"Puoi dirmi di cosa si tratta? Resterò qui fino alla fine della colazione. Lo prometto."

Faccio tsk-tsk. "Saresti una pessima stratega nell'hockey."

"Lo prendo come un complimento." Mi lancia un

piccolo muffin, che io prendo al volo e rimetto nel suo piatto prima di assumere la mia migliore espressione da poker, come faccio nei momenti critici delle partite.

"Se vuoi avere l'informazione in anticipo, dovrai fare un'escursione con me" dichiaro.

Stringe le labbra e sembra pensierosa. Nel frattempo, arriva la sua bevanda e lei la spinge verso di me.

Bevo un piccolo sorso e non posso fare a meno di trasalire.

"Che c'è?" mi domanda.

"Credo che si siano dimenticati di aggiungere il caffè a tutto quello zucchero." Bevo un sorso di succo di pomodoro per togliermi il sapore di melassa dalla bocca. "Ma, almeno, non era neanche lontanamente amaro."

Lei assaggia la bevanda e sospira. "Secondo me, qui c'è bisogno di un altro cucchiaio di zucchero. Quale sarebbe l'escursione?"

Faccio spallucce. "Qualunque cosa riguardi la natura. Scegli tu."

Inarca un sopracciglio.

Va bene. Il modo migliore per rimediare alla mia invasione della sua privacy è condividere qualcosa di imbarazzante su di me. "In camera mia, non c'erano documentari naturalistici e io ho bisogno della mia dose di natura."

Inclina la testa. "Ti piacciono i programmi sulla natura?"

"Li adoro."

Mi preparo all'assalto delle solite battute, ma lei si limita a sorridere con approvazione. "Probabilmente, ti piacerebbe visitare la mia villa."

"Per via delle testuggini?"

Stringe le labbra. "Il tuo dossier su di me è così approfondito?"

Scuoto la testa. "Sapevo di Donatello e April prima che ci incontrassimo. Me li ha mostrati Theodore."

"Ah. Voi due passavate del tempo insieme?" C'è un accenno di gelosia nella sua voce?

"Non ci frequentavamo molto, ma, quando lui ha saputo della mia passione per la natura, mi ha fatto visitare il suo santuario, dove ho fatto una piacevole chiacchierata con la dottoressa Kelpcon." O meglio, è stata piacevole fino a quando è cominciato a sembrarmi che lei volesse usarmi per una sorta di esperimento di riproduzione umana... che coinvolgesse noi due. E ciò che ha peggiorato la situazione è stato il fatto che il suo flirtare ha coinciso con il momento in cui avevo notato i bottoni bianchi del suo camice.

Sophia agita le sopracciglia. "La dottoressa Kelpcon ti ha raccontato tutto sulla prestanza sessuale di Donatello?"

Sogghigno. "Sì, ma mi ha anche raccontato alcune curiosità che prima non conoscevo, come il fatto che le testuggini hanno i polmoni sulla schiena."

Sophia incrocia le braccia davanti al petto. "A *me*, questo non l'ha mai detto." Si morde il labbro. "Suppongo sia colpa della mia mancanza di un grosso pene."

Inarco un sopracciglio.

Lei arrossisce di nuovo. "Mi riferivo a Donatello, non a te."

"Sì, eh?"

Mi guarda con aria supplichevole. "Possiamo passare oltre?"

Resisto all'impulso di sorridere. "I polmoni in questione si trovano proprio sotto il guscio; quindi, se spaventi una tartaruga, questa si nasconde dentro con un forte sibilo."

"Ah." Sophia afferra distrattamente un muffin. "April mi ha sibilato l'altro giorno, in effetti, quando mi sono avvicinata a lei per sbaglio."

"Ecco."

Sgranocchia il muffin in modo così seducente che fisso il mio piatto per mantenere l'equilibrio mentale.

"Cos'altro ti ha raccontato la brava dottoressa?" mi chiede.

"Mi ha parlato degli uccelli che cavalcano le vostre tartarughe." Dopo essermi ripreso un po', torno a guardarla, giusto in tempo per vederla leccarsi le briciole sulle labbra, cosa che fa ingrossare parecchio il cazzo sopraccitato.

Perché sono abbastanza sicuro che *non* si stesse riferendo a Donatello.

"Ah, giusto." Sophia ridacchia e il suo rossore è quasi scomparso. "Secondo la dottoressa Kelpcon, gli uccelli e le testuggini hanno un rapporto simbiotico. Qualcosa a proposito delle zecche tra le pieghe della pelle delle tartarughe."

Fiù! La frase "le pieghe della pelle delle tartarughe" placa la mia erezione... un po'. "Per come la vedo io, tu hai un rapporto simbiotico con quelle testuggini molto più di quello che hanno gli uccelli. A loro serve qualcuno che paghi l'affitto e tu lo fai."

"E io cosa ci ricavo?" Prende una mini ciambella. "Le schifezze che mangio non includono le zecche."

È seria? "Ci ricavi il relax che si prova a guardarle." Per me sarebbe così, di sicuro.

Le sue guance arrossiscono di nuovo. "Quelle due trombano troppo perché io possa rilassarmi a guardarle."

All'accenno al trombare, i miei occhi vengono attratti dalla scollatura di Sophia, ponendo fine alla breve tregua del mio cazzo.

"Dunque... qual era quell'informazione con cui mi hai corrotta?" mi chiede, spostandosi sulla sedia.

Ah. Giusto. "Il signor Berger è vivo e vegeto."

Mi guarda con aria confusa.

"Volevi sapere se ce l'avrebbe fatta" le ricordo.

"Eh?"

Sospiro. "Il tizio a cui abbiamo salvato la vita." Sono generoso quando la includo in quel plurale.

"Ah. Il tizio irsuto che stava avendo un infarto?"

"Il suo nome, a quanto pare, è Hampton Berger e si è ripreso completamente" affermo. Non menziono il fatto che il nostro avvocato comune non l'avrebbe rivelato a nessuno dei due e, perciò, ho usato i miei canali per scoprirlo (lo stesso Max Stolyar che mi ha dato il dossier su di lei).

"Hampton Berger?" ridacchia. "Pensi che i suoi amici lo chiamino Ham (prosciutto)?"

"Ham Berger?"

"Ehi" dice. "È sopravvissuto, quindi la battuta non è di cattivo gusto."

"Non è di cattivo gusto? Quell'infarto potrebbe essere il risultato dell'aver mangiato troppi hamburger. Inoltre, una persona che fa di cognome Papachristodoulopoulou può davvero permettersi di sfottere?"

Sgrana gli occhi. "L'hai pronunciato bene!"

"Perché non dovrei?" Mi è bastata una lezione con un insegnante privato che parla fluentemente il greco... niente di che.

"Pochissime persone sono in grado di farlo" aggiunge. "Finora, ci riusciva solo il mio maggiordomo. A scuola, non c'è un solo professore in grado di pronunciarlo."

"È una vergogna per quei cosiddetti professori di filosofia. Il greco, per loro, dovrebbe essere ciò che il latino è per i preti cattolici."

Sorride. "Credo che, al giorno d'oggi, facciano la Messa in inglese."

"Ah. Giusto." Non avrei dovuto usare un esempio legato alla religione: mi fa venire in mente i miei genitori.

"Va tutto bene?" mi chiede Sophia, con le sopracciglia aggrottate in un piccolo cipiglio. Deve aver colto il mio cambiamento di umore.

Dovrei parlarle dei miei genitori? Sento che glielo

devo, dopotutto. Ma no. Non posso. C'è un motivo se non ne ho mai parlato a nessuno. Senza contare il fatto che non sarebbe uno scambio equo. Tutto ciò che ho appreso io su di lei dall'indagine è, in fin dei conti, un serie di dettagli: dove va a scuola, il suo punteggio di credito e il suo programma di andare in crociera. Max non mi ha rivelato niente di più profondo e niente che possa assomigliare al suo segreto più doloroso. Non che io pensi che ne abbia uno, considerando quanto è allegra...

"Mason Tugev!" biascica una voce dall'accento vagamente familiare. "In carne e ossa. Sei *proprio* tu."

Mi giro sulla sedia e vedo un tizio magrissimo in un'uniforme sgualcita, con una bottiglia di vodka in mano e due litri nell'alito.

Sophia mi rivolge uno sguardo interrogativo e io mi stringo nelle spalle, confuso quanto lei.

"Sono io" dice il tizio dopo un singhiozzo. "Il tuo più grande fan."

Beh, questo spiega perché è qui.

"Salve" lo saluto con il tono più amichevole che riesco a trovare, perché bisogna essere gentili con i fan. "È un piacere conoscerti." Un piacere pari a quello di cercare zecche alcoliche nelle pieghe della pelle di una tartaruga ubriaca.

"Aspetta, non mi riconosci?" Sbatte la vodka sul tavolo e mi porge la mano cadaverica. "Sono Ivan Vorobey."

Sophia sgrana gli occhi, quindi inizio a sospettare che si tratti di una qualche celebrità, ma non ho la minima idea di chi sia. Voglio dire, mi ricorderei di quel nome: se tradotto dal russo, è Jack Sparrow, che è il nome del pirata interpretato da...

"È il capitano" mi dice Sophia, proprio quando stavo per arrivarci da solo. Abbassa la voce e si sporge verso di me. "E sta bevendo."

Ivan indica la bottiglia con un gesto disinvolto. "Solo un piccolo digestivo dopo la colazione."

Prende il mio bicchiere d'acqua, ne rovescia il contenuto sul pavimento, poi lo riempie di vodka fino all'orlo. "Bevi un bicchierino con me" mi esorta. "Per onorare il nostro incontro."

"Mi dispiace, non posso berlo" replico.

"Ulcera allo stomaco?" mi chiede con un sussurro inorridito, solitamente riservato alla discussione di patologie come il cancro. "È successo al mio vecchio. I medici gli avevano proibito di bere." Rabbrividisce. "Credo che si possa assumere comunque la vodka per via rettale, ma mio padre rifiutò questa opzione, preoccupato che lo facesse diventare gay."

Ci sono moltissime informazioni da elaborare qui, ma io mi limito ad allontanare la vodka e, mantenendo un tono amichevole con un tifoso, dico: "Il mio allenatore me l'ha proibito e lo rispetto più di qualsiasi medico." Non è nemmeno una totale bugia: il Coach ci ripete sempre di non esagerare con l'alcol e uno "shottino" come questo sarebbe da considerarsi tale. Cosa più importante, però, devo rimanere lucido per stare al passo con Sophia.

"Ma certo! Naturalmente." Ivan si scola con un

lungo sorso il bicchiere che aveva versato per me. "Bisogna sempre ascoltare il capitano, l'allenatore, la moglie e la padrona."

Si vede che Sophia, come me, si sta chiedendo se intenda la padrona del tipo BDSM o la donna con cui tradisce la moglie.

"Allora" prosegue Ivan. "Volevo chiederti di quella partita in cui hai segnato tre gol."

Merda! Guardo Sophia in cerca di aiuto, ma lei, chiaramente, mi porta ancora rancore, perché dice: "Ah. Ottimo. Voi ragazzi fate pure la vostra chiacchierata. Io vado a scegliere l'escursione."

"Grazie" brontolo.

"Non c'è di che." Balza in piedi, mi manda un sarcastico bacio d'addio e se ne va, lasciandosi dietro un leggero profumo di mango e anguria.

Mi rivolgo a Ivan. "Puoi essere un po' più specifico?"

Lui si versa un altro bicchiere di vodka. "Cosa intendi?"

"Ho segnato una tripletta in parecchie partite."

"Ah." Si scola il bicchiere. "Intendo quella in cui hai dato un pugno a quel tizio. E a quell'altro."

Reprimo un sospiro. Sarà una mattinata molto, molto lunga.

Capitolo 22

Sophia

Dopo aver prenotato l'escursione, passeggio nel Central Park e rifletto sul come e perché sono riuscita a perdonare Mason così in fretta. Perché, in qualche modo, l'ho fatto e non credo che lui se lo meriti.

Sono superficiale? Gli sto permettendo di farla franca per via del suo bell'aspetto?

Forse. D'altra parte, si è scusato. E si è informato sul tizio dell'hamburger per me. Senza contare il fatto che gli ha anche salvato la vita. Devo solo assicurarmi di non andare oltre il semplice perdono, quando...

"Coccinella" mi chiama Mason, correndo verso di me senza ansimare minimamente. "Che attività divertente hai prenotato per noi?"

"Ciao." Mi aspettavo che il buon capitano restasse permanentemente attaccato al fianco di Mason, ma non c'è. "Ti piace la fauna marina?"

Annuisce con entusiasmo. "Andiamo a fare snorkeling?"

"No." Non sono così sciocca da espormi alla vista di lui con indosso solo il costume da bagno. In quel caso, rischierei di ripetere il Giorno XXX, o peggio. "Non appena raggiungeremo il prossimo porto, faremo un giro su una barca con il fondo di vetro." Facendo del mio meglio per simulare il tono da venditore del concierge, recito: "È come indossare una maschera da sub rimanendo asciutti."

Perché, se Mason si bagna, lo farò anch'io.

"È fantastico!" esclama. "Probabilmente, potremmo scorgere coralli, pesci, alghe e forse addirittura un relitto."

"A proposito di naufragi" dico. "Dov'è il bravo capitano?"

"Intendi il non-tanto-bravo capitano?" Mason sorride ironicamente. "Ha bevuto così tanto che non gli affiderei una nave di carta."

"Lo so, vero?" concordo, mentre il suo sorriso mi fa vibrare qualcosa nel ventre.

Cioè, no, non è così. Si tratta di paura per la mia vita, data la situazione del capitano.

Mason mi porge il gomito, ma io esito.

"Non so se questo ti farà sentire meglio" mi dice. "Ma l'ho affrontato riguardo al bere e mi ha assicurato che ha un'alta tolleranza e che (cito testualmente) 'ci vorrebbe molto più di *questo* per farmi affondare la nave'."

"Molto rassicurante." Infilo la mano nell'incavo del suo gomito, ma solo perché ignorarla è imbarazzante. L'azione, però, è un errore, perché sentire il suo bicipite muscoloso intensifica le capriole nel mio stomaco generate dalla "paura per la mia vita."

Mason si comporta come se la mia mano sul suo braccio fosse una conclusione scontata. "Quello che potrebbe essere più rassicurante è il fatto che non guida effettivamente la nave come si farebbe con un'automobile. Usa sistemi di navigazione come il radar, il GPS e il pilota automatico. E, soprattutto, questi sistemi sono gestiti da un team di ufficiali e membri esperti dell'equipaggio. Molti di loro vengono dall'India e sono, per citare di nuovo Jack Sparrow, 'astemi con troppi dottorati'."

"Jack Sparrow?"

"È il nome del capitano tradotto dal russo" mi spiega.

Gli stringo il braccio. "Tu parli russo?"

"Abbastanza per tradurre quel nome" risponde.

"È assurdo. Nonostante io abbia frequentato due anni di spagnolo a scuola, so dire solo qualche frase. E conosco solo qualche parola in greco."

Quest'ultima parte mi ricorda sgradevolmente mia madre. Stranamente, il bicipite di Mason si tende nella mia presa, come se l'argomento lo offendesse. Eppure, quando parla, il suo tono è blando.

"La maggior parte degli estoni conosce un po' di russo" dice.

"Ah. È la lingua che parlano i tuoi genitori?"

Si ferma di scatto e libera il braccio dal mio tocco. "Hai sentito?"

Aggrotto la fronte. "Sentito cosa?"

"La nave si è fermata."

Come a confermare le sue parole, l'interfono si attiva e il direttore di crociera ci dà il benvenuto a terra.

"Dove vuoi che ci incontriamo?" mi chiede Mason non appena l'annuncio è terminato.

"All'ingresso del porto?" Sono ancora confusa dal suo comportamento.

"Va bene" replica. "Ci vediamo lì."

E, detto ciò, si allontana di corsa senza voltarsi indietro.

Solo dopo che se n'è andato, mi rendo conto che la sua stranezza è coincisa con il fatto che avessi sollevato l'argomento dei suoi genitori.

———

Quando incontro Mason all'ingresso del porto, sembra che stia bene.

Più che bene.

Si è cambiato la maglietta con una più attillata e i pantaloni con un paio di bermuda, una combinazione che mi distrae ingiustamente.

"Dove ci imbarchiamo sulla barca col fondo di vetro?" mi chiede, guardandosi intorno con curiosità.

"Lì." Indico un'imbarcazione che sembra un

giocattolo per bambini accanto alla *Meraviglia degli Oceani*.

Mason inclina la testa. "Non sono sicuro che ci starò in uno spazio così piccolo."

Non ho idea del perché questa affermazione mi faccia avvampare le guance, ma è così. "Per fortuna, il tuo ego non occupa spazio, quindi dovremmo essere a posto."

"Touché." Mi porge di nuovo il gomito e (per pura convenienza) metto la mano sul suo bicipite e lo conduco a destinazione.

Mmm. Mentre saliamo a bordo, mi rendo conto che il nostro veicolo non è piccolo soltanto in proporzione alla nave da crociera. È piccolo anche rispetto ad altre cose grandi, come, ad esempio, Uber.

"Hai prenotato tutta la barca?" mi chiede Mason, scrutando i posti vuoti. "Pensavo che quella fosse la mia mossa."

"No, non l'ho fatto." Suppongo che quest'escursione non abbia attirato l'interesse di nessun altro.

Ops! Ho parlato troppo presto.

Una coppia di anziani sale a bordo tenendosi per mano, con la moglie che sorride come se la sua vita dipendesse da questo e il marito che sembra aver appena ingoiato un limone marcio.

"Salve" ci saluta la donna con una parlata biascicata del Sud. "Io sono Martha e lui è Andrew."

Andrew grugnisce qualcosa con un marcato accento di Brooklyn.

"Salve" li saluta Mason con un tono insolitamente

amichevole. "Venite a sedervi accanto a noi. Sophia ha voglia di chiacchierare con dei perfetti sconosciuti."

È una frecciatina al mio desiderio di mangiare ai tavoli condivisi in crociera o un sincero desiderio di essermi utile? È difficile a dirsi con quest'uomo.

"Buongiorno." Tendo la mano a ciascuno dei nuovi arrivati. "Come ha detto Mason, io sono Sophia. Siamo entrambi di New York."

"Anch'io sono di New York" ci dice Andrew (e non gli faccio notare che avrei potuto indovinarlo dal suo accento).

"Ma, ora, vive in Florida" aggiunge Martha. "Con me e i nostri sedici Siberian husky."

Sedici?

A giudicare dal suo sopracciglio inarcato, anche Mason è impressionato dal numero.

"Con quel numero, si potrebbero guidare due slitte." Mason si gratta la testa.

Quando tutti lo guardiamo con aria interrogativa, ci spiega: "La slitta trainata dai cani è un'attività molto diffusa in Estonia."

Ah. Giusto. Da quel poco di geografia che conosco, l'Estonia è un posto freddo.

Se Andrew e Martha hanno domande sulla madrepatria di Mason, non le esprimono. Invece, guardano con circospezione fuori dal finestrino, in tempo per vedere la nostra barchetta iniziare a muoversi.

Seguire il loro sguardo mi fa sentire strana, così

guardo l'attrazione principale di questa escursione: il fondo di vetro.

Solo che non c'è ancora molto da vedere.

Accidenti!

Spero che arrivi qualcosa e presto.

La barca prende velocità e vorrei che non lo facesse. La percepisco muoversi molto più di quanto sentissi la nave da crociera. A pensarci bene, sulla nave, non mi ero quasi accorta che stessimo navigando.

Quando alzo lo sguardo dal fondo di vetro, noto Martha e Andrew a disagio, così faccio conversazione chiedendo a nessuno in particolare: "Agli husky piace il freddo, vero?"

Martha mi guarda storto. "Cosa stai cercando di insinuare?"

"I nostri cani sono molto felici" si intromette Andrew con aria di sfida. "A loro piace il sole."

Che stiano protestando troppo?

"Gli husky hanno un doppio manto" interviene Mason. "Aiuta a sopportare il freddo, ma, in caso di necessità, può anche proteggere dal caldo. Comunque, dubito che gli faccia bene correre troppo all'aperto sotto il sole della Florida."

"Sono felici" sibila Martha. "Felici, vi dico."

Oh, cavoli! Cosa abbiamo detto?

"Abbiamo impostato l'aria condizionata a 18 gradi per loro" ci informa Andrew. "Non hanno mai troppo caldo."

"Ok. Bene." Sorrido debolmente.

Ignorandomi, Martha sussurra qualcosa all'orecchio del marito.

Con l'aria di chi ha mangiato un limone improvvisamente più acido, Andrew si alza e si schiarisce la gola. "Mi sentirei più a mio agio se mi sedessi vicino all'ingresso" dice. "Vieni, tesoro."

Si alzano entrambi, chiaramente desiderosi di stare il più lontano possibile da noi (o da me).

Nota a margine: quando si incontrano persone con cani, non bisogna mai fare domande.

Dannazione!

Mentre osservo l'andatura barcollante della coppia, qualcosa mi si rimesta nello stomaco (e non mi riferisco al senso di colpa per il mio passo falso sociale).

"Com'è stata l'esperienza?" mi sussurra Mason con sarcasmo quando i Floridiani sono fuori portata d'orecchio. "Sei sicura di essere ancora arrabbiata per il fatto che ti ho privata di altre esperienze come questa durante la crociera?"

Faccio spallucce, poi indico in basso. "Vedo qualcosa."

Quel qualcosa è un'acqua meno torbida, che diventa sempre più blu e trasparente. Ben presto, il panorama diventa davvero interessante, o tanto interessante quanto possano esserlo pesci, alghe e coralli.

Ripensandoci, a giudicare dall'espressione di Mason, si direbbe che stiamo assistendo a un kolossal estivo ricco d'azione.

All'improvviso, sento il rumore di un conato di vomito.

Oh, no!

Andrew balza in piedi e corre sul ponte, con Martha che lo segue.

Qualcosa che hanno mangiato? Il Norovirus? In ogni caso, spero che non siano sulla nostra crociera.

Ma no.

Mi rendo conto che anch'io mi sento sempre più stordita. Non mi ero soffermata a pensarci... ma diventa sempre più difficile da ignorare.

È una sensazione molto simile ai postumi della sbornia del Giorno XXX. Solo che, ora, il mio mondo vortica di più e la nausea è più forte. Inoltre, ho un desiderio disperato di stare sulla terraferma (che non faceva parte della mia esperienza dei postumi del Giorno XXX).

"Va tutto bene?" mi chiede Mason con tono preoccupato.

"Certo." Faccio un respiro profondo. "Perché me lo chiedi?"

"Sembri un tantino verdognola."

"Sto benone." Commetto l'errore di guardare fuori dal finestrino e, non appena vedo l'oceano muoversi, il mio mal di mare si intensifica.

Faccio ancora un paio di respiri profondi.

"Non hai un bell'aspetto" commenta Mason.

"Mi farebbe bene un po' d'aria fresca." Solo che mi sento in colpa a interrompere il suo divertimento da spettacolo naturale.

"Ottima idea." Mi aiuta ad alzarmi. "Andiamo."

Usciamo sul ponte e, all'inizio, l'aria fresca sembra

essermi d'aiuto, ma poi sento dei rumori provenienti da un'altra parte della barca, che mi ricordano la scena del getto di vomito de *L'esorcista*.

"Cazzo!" ringhia Mason. "Vuoi tornare indietro?"

Scuoto la testa e ingoio la bava che mi si sta accumulando sgradevolmente in bocca.

"Tieni." Lui si toglie la maglietta, la inumidisce con l'acqua della sua bottiglia e mi preme l'impacco freddo sulla fronte.

Ok. Tra il vedere Mason a torso nudo e il fresco, mi sento un po' meglio, ma poi i rumori riprendono, rovinando tutto.

A questo punto, non riesco nemmeno a capire chi stia emettendo i suoni: se Martha, Andrew o, molto probabilmente, Pazuzu, il demone antagonista de *L'esorcista*.

Mason mi guarda, preoccupato, mentre sento Pazuzu infilarsi nel mio corpo e usare le sue dita nodose per schiacciare il centro della nausea nel mio cervello. Ansimando, mi piego oltre il parapetto così velocemente che Mason deve pensare che io voglia buttarmi in mare. Mi afferra con una presa forte, ma poi la possessione di Pazuzu prende il sopravvento e Mason passa a tenermi i capelli.

Dannazione! Sto per morire. Le interiora mi stanno uscendo dalla bocca. Va avanti così finché non sento che la mia milza sta nuotando con i pesci.

Quando è passata, mi sento finalmente un po' meglio. Ma sono mortificata, ancor più di quella volta in cui avevo allungato la mano in una scatola di campioni vicino a un negozio di ciambelle, solo per rendermi conto che non era una scatola di campioni: la donna che teneva in mano la scatola era una dipendente del negozio in pausa e la scatola era il suo pranzo.

"Bevi." Mason mi porge la sua bottiglia d'acqua, con un'espressione preoccupata anziché disgustata.

"Dovrai bruciare questa bottiglia" mormoro.

"Smetti di fare la sciocca e bevi." Mi piazza la bottiglia tra le mani.

D'accordo. Mi costringo a bere un sorso. Poi un altro.

"Ottimo" dice Mason. "Ora, guarda verso l'orizzonte lontano."

Lo faccio e questo mi aiuta un po' di più.

"Mettiti qui." Mason mi sposta di qualche passo, sistemandomi in modo che io senta il vento sul viso.

Già. Va meglio... tranne per il fatto che i rumori dei conati riprendono.

"Non preoccuparti" mi rassicura Mason. "Ho una soluzione."

Che soluzione ha? L'acqua santa?

Con mio grande stupore, Mason inizia a cantare a squarciagola. La canzone è in una lingua che non riconosco, forse russo o estone. È lenta e ripetitiva e Mason canta in modo stonato, ma riesce benissimo a coprire i rumori di Pazuzu. Questo, unito al fissare l'orizzonte e al vento sul viso, mi fa sentire quasi umana.

Dopo circa un minuto, Mason smette di cantare e

sento qualcuno chiedere: "È il caso di tornare indietro?"

È il capitano della barca. A differenza del capitano della nostra nave, lui non sembra ubriaco fradicio.

"Sì, cazzo" ringhia Mason. "Falla arrivare a riva il prima possibile e naviga senza oscillazioni d'ora in poi, o ti stacco un braccio."

Staccargli un braccio? Sembra una cosa che direbbe un vichingo... e non dovrei trovarlo eccitante. Per niente. Sono una pacifista, o almeno così pensavo. Inoltre, è possibile navigare senza oscillazioni? Non ne sono sicura, ma, vista l'espressione spaventata del capitano, farà sicuramente del suo meglio.

Quando Mason si volta verso di me, la sua espressione feroce si trasforma nuovamente in preoccupazione e lui riprende a cantare (giusto in tempo, perché Pazuzu tenta di possedermi di nuovo).

Dopo quelle che mi sembrano quattro ore di tortura, attracchiamo e Mason mi porta in braccio fuori dalla barca, stretta al suo petto come una sposa. La mia nausea è così forte che non trovo nemmeno la forza di protestare. Riesco solo ad ansimare: "Non riportarmi su nessuna imbarcazione. Non sono pronta."

"Certo. Ti va di sederti su quella panchina?" Mi indica una panchina così lontana che non riuscirei nemmeno a vedere l'oceano: un enorme vantaggio in questo momento.

Annuisco. "Passiamo prima dal bagno, per favore."

Ormai, sono abbastanza sicura di riuscire a stare in

piedi da sola, ma lui mi trasporta lo stesso. Sta per entrare con me nel bagno delle donne, quando trovo finalmente la mia spina dorsale.

"Posso usare il bagno da sola" gli dico, divincolandomi. "Grazie."

Lui mi posa a terra e mi osserva con scetticismo mentre faccio qualche passo (instabile, lo ammetto).

"Starò bene." Gli rendo la maglietta bagnata che mi era servita da impacco e mi precipito in bagno.

Dannazione! Quando mi guardo allo specchio, sono più pallida del WC vicino. Oh, pazienza! Faccio i miei bisogni, mi lavo il viso con il sapone per le mani e poi cerco di rendermi il più presentabile possibile dopo un attacco di Pazuzu.

Quando esco, Mason si è rimesso la maglia: che peccato! Sta anche tenendo il telefono all'orecchio e mi dà le spalle, quindi non si accorge che sono dietro di lui.

Non so perché, ma mi avvicino silenziosamente per origliare la sua conversazione (solo per rendermi conto che, se i nostri ruoli fossero invertiti, io lo definirei un comportamento da stalker e non gliel'o farei dimenticare).

"Certo, biglietti per tua moglie e anche per la tua amante" dice Mason e io rilascio un respiro che non mi ero accorta di aver trattenuto. Una parte di me temeva che stesse parlando con una moglie o una fidanzata che non aveva mai nominato, ma è improbabile che una di queste entità abbia una moglie e un'amante a sua volta (a meno che non sia particolarmente francese).

"Ma" continua Mason, "in tal caso, dovrai ritardare la partenza di tre ore."

Oh. Sta parlando con il...

"Grazie, Ivan" conclude Mason, confermando la mia ipotesi. "Dopo la partita, ti firmerò il disco."

Capisco che sta per riattaccare, così indietreggio in punta di piedi verso il bagno, in modo che sembri che sia appena uscita quando lui si gira verso di me.

"Ehi." Avvicinandosi, mi prende di nuovo in braccio senza tante cerimonie e mi porta verso la panchina lontana. "Come ti senti?"

Ora che non ho più la nausea, il suo tocco manda scie di calore in tutti i miei luoghi segreti (ma non ho intenzione di ammetterlo). Invece, deglutisco e rispondo sommessamente: "Meglio."

Sono anche commossa dal fatto che lui si sia preso la briga di ritardare la nave per me, ma non gli dico nemmeno questo, nel caso in cui stia per usarlo come merce di scambio per convincermi a vendere la squadra. Soprattutto, non ammetterò di aver origliato: mi piace troppo la mia posizione di alta moralità.

"Siediti, respira e rilassati." Lui mi depone sulla panchina e si siede accanto a me, passandomi un braccio sulle spalle.

È piacevole... ma è troppo simile ad essere al cinema con la mia dolce metà, quindi dovrei dirgli di smettere.

Da un momento all'altro.

Ripensandoci, il suo braccio mi sta in qualche modo aiutando a riprendermi e credo che questo giustifichi l'abbraccio ancora per un po'.

Per un paio di minuti. O una decina.

Inoltre, Mason ha un buon profumo, come quello di una foresta invernale. Esiste l'aroma-terapia, quindi mi limito a inspirare più a fondo e a godermelo.

Lui mi guarda e annuisce con approvazione. "Il tuo colorito sta tornando normale."

Forse. O, forse, è il fondotinta che mi sono messa in bagno. "Qual era la canzone che mi hai cantato?"

Lui rimuove bruscamente il conforto del suo braccio e, attraverso la maglietta bagnata, posso vedere i suoi muscoli tendersi. "Una ninna nanna estone. Mia madre me la cantava quando ero piccolo."

Oh, cavoli! Credo di aver finalmente capito. "Le è successo qualcosa, vero?"

L'espressione di Mason diventa tempestosa. "No."

"Oh." Cosa, allora? I suoi genitori sembrano essere un argomento a dir poco delicato.

Evidentemente, lo sto fissando con aria di aspettativa, perché si passa una mano ruvida sul viso ed espira, prima di distogliere lo sguardo. Quando torna a guardarmi, la sua espressione è accuratamente vuota. "Mia madre e mio padre sono vivi e vegeti" dichiara in tono uniforme.

Mi mordo il labbro. Percepisco comunque qualcosa e un diavoletto dentro di me mi spinge a chiedergli: "Il tuo dossier su di me parlava di *mia* madre?"

Scuote la testa. "Non era così approfondito come pensi. Principalmente, ho appreso il tuo punteggio di credito, quanto reddito avevi prima dell'eredità e, soprattutto, i luoghi in cui avrei potuto incontrarti."

Oh. Quindi... niente su Rupert. Un grosso peso mi viene tolto dalle spalle. Preferirei vomitare davanti a Mason un'altra dozzina di volte piuttosto che fargli sapere che sono stata ingannata come una sciocca innamorata. Tuttavia, sento il bisogno di rivelargli qualcosa di più, se non altro perché sono sicura che ci sia qualcosa di complicato tra lui e i suoi genitori... proprio come tra mia madre e me.

"Quando ho compiuto diciotto anni, mia madre ha aperto una serie di carte di credito a mio nome e ha usato i soldi per pagare la sua dipendenza dalla droga" affermo, eguagliando il suo tono uniforme. Non so perché, ma non la trovo una cosa tanto imbarazzante quanto la faccenda di Rupert; forse perché, in questo caso, non avevo preso parte alla mia stessa distruzione. "Inutile dirlo" continuo. "Non ci parliamo più."

I lineamenti duri di Mason si ammorbidiscono. Mi prende la mano e la stringe in modo rassicurante, un tantino troppo forte. "Mi dispiace tanto. So esattamente come ti senti."

"Davvero?" Lo fisso.

La sua mascella si contrae. "Quello che sto per dirti non l'ho mai detto a nessuno."

Non sbatto nemmeno le palpebre. Smetto anche momentaneamente di respirare.

"I miei genitori non mi vogliono nella loro vita." Le parole sono cariche di così tanto dolore che mi brucia la gola per lui. "Ricordi quando ti ho detto che l'Estonia è il Paese meno religioso del mondo? Beh, per ironia della sorte, i miei genitori hanno trovato la religione e si sono trasformati in quel tipo di fanatici che ti danno due possibilità: unisciti a noi o non vogliamo vederti mai più."

Questa è l'ultima cosa che mi aspettavo di sentire.

Ammutolita, lo guardo con stupore.

"Ci ho provato, in realtà. Andavo alle funzioni con loro e leggevo i loro libri sacri, ma, naturalmente, l'entusiasmo è molto difficile da fingere. Non è stato d'aiuto il fatto che pensassero che io fossi un "dissoluto" in base alle stronzate che leggevano su di me nei tabloid. Anche se le storie fossero state vere, giudicarmi è stato ipocrita, a dir poco, da parte loro: mio padre beveva più vodka del nostro capitano e mia madre ha avuto almeno due scappatelle, che io sappia. Comunque, alla fine, mi hanno fatto sedere e mi hanno annunciato di aver deciso che sarebbe stato meglio per loro non avere un figlio, e mi hanno chiesto di non chiamarli né andare a trovarli."

Stavolta, sono io ad afferrare la sua mano. È ghiacciata, perciò la strofino tra le mie, usando l'attrito per restituire un po' di calore alla sua pelle.

"Mi dispiace tanto" dico onestamente. "E spero che tu capisca che sono loro a rimetterci."

Lo penso davvero. È un uomo attraente, di successo e ricco, che (a parte qualche tendenza allo stalkeraggio) è anche sinceramente gentile. Almeno, in quanto al prendersi cura di una donna che soffre il mal di mare. O al salvare la vita di un uomo.

Sì, quest'ultima è una cosa piuttosto importante.

"Lo stesso vale per te" mi dice. "È tua madre a rimetterci."

Ingoio un improvviso nodo alla gola. "Già, certo."

"Dico sul serio" insiste.

Sospiro. "Razionalmente, so che è vero, ma mi sento spesso di merda a prescindere." E ho dei problemi che mi hanno portata a finire con uno come Rupert.

"Capisco." Copre le mie mani con le sue. "Proprio come io so che nessuno mi ferirà come hanno fatto i miei genitori, ma, spesso, ho ancora la sensazione che potrebbe succedere."

Problemi di fiducia. Dovrei dirgli che potrebbe essere il mio secondo nome?

"È per questo che non hai mai avuto una relazione seria?" gli domando di botto, poi trasalisco per la mia schiettezza imbarazzante. "Te lo chiedo a nome di tutte le tue fan accanite." No, questo non ha migliorato la situazione.

Inarca un sopracciglio. "Quindi... hai fatto una ricerca su di me?"

Mi aveva detto che non esce con nessuna, ma io volevo approfondire la questione. "Non si tratta di stalking" affermo, sulla difensiva. "Sei un personaggio pubblico."

Anche lui sospira. "Non l'ho mai vista in questo modo, ma forse hai ragione. Di sicuro, non mi fido facilmente delle persone... ma, in qualche modo, sento di potermi fidare di te. Forse perché mi hai rivelato il tuo più grande segreto."

Solo che non l'ho fatto. Rupert è il mio più grande segreto e non l'ho menzionato.

"E tu?" mi chiede Mason. "Hai avuto qualche relazione seria? E, prima che sollevi l'argomento del maledetto dossier che ho fatto fare su di te, sappi che non c'era scritto nulla al riguardo, altrimenti non te lo chiederei."

Se avessi intenzione di parlargli di Rupert, questa sarebbe la mia occasione. Mason ha sicuramente condiviso con me qualcosa di molto doloroso e personale.

Ma, a quanto pare, non ci riesco; ecco perché la mia bocca dice: "No, non ho avuto relazioni serie."

Se fossi Pinocchio, il mio naso sarebbe lungo quanto Uber.

L'espressione comprensiva di Mason mi fa sentire un pezzo di Pazuzu per aver mentito. "Pensi che sia a causa del rapporto con tua madre?"

Faccio spallucce. "È quello che direbbe qualsiasi psicologo."

Lui sventola la mano con disinvoltura. "Il nostro Coach ci ha fatti andare tutti da una psicologa. Ha cercato di sedurmi."

"Che zoccola!" Ops, mi è scappato. "Voglio dire, sedurre un paziente va contro tutte le regole."

Un ghigno diabolico contorce le labbra di Mason. "Sei gelosa?"

"Perché mai dovrei essere gelosa?" Sul serio, mi piacerebbe saperlo... perché lo sono decisamente.

"Non saprei." Inclina la testa. "Solo che sembri gelosa."

"Non lo sono." È ora di cambiare argomento. "Hai mai sentito parlare del paradosso di Pinocchio?"

La prima cosa che faccio dopo aver mentito è citare un famoso bugiardo? Astuta.

Mason mette di nuovo il braccio intorno a me. "Che cos'è, di grazia, il paradosso di Pinocchio?"

"Beh..." Faccio del mio meglio per non sembrare il professor Sonnifero. "Questo paradosso si verifica se Pinocchio dice: 'Adesso mi si allungherà il naso'."

Mason aggrotta la fronte. "Perché, se quello che dice è vero e il suo naso si allunga, sarebbe una violazione della regola per cui gli cresce solo quando mente. Invece, se quello che dice è falso e il suo naso non si allunga, allora sta dicendo una bugia e..." Lui si sfrega le tempie. "Ecco perché non mi sarei mai laureato in filosofia. Può farti venire un'emicrania peggiore di un disco in testa."

"Chiedo scusa. Non avevo capito che usare il cervello potesse farti venire il mal di testa." In realtà, anch'io non sono una fan dei paradossi e per ragioni simili alle sue, ma forniscono un'ottima distrazione (esempio in questione: non si parla più di gelosia).

Mason rotea gli occhi. "Lo sapevi che esiste una versione russa di Pinocchio? Si chiama Burattino e ha il naso perennemente lungo, non perché sia un bugiardo, ma solo perché così ha deciso l'autore, Tolstoj. La storia è molto popolare in Estonia."

Lo guardo con occhi sbarrati. "Tolstoj? Quello che

ha scritto *Guerra e Pace*?" Sarebbe come se la Disney producesse *Non aprite quella porta*, in edizione musicale.

"No, non quello, ma un suo lontano parente" chiarisce Mason. "In realtà, ci sono tre Tolstoj famosi: Lev Nikolaevič, Aleksej Nikolaevič e Aleksej Kostantinovič."

"Questo non confonde affatto" dico con un sorriso.

"Non tanto quanto il paradosso di Pinocchio" ribatte lui.

"Touché." Guardo il grande orologio sopra l'edificio dove si trovano i bagni. "Non dovremmo tornare indietro?"

Lo chiedo per due motivi: non ho onestamente idea di quanto tempo Ivan gli abbia concesso, ma, soprattutto, vorrei vedere se cercherà di trarre profitto da ciò che ha fatto per me.

"Oh, non hai ricevuto il messaggio?" mi chiede.

Mi do un colpetto alle tasche vuote, prive di cellulare. "Mi sto disintossicando dal digitale."

Lui mi sventola il suo telefono davanti agli occhi. "Per qualche motivo, la nostra partenza è stata ritardata di tre ore."

Per qualche motivo? Quindi, *non* intende prendersi il merito, il che gli fa onore. A meno che... non sappia che io ho origliato e, quindi, sia machiavellico?

"Come ti senti?" mi chiede.

Mi scruto alla ricerca di eventuali resti di Pazuzu, ma non ne trovo. "Meglio. Perché?"

"Una passeggiata potrebbe farti bene" risponde. "C'è

un giardino botanico nelle vicinanze... e non si vede l'oceano."

"Sì. Potrebbe essere carino." Più starò lontana dalle barche, meglio sarà.

Ci incamminiamo e chiacchieriamo di ciò che ci piace e non ci piace. Scopriamo che siamo entrambi appassionati di videogiochi: il suo preferito è un gioco di hockey (ovviamente), mentre il mio è *The Talos Principle*, un rompicapo filosofico. Inoltre, al momento, stiamo giocando alla stessa serie di videogiochi: *Assassin's Creed*, solo che il mio ha a che fare con i Vichinghi, mentre il suo è ambientato nell'Antica Grecia.

"Ti senti abbastanza bene da risalire a bordo della nave?" mi chiede quando torniamo all'ingresso del giardino.

"Sì, credo di sì." Ossia, mi sono completamente dimenticata di Pazuzu.

"In quale ristorante dovremmo cenare?" mi domanda mentre torniamo indietro.

So che dovrei oppormi a passare così tanto tempo insieme, ma non lo faccio. "Che ne dici di quello VIP?"

E non lo scelgo perché è più romantico. È solo più vicino alla mia suite, tutto qui.

"Ottima scelta" concorda Mason. "È la 'Serata del Capitano' nell'altro ristorante."

Mmm. Questa sarebbe stata un'altra occasione per vantarsi di ciò che ha fatto per me, ma ha taciuto. Inoltre...

"La 'Serata del Capitano' significa che tutti devono

vestirsi in modo formale?" Cioè, potrei vedere Mason in completo elegante o in smoking?

"Sì." Fa una smorfia. "Con tutti quei fottutissimi bottoni."

Ah. "Certo. No. Restiamo al ristorante VIP."

Sembra sollevato, il che mi riscalda per qualche insondabile motivo.

"Allora..." dice. "Si può concludere che la nostra escursione sia stata un flop?"

Ridacchio ironicamente. "Un flop sarebbe stato guardare un po' di acqua sporca. Quello che abbiamo vissuto noi è stato un disastro."

"In tal caso, dichiaro che non vale e che, domani, faremo qualcos'altro."

Wow.

Un altro appuntamento... cioè, un'altra escursione.

Lo voglio così tanto che mi spaventa e, forse, è per questo che rispondo: "No, ma bel tentativo."

Lui si volta verso di me, con gli occhi grigi che brillano. "Perché no?"

Faccio spallucce. "Non avevamo concordato di fare un'altra escursione se il giro nella barca di vetro avesse fatto schifo."

Annuisce con aria saggia. "E se ti rivelassi un'altra informazione interessante?"

Ecco. Adesso, confesserà di aver ritardato la partenza della nave? "Che genere d'informazione?"

"Oh, una succosa" dice con un ammiccamento seducente. "Volevo usarla la prima sera per convincerti a restare a cena, ma, per fortuna, non mi è servito."

Oh, quindi, non sta confessando. Ma, allora, di cosa potrebbe trattarsi? "D'accordo. Dimmi."

"Non così in fretta" replica Mason. "Prima, facciamo l'escursione; poi, ti darò la merce... ma solo se non sarà un altro pasticcio, quindi scegli bene l'attività."

Sospiro. Spero di non finire col dargli io la mia merce come risultato di tutto questo. Inoltre, la curiosità mi sta uccidendo. "Che ne pensi di dirmelo subito e io ti do la mia parola che farò l'escursione con te?"

"No" risponde. "Ma bel tentativo."

Capitolo 23

Mason

Per il resto della passeggiata e durante la cena, Sophia cerca di convincermi a rivelarle il segreto che le ho fatto penzolare davanti, ma io non demordo.

"Sai" le dico mentre finiamo il dessert. "Fino a oggi, pensavo che Spike fosse la creatura più curiosa di questo pianeta, ma tu potresti dargli del filo da torcere."

Anzi, scommetto che, se conoscessi un segreto abbastanza succoso, potrei convincerla a vendermi la squadra... solo che mi sembra che non mi interessi più così tanto.

Lei mi guarda sbattendo le ciglia. "La curiosità è il mio unico vizio."

Scruto il tavolo con i resti sparsi dei dessert. "Certo. Assolutamente."

Si alza in piedi. "D'accordo. Mi piacciono i dolci. E, a volte, dormo fino a tardi."

Figuriamoci! Proprio mentre mi alzo anch'io,

Sophia parla di sé a letto, così ecco che l'accompagno alla sua suite con un'erezione notevole.

Mentre camminiamo, il vento deve aumentare perché sento il movimento della nave, un lieve dondolio sotto di noi. Spero che *lei* non lo senta, ma non glielo dico per non scatenare una sorta di mal di mare per effetto nocebo. Mi limito a osservarla attentamente per vedere se si sente male, il che si rivela un errore.

Guardarla nuoce all'erezione sopraccitata.

Quando arriviamo alla sua porta, lei si schiarisce la gola. "Grazie. È stata una bella giornata, tutto sommato."

Il mio sguardo si posa sulle sue labbra e mi avvicino, con il cuore che batte più forte quando il suo dolce profumo raggiunge le mie narici. "Perché non la rendiamo ancora più bella?"

Scuote la testa con veemenza. "Mi dispiace. No. Devo andare."

Detto ciò, passa la tessera sopra la serratura, ma ancora una volta troppo velocemente. Dopo aver armeggiato un po', riesce ad aprire la porta e si precipita dentro la stanza come se fosse inseguita da un disco che vola a cento chilometri all'ora.

Dannazione! Ho frainteso la situazione così completamente? Pensavo che mi avrebbe baciato, almeno, ma si è comportata come se io avessi contratto la lebbra.

Entro nella mia suite e mi faccio una doccia fredda, ma non ha alcun effetto sulla mia lussuria ispirata da

Sophia, perciò mi meno l'uccello come piano B, pensando a lei per tutto il tempo, soprattutto quando vengo.

Nonostante ciò, quando mi metto a letto, Sophia è nei miei pensieri e il sonno si rifiuta di arrivare, il che mi costringe a fare una cosa in cui sono pessimo: esaminare i miei sentimenti.

Non mi ci vuole molto per capire quanto sono fottuto.

Quando si tratta di Sophia, l'acquisto della squadra non è più il mio obiettivo principale... perché voglio di più *lei*.

So che è una cosa stupida. È la proprietaria della squadra, è troppo giovane per me e, soprattutto, potrebbe non volermi nemmeno nello stesso modo, come dimostra il bacio che non c'è stato. Quello che lei chiama Giorno XXX potrebbe essere stato un suo errore da ubriaca e, forse, non è stato così bello per lei come lo è stato per me (anche se mi era sembrato decisamente che le piacesse).

E ci risiamo. Ce l'ho duro. Di nuovo.

Che mi venga un colpo!

———

Al mattino, Sophia si presenta a colazione nello stesso ristorante di ieri, il che è un buon segno. Se avesse voluto evitarmi, sarebbe potuta andare nell'altro ristorante (anche se avrebbe potuto concludere che io avrei pensato che fosse altrove, grazie alla psicologia inversa).

"Ciao." Mi saluta con un sorriso.

Ok, un sorriso non è ciò che uno fa quando è scontento che tu abbia indovinato la sua ubicazione.

"Come hai dormito?" mi chiede.

"Come un sasso." Cioè, il mio cazzo era duro come un sasso, grazie a una certa persona e alle sue tette perfette.

Lei prende un piatto e, come mi aspettavo, lo riempie con tutte le opzioni più zuccherine in mostra.

Riprendiamo un po' di conversazione per conoscerci e, tra le altre cose, vengo a sapere che ha sempre avuto difficoltà a insultare le persone. Probabilmente, me ne pentirò in seguito, ma mi offro di aiutarla a migliorare le sue capacità e poi le insegno alcune perle del repertorio che io e la mia squadra usiamo sul ghiaccio.

"Ho pensato a un'attività che potremmo fare" annuncia quando la lezione è finita. "Non si tratta di osservare la natura, ma si svolgerà *nella* natura: una foresta, per la precisione. Spero che per te vada bene."

Purché ci sia lei, non mi importa cosa facciamo. "Sembra misterioso. Mi dici cos'è?"

Mi sorride con aria trionfante. "Ziplining."

Capitolo 24

Sophia

"Ciao, io sono Levi" si presenta il nostro "istruttore", un ragazzo di circa quindici anni (per essere generosa). "Lasciate che vi illustri le istruzioni di sicurezza prima che ci equipaggiamo."

Si lancia in un discorso che mi induce a domandarmi se sia il nipote perduto del professor Sonnifero.

Mentre la mia mente vaga, ritorno a una cosa su cui mi sono soffermata per tutta la mattina e durante il tragitto fin qui: il bacio che non è avvenuto ieri sera.

Negli occhi di Mason, c'era sicuramente delusione (e sofferenza). Inoltre, anche se potrebbe trattarsi della mia immaginazione, oggi è stato un po' più chiuso rispetto a com'era ai giardini botanici. E non mi ha guardato le tette nemmeno una volta.

Forse, ieri sera, ha frainteso. Non ho voluto baciarlo perché ho sentito improvvisamente il dondolio della nave e temevo che Pazuzu potesse farmi rigettare la cena che avevo appena consumato. Non aveva niente a che fare con lui. Affatto. Anzi, era spaventoso quanto volessi baciarlo nonostante Pazuzu... e quanto lo voglia ancora, persino di fronte al nostro istruttore minorenne e al resto di queste persone.

Mmm. Forse, è meglio che non ci siamo baciati, anche se è stato a causa di un malinteso. Forse, dovrei...

"...e usare il guanto per frenare."

Aspettate! Un guanto? Quale guanto? Cos'altro mi sono persa?

"Ora" annuncia il potenziale violatore delle leggi sul lavoro minorile, "l'attrezzatura è laggiù." Indica una fila di imbracature e caschi.

"Ehi." Tiro la manica di Mason. "Tu sai cosa fare?"

"Certo. Si fa così." Mason prende un'imbracatura e se la infila senza sforzo, mentre io faccio del mio meglio per non guardare il punto del suo inguine in cui l'imbracatura ha creato un rigonfiamento ancora più grande del solito. Poi, prende un casco e se lo infila, il che lo fa assomigliare molto a quand'era sul ghiaccio.

Sexy.

"Va bene." Afferro un'altra imbracatura e cerco di indossarla... solo per finire a sbattere i denti contro un moschettone e, poi, quasi soffocare quando la cinghia della spalla diventa in qualche modo un cappio.

"Posso aiutarti?" mi chiede Levi, che sembra parlare direttamente al capezzolo di Platone, turgido e quindi visibile attraverso la mia maglietta nonostante il reggiseno

(grazie al rigonfiamento di Mason).

"No" ringhia quest'ultimo, proprio mentre io dico "Sì."

La mano di Mason si chiude a pugno, non aiutando minimamente la situazione dei capezzoli. Levi fa un passo indietro: una scelta saggia.

"Se tieni alle mani, non pensare nemmeno di toccarla" ringhia ancora Mason.

Il pomo d'Adamo di Levi (da poco spuntato) oscilla su e giù e la sua voce diventa acuta come quella di una ragazzina. "Sì, signore." Rapidamente, va ad aiutare qualcun altro.

"Sei stato piuttosto scortese" dico. "Chi mi aiuterà adesso?"

Roteando gli occhi, Mason si avvicina e mi toglie l'imbracatura di dosso con la stessa facilità con cui mi aveva tolto il reggiseno e le mutandine nella mia fantasia erotica di ieri sera.

"Infila la gamba qui." Tiene aperto un anello dell'imbracatura e io faccio come mi viene detto. "E qui." Infilo l'altra gamba e, per sbaglio, le sue dita mi sfiorano il polpaccio, facendomi fremere tutta.

"Così" mormora, poi stringe le cinghie, cosa che finisce per avere due conseguenze molto evidenti: spingere insù Socrate e Platone meglio di qualsiasi reggiseno push-up e premere sulla mia zona inguinale in modo tale che basterebbe un piccolo scuotimento per farmi venire.

Ok, è ufficiale. Capisco perché qualcuno dovrebbe desiderare di farsi legare con una corda nel bondage. Farsi stringere in questo modo è un'esperienza estremamente sensuale... anche se è molto probabile che la presenza di Mason sia una variabile importante quanto le cinghie.

"Siete tutti pronti?" chiede Levi.

Sono pronta per molte cose, ora, e lo ziplining è l'ultima di queste. Purtroppo, siccome montare Mason non è previsto, monto su un albero invece.

Una volta saliti, Levi aggancia con apprensione Mason alla corda prima di indicare me. "Dovrei agganciare il suo moschettone nello stesso modo."

"Puoi farlo" gli concede Mason con magnanimità. "Ma stai attento."

"Sono proprio qui" dico a nessuno in particolare.

Fingendo di non sentire, Levi fa il suo lavoro come se io fossi radioattiva e, poi, lui e Mason discutono su chi debba prendermi se avrò bisogno di essere afferrata al prossimo albero. Sorpresa, sorpresa: quel qualcuno sarà Mason.

"E chi prenderà Mason se ne avrà bisogno?" chiedo.

"Trent." Levi indica in lontananza. "È già in posizione."

Speriamo che Trent sia abbastanza grande da avere il foglio rosa.

"Trent non dovrà fare un bel niente." Mason sporge il petto in fuori. "So usare un guanto per frenare."

Stringo gli occhi su di lui. "Stai insinuando che io non sono capace?"

"No" rispondono all'unisono Levi e Mason.

"È solo una precauzione" aggiunge il ragazzino.

"Perché non vogliamo che qualcuno si faccia male." Mason lancia a Levi un'occhiata significativa.

Roteo gli occhi e guardo Mason saltare dalla piattaforma, facendo sembrare il tutto molto divertente.

Solo che giurerei di aver visto qualcuno prenderlo dall'altra parte.

Ah!

Tanti saluti a tutta quella fiducia in se stesso. Ora, è più importante che mai che io freni correttamente. Gliela farò vedere.

"Ti dai una mossa?" mormora una voce maschile alle mie spalle.

Mi volto per vedere chi è, ma sembra che non abbia spina dorsale, perché tutti mi guardano con aria assente.

Pazienza.

Coraggiosamente, mi lancio nel vuoto.

Whoosh! Volo più velocemente di quanto riesca a sbattere le palpebre, urlando di gioia, con l'adrenalina più alta che sulle montagne russe.

A pochi metri dalla mia destinazione, mi ricordo del freno, ma è troppo tardi.

Non ho nemmeno la possibilità di toccare il cavo con il guanto prima di andare a sbattere contro un petto molto familiare. Un petto che ha un odore decisamente maschile, con un sentore di pini ricoperti di neve.

"Ti ho presa" mormora Mason.

Perché mi sento così mielosa? Devono essere i postumi del lancio.

Inoltre, mentre volavo in aria, le cinghie mi premevano ulteriormente sull'inguine e la vicinanza di Mason sta facendo affluire il sangue in quella zona, il che contribuisce a crearmi una strana sensazione, quasi come se potessi...

"Venite qui" dice una voce che deve appartenere a Trent.

Ah. Trent è enorme e vecchio. Forse si tratta di un'attività di famiglia, dove Trent è il nonno di Levi?

A quanto pare, Mason non discrimina i maschi più anziani quando si tratta dei suoi pesanti tentativi di impedire loro di toccarmi. Dice a Trent esattamente quello che aveva detto al suo forse-nipote.

"Bene. Meno lavoro per me" brontola Trent. "Ora, aspettate che si riuniscano tutti."

"Ma puoi agganciarle il moschettone" aggiunge Mason.

Trent si limita a grugnire.

Nel resto del gruppo, tutti vanno a sbattere contro Trent a turno, tranne Levi, che frena in modo esperto, aumentando di un paio di tacche la mia fiducia nelle sue capacità.

Poi, Levi vola verso il luogo successivo e Mason lo segue, riuscendo a frenare in tempo.

D'accordo.

Non mi importa se dovrò ignorare l'aspetto divertente di questa corsa. *Devo* frenare.

Salto.

Devo frenare.

Le cinghie premono ancora più in profondità sulle mie parti intime, spingendo le pieghe dei miei vestiti contro le altre mie pieghe, creando una pressione sul mio clitoride che...

Mi schianto di nuovo contro Mason... con un gemito che prego Levi abbia scambiato per dolore, ma che, in realtà, è piacere.

Un orgasmo, per la precisione.

È per questo che i francesi la chiamano "la piccola morte"?

Perché io potrei morire di mortificazione.

Capitolo 25

Mason

Sembra che, quando si è abbastanza arrapati, i sogni erotici non siano sufficienti e il cervello inizi a fornirci allucinazioni sexy. Quando prendo Sophia tra le braccia, la sua espressione assomiglia proprio alla sua faccia da orgasmo, un'immagine che è il bene più prezioso conservato nella cassetta di sicurezza della mia banca dei ricordi.

A proposito della suddetta banca, oggi ho fatto molti versamenti: dal modo in cui le cinghie le spingevano insù le tette a...

"Puoi lasciarmi andare?" Sophia sussulta.

Ah. Giusto. Ci separo delicatamente. "Stai bene?"

"Oh, sì" sospira lei. "È stato... fantastico." Per qualche motivo, sembra molto arrossita.

Levi si schiarisce la gola. "Potete farvi da parte, per favore, in modo che gli altri possano lanciarsi?"

Traduzione: "Prendete una stanza."

Ci spostiamo. Cammino a fatica perché sono in tiro e le dannate cinghie sono dolorosamente strette.

"Posso agganciarla?" mi chiede Levi con cautela quando è di nuovo il nostro turno.

Dannazione! Ogni volta che Levi ricorda a Sophia che mi sto comportando come un fidanzato possessivo, lei stringe gli occhi. Se continuerà così, mi farà una ramanzina... e, probabilmente, avrà ragione.

Già. Quando si è rifiutata di baciarmi ieri sera, ha messo in chiaro che non è "mia" in nessun senso, ma non riesco proprio a trattenermi. Non sopporto l'idea che un altro uomo la tocchi, al punto che non mi piace nemmeno sapere che è stata con un ragazzo in passato. In effetti, una parte atavica di me si è rallegrata quando ho saputo che non ha mai avuto una relazione seria. Se fosse stato per quella parte di me, Sophia sarebbe rimasta vergine fino al nostro incontro, come una debuttante vittoriana.

Ugh. Qualcuno mi spari e ponga fine alle mie sofferenze.

"Ehi." Sophia mi dà una gomitata sul petto. "È il tuo turno."

Ah. Giusto. Salto dalla piattaforma... e non posso fare a meno di sorridere. A parte la tensione sessuale, fare ziplining è molto divertente.

Riesco a frenare di nuovo e prendo posto per aspettare un momento ancora più bello: quando Sophia finirà nel mio abbraccio.

Accidenti!

Lo sto pregustando troppo, soprattutto considerando che lei non mi vuole in quel modo. L'ultima cosa di cui ho bisogno è diventare un vero e proprio stalker.

Sophia scende velocissima, ma stavolta frena e atterra con grazia davanti a me sulla piattaforma come una professionista dello ziplining.

"Ottimo lavoro." Non riesco a trattenere un moto di orgoglio, nonostante la delusione per non averla potuta toccare.

Lei mi guarda in modo strano. "Grazie, Mason."

Non so cosa fosse, ma mi piace il suono del mio nome sulle sue labbra... soprattutto quando lo urla in preda al piacere.

Ed ecco che ci risiamo. Le mie palle sono oltre il blu, ormai. Credo che siano nel territorio del viola. Forse, addirittura nell'ultravioletto. Anzi, non mi sorprenderebbe se cominciassero a sparare raggi X a tutte le immagini pornografiche di Sophia che mi frullano in testa.

Raggi XXX.

"Spostatevi" brontola Trent.

Ah. Giusto. Ci facciamo da parte per permettere agli altri di scendere, ma l'aria tra me e Sophia è carica... o, almeno, così mi fa pensare la mia immaginazione.

"Questo è l'ultimo salto." Lei indica la teleferica che stiamo per percorrere. "È troppo presto per affermare che quest'escursione non è stata un fallimento?"

"No." Almeno, il mio cervello la pensa così. Il mio uccello, invece, potrebbe considerare questa mancanza di scopata come un disastro.

"Allora, perché non mi riveli..."

"Muovetevi!" dice un tizio.

Mi guardo alle spalle, ma nessuno si prende il merito di aver parlato: una mossa saggia.

Mi volto di nuovo verso Sophia. "Spiacente, Coccinella. Dovremo continuare la conversazione a terra."

Detto ciò, salto e, ancora una volta, ho un sorriso in volto mentre il vento mi colpisce le guance.

È evidente che abbiano lasciato il meglio per ultimo.

Questa teleferica è la migliore.

In effetti, quasi mi dimentico di frenare, ma la prospettiva di finire nell'abbraccio di ormoni adolescenziali di Levi è una forte motivazione, perciò faccio il necessario e atterro sulla piattaforma con solo un leggero passo falso.

Da parte sua, Sophia mette a segno un altro atterraggio perfetto e, forse, è per questo che desidero ancora di più andare a segno con *lei*.

"Sputa il rospo" mi dice, ansimando.

Scuoto la testa. "Dobbiamo arrivare a terra. Se uno di noi si romperà un braccio durante il tragitto, alla fin fine, questo sarà considerato un disastro."

Mette il broncio, ma mi lascia in pace finché non siamo al sicuro a terra.

"Ok" dice. "Adesso dimmelo, altrimenti..."

Sospiro. "D'accordo. Ecco. Ricordi quando ho detto alla tua amica Abigail che avrei potuto passare il suo curriculum a qualcuno della Octothorpe?"

I caldi occhi marroni di Sophia si allargano a livelli quasi comici. "Avrà un colloquio?"

Annuisco. "Inoltre, ho saputo da fonti autorevoli che ha buone possibilità."

Ciò che Landon ha detto, in realtà, è stato: "A meno che le Risorse Umane non trovino foto di lei che si spara eroina nei bulbi oculari, o che non caghi sulla scrivania di uno degli intervistatori, ha il lavoro in tasca" ma non voglio alimentare troppo le speranze di Sophia, nel caso in cui Abigail trovi un modo meno spettacolare per mandare all'aria questa opportunità.

"Quand'è il colloquio?" mi chiede Coccinella.

"Il primo è stato ieri" rispondo. "Ma ne ha ancora parecchi da fare."

I suoi occhi passano da sgranati a stretti. "Hai taciuto su una cosa così importante per tutto questo tempo?"

"Era un segreto esclusivo soltanto nel giorno dell'imbarco" replico. "Volevo usarlo per guadagnarmi un po' della tua benevolenza in modo che rimanessi a cena con me. Abigail te ne avrebbe parlato il giorno dopo, se non fosse stato per la tua disintossicazione dal digitale."

Ora, gli occhi di Sophia sono due fessure. "È piuttosto manipolativo."

Inclino la testa di lato. "Preferiresti che non avessi inoltrato il suo curriculum?"

"Preferirei che lo avessi fatto per bontà d'animo, non solo per ottenere qualcosa da me."

Inarco un sopracciglio. La verità è che l'avrei fatto comunque, ma, anche se glielo dicessi ora, non mi crederebbe, o lo considererebbe un altro tentativo di manipolazione. Per qualche motivo, pensa il peggio di me e lo detesto.

"Ok, va bene" dice bruscamente. "Hai vinto."

Sollevo l'altro sopracciglio. "Vinto cosa?"

Il mio cazzo si contrae (come se non fosse chiaro in cosa spera...).

"Possiamo cenare insieme quando torniamo sulla nave" concede magnanimamente.

Non glielo avevo chiesto, ma sono più che felice di accettare. "Certo. Mi piacerebbe cenare con te stasera." E tutte le sere successive.

"Ah, e... grazie." Sophia si avvicina a me e si inumidisce le labbra. "Qualunque fossero le tue motivazioni, far ottenere ad Abigail quel colloquio è stato un favore enorme."

Non riesco a distogliere lo sguardo dalle sue labbra. "Non c'è di che."

Lei riduce la distanza tra noi. "Puoi aiutarmi a togliermi questa imbragatura?"

Faccio come mi ha chiesto, rimuovendo le cinghie una per una.

Cazzo!

Chi avrebbe mai detto che togliere un'imbragatura

di sicurezza potesse essere così eccitante? Considerando quanto sono in tiro, verrebbe da pensare che queste cinghie fossero mutandine di pizzo.

"Lascia che ti aiuti anch'io" mi dice Sophia dopo che l'ho stupidamente aiutata a togliersi il casco, come se non fosse stata in grado di fare da sé una cosa così elementare.

Aiutarmi?

Aspettate un...

Sì!

Si inginocchia, con la bocca a pochi centimetri dal mio cazzo pulsante. Mi libera la gamba destra, poi la sinistra... ed è un miracolo che io riesca a rimanere in piedi, perché credo non ci sia più sangue da nessun'altra parte nel mio corpo se non lì.

"Ora, le spalle." La sua voce è stranamente sensuale, probabilmente a causa delle mie allucinazioni dettate dalla libido. "Siediti."

Piombo a sedere su un tronco vicino, dove lei mi raggiunge e mi aiuta a togliermi il resto dell'attrezzatura. Per ultimo, mi toglie il casco e il suo viso finisce a un soffio dal mio, con le labbra a pochi centimetri.

Labbra carnose.

Labbra succulente e stimolanti, che...

Improvvisamente, le labbra che ho tanto ammirato si uniscono alle mie.

Che mi venga un colpo! Non so se sono stato io a iniziare o è stata lei. So solo che è il miglior bacio della mia vita e, soprattutto, che Sophia, invece di respingermi, partecipa con entusiasmo.

"Prendete una camera e basta." Trent ci lancia un'occhiataccia da qualche parte nelle vicinanze.

Reprimo l'impulso di picchiare il vecchio fino a ridurlo in poltiglia. In realtà, ha ragione.

Io e Sophia in una camera insieme è la migliore idea che abbia mai sentito.

Capitolo 26

Sophia

Quando mi allontano da Mason, vedo che tutti quelli che erano con noi sulla zipline (dal Levi troppo giovane per assistere a questo spettacolo al suo forse-nonno) ci stanno fissando come se fossimo scimpanzé masturbatori allo zoo.

Balzo in piedi. "Andiamo." Se sarò fortunata, non rivedrò mai più nessuna di queste persone.

Annuendo, Mason si alza e mi conduce al nostro veicolo (con un'andatura un po' strana).

Durante il tragitto di ritorno e durante la cena, facciamo finta che il bacio rovente non sia avvenuto, il che è un bene, perché probabilmente non sarebbe dovuto accadere, per quanto bello sia stato in quel momento. Invece, la conversazione prosegue sulla scia della conoscenza reciproca e io non posso fare a meno di essere avida di ogni minima informazione che Mason mi trasmette, come il fatto che è stato reclutato nell'hockey alla matura età di cinque anni. Né posso resistere quando parla con passione di *Pianeta Terra*, il suo documentario naturalistico preferito.

"Ho una confessione da farti" mi dice quando il dessert è (purtroppo) finito. "Ho organizzato una sorpresa per te stasera, ma se non vuoi..."

"Voglio." Sono stata troppo sfacciata?

"Bene" dice. "Qual è il tuo numero di scarpe?"

Lo fisso sbattendo le palpebre. Pensavo che stesse parlando di Uber avvolto in un fiocco, ma cosa c'entra con il mio numero di scarpe? A meno che... Mason non sia un feticista dei piedi? Non mi sembrava che lo fosse nel Giorno XXX, ma questo non significa nulla.

"38." Spero che sia abbastanza piccolo (o grande?) da metterlo di buon umore.

"Grazie." Manda un messaggio a qualcuno e posso solo supporre che stia scrivendo il numero 38.

Ok. È possibile che la sorpresa non avverrà nella camera da letto di Mason.

La mia curiosità smodata mi spinge a seguirlo attraverso la nave e ad entrare nell'ascensore che ci porta al ponte Tre.

Mmm. Ricordo vagamente un accenno a qualche bella attrazione su questo ponte. Ma non riesco a...

Una brezza fresca e un cartello con la scritta "Pista da pattinaggio" mi danno la risposta appena prima della mia memoria.

"Andiamo a pattinare sul ghiaccio?" chiedo, senza curarmi di nascondere l'eccitazione nella mia voce.

"Avrei dovuto bendarti" dice burberamente Mason.

Sì, sarebbe stato piuttosto eccitante.

Lui apre le grandi porte di fronte a noi, esponendo una stanza gigantesca coperta di ghiaccio. "Come avrai intuito, la sorpresa è che andremo a pattinare."

Distolgo a forza la mia mente dai pensieri sconci. "Non so pattinare." È per questo che il mio cuore sta battendo così forte?

Mason sorride. "Lo immaginavo ed è per questo che ho intenzione di insegnarti."

"Mi insegnerai?" Faccio un passo incerto verso il ghiaccio. Per qualche motivo, l'idea che lui mi faccia da insegnante mi sembra affascinante quanto la benda.

"Non preoccuparti" mi dice. "Ti tengo io."

Deglutisco, con la gola particolarmente secca. "Ok."

Facendomi coraggio, entro nella stanza fredda e vedo un mucchio di attrezzature che Mason deve aver fatto preparare per noi. Ci sono due paia di pattini, un casco, un paio di guanti, pantaloni da neve spessi, gomitiere e ginocchiere. Per ultimo, ma non meno importante, c'è un aggeggio che assomiglia a un deambulatore che una persona anziana potrebbe usare dopo un intervento di sostituzione dell'anca.

Storco il naso di fronte all'attrezzatura di sicurezza. "Non avevi molta fiducia nelle mie capacità di pattinaggio, eh?"

Mason si infila i pattini senza sforzo. "Non voglio che tu ti faccia male." Prende i pattini più piccoli. "Ora, mettiamo questi."

Indosso prima i pantaloni da neve, perché dubito di riuscire a infilarmeli con i pattini su, poi mi siedo sulla panchina e porgo a Mason i piedi come da sua richiesta. Vista la delicatezza con cui mi infila i pattini, l'idea del feticismo riaffiora, solo che sembra che sia io ad averlo, perché mi piace molto quando le sue dita forti mi sfiorano gli archi plantari.

Poi, mi infila il casco in testa per la seconda volta oggi (e io quasi lo bacio di nuovo). Tuttavia, quando arriviamo a ginocchiere e gomitiere, insisto per occuparmene da sola, soprattutto perché non credo di potermi controllare ancora a lungo e siamo in pubblico, anche se non c'è nessuno in giro.

"Perfetto." Mi guarda con approvazione. "Cominciamo con lo stare semplicemente in piedi, per prendere confidenza con i pattini."

Entro in pista e faccio come mi dice, anche se il modo in cui mi tiene la mano (nonostante i guanti!) mi fa andare in pappa il cervello.

Una volta che mi sono più o meno abituata alla sensazione dei pattini, lui mi porta l'aggeggio simile a un deambulatore e io lo uso per barcollare un po' in giro, acquisendo sempre più confidenza.

"Penso di poterne fare a meno" dico dopo qualche tempo.

"Ok." Mason scivola verso di me con la grazia di un pattinatore artistico. "Tieni la mia mano."

Spingo via il deambulatore e mi aggrappo alla sua mano con tutte le mie forze. Cominciamo a muoverci sul ghiaccio e mi sembra surreale, come se stessimo ballando, soprattutto quando lui mi prende entrambe le mani e mi fa girare in cerchio.

"Fammi provare da sola" gli dico dopo qualche altro minuto.

"Non sono sicuro che tu sia pronta" replica.

Dovrei dirgli che il suo tocco è troppo inebriante e che, forse, sarei più al sicuro da sola? No. Invece, gli rivolgo i miei migliori occhioni da cucciola. "Posso farcela. Per favore."

Lui mi lascia andare le mani con delicatezza. "Vai piano. Fai attenzione."

"Certo" replico... e poi, in un batter d'occhio, senza alcun preavviso, pianto la faccia sul ghiaccio.

Whoosh. Grazie a tutta l'imbottitura, sento solo il fiato uscirmi di colpo. Poi, braccia forti mi sollevano e mi sento trasportare da qualche parte.

Quando mi riprendo, siamo già nell'ascensore e io sono stretta saldamente al petto di Mason.

"Dove stiamo andando?" borbotto.

"In camera mia" risponde. "Ho una cassetta del pronto soccorso lì. Ti sei graffiata il mento."

Ah. Il mento mi dà un po' fastidio, in effetti. Tuttavia, a parte questo, non sento alcun dolore, ma non so se sia perché non mi sono fatta male o per via di tutte le endorfine che mi hanno inondato il corpo grazie al suo tocco.

L'ascensore si ferma e Mason si dirige a grandi passi verso la sua destinazione.

Una volta all'interno della sua suite, mi porta sul letto gigante e mi ci stende sopra, guardandomi il mento come un cardiochirurgo potrebbe scrutare una cavità toracica aperta.

"Come ti senti?" mi chiede.

Così eccitata che potrei venire, ma non posso dirgli *questo*. "Non sento dolore" rispondo. "Ho sentito un po' di fastidio all'inizio, ma anche quello è passato." O è stato attutito dall'impennata di ormoni potente come uno tsunami.

"Ci metterò del disinfettante" dice. "Posso lasciarti un attimo da sola?"

"Come ho detto, sto bene." Diavolo, ho voglia di sentirmi un po' indolenzita... ma non sul mento.

Mason mi lascia con riluttanza, come se temesse che io stia facendo la coraggiosa e che possa comunque rompermi in piccoli frammenti non appena sarò fuori dalla sua vista. Quando finalmente se n'è andato, mi affretto a sbarazzarmi dell'ingombrante attrezzatura da imbranata, cominciando dalle gomitiere e procedendo verso il basso. Mi sistemo anche i capelli (per quanto lo specchio vicino me lo consenta) e poi mi domando quanto sarebbe divertente vedere Mason mentre mi scopa in questo specchio, che è chiaramente qui per questo scopo esplicito.

Arrossisco al pensiero e, ovviamente, lui ritorna proprio in questo momento. Si avvicina a me, si siede sul letto e mi solleva delicatamente il mento con un dito.

Oh, cavoli!

Tampona la bua immaginaria con un dischetto imbevuto di disinfettante e soffia teneramente sul mio mento.

Per la barba di Odino! Le sue labbra sono troppo

invitanti e troppo vicine alle mie. Non riuscendo a trattenermi, mi protendo verso di loro, come una falena zoccola verso una fiamma a forma di pene.

Mason resta senza fiato quando capisce cosa sto facendo. Si protende a sua volta e mi viene incontro con un bacio che, all'inizio, è dolce, ma che, ben presto, diventa tutt'altro. Le nostre lingue si intrecciano e il bacio inizia a ricordarmi la sua partita di hockey: feroce, audace e bollente.

Ansimo e mi gira la testa quando, in qualche modo, lui riesce a tirarsi indietro.

"Ti senti bene?" mi chiede, con voce bassa e roca.

"Voglio togliermi i pattini." Altrimenti, i titoli dei giornali potrebbero recitare: "Proprietaria della squadra mozza il braccio del miglior giocatore mentre amoreggia con lui."

Mason annuisce e il suo volto assume un'espressione di seria concentrazione, come se stesse esercitando un grande controllo sui suoi istinti più bassi. Mi toglie i pattini e poi i calzini. Dopodiché, come se avesse sviluppato poteri psichici, inizia a massaggiarmi i piedi, partendo dall'arco plantare per poi passare a ogni dito, e il suo fiato caldo mi dà la sensazione che li stia anche leccando... o forse lo sta facendo davvero. Sono troppo euforica per esserne sicura.

Ebbene, sì, mi piacciono decisamente le attenzioni ai piedi e, forse, anche a lui. Per quanto pensassi di essere eccitata prima, non era nulla in confronto a come mi sento ora. Voglio spogliarlo e fargli succhiare i capezzoli di Platone e Socrate. Voglio che mi riempia con il suo...

In un altro momento di poteri psichici, Mason inizia a spogliarsi per me.

"Sì!" sussulto. "Togli tutto."

Evidentemente, sono stata troppo vaga. Intendevo che *lui* restasse nudo, invece spoglia *me* e, soltanto dopo, sguinzaglia Uber.

"Lo faremo davvero?" Le sue parole sono quasi gutturali e, di nuovo, ho l'impressione che interrompersi per fare domande gli stia costando parecchio autocontrollo.

Da parte sua, Uber sembra farmi l'occhiolino, come se mi stesse dicendo: "Lo sappiamo tutti che mi vuoi."

Mi inumidisco le labbra. "Conosci lo slogan di Sin City?"

Mason mi fissa come un lupo con un coniglietto appena nato. "Quello che succede a Las Vegas rimane a Las Vegas?"

Mi avvicino a lui sul letto. "Questa crociera è la nostra Las Vegas."

Il suo sguardo diventa pesante. "I tuoi occhi mi ricordano il cioccolato caldo. Te l'ho mai detto?"

"Non mi stai guardando negli occhi." Faccio roteare il dito intorno al mio capezzolo turgido, che è l'obiettivo attuale del suo sguardo. "Inoltre, pensavo che tu non mangiassi cioccolato. Che, quando hai voglia di una cosa dolce, in realtà, vuoi la frutta."

"Ti dimentichi" ringhia, "che mangio parecchio

cioccolato fondente. Trovavi persino osceno che lo mettessi nell'insalata."

"Ah, giusto." Me n'ero completamente dimenticata. Ma, a mia discolpa, c'è il fatto che sono faccia a faccia con Uber, quindi il mio cervello è in preda ai fumi degli estrogeni. "Suppongo che accetterò il tuo complimento."

"A proposito di cose deliziose che voglio mangiare, sdraiati" mi ordina burberamente.

Oh, mio Dio!

Obbedisco e lui traccia con la lingua un percorso sul mio corpo, partendo dal piede destro, passando per il polpaccio e il ginocchio e risalendo fino al punto in cui sto fremendo dalla voglia.

Prima bacia dolcemente le mie pieghe, provocando un brivido di piacere in ogni mia terminazione nervosa. Poi, i suoi baci si fanno più profondi e feroci, facendomi gemere.

"Deliziosa" sussurra direttamente contro la mia carne. Poi, dà una lussuriosa leccata al mio clitoride, seguita da un'altra e un'altra ancora e ancora, fino a quando una pressione strazientemente dolce si sviluppa nelle mie parti intime, lasciandomi ansimare e contorcere per la disperazione.

"Così" grugnisce lui. "Vieni per me."

E io lo faccio, eccome. Dei puntini bianchi danzano nella mia visuale e le mie dita dei piedi ben massaggiate si arricciano spasmodicamente, mentre vengo sulla sua lingua abile.

"Ben fatto" mormora prima di far scivolare la lingua

verso il basso, oltre il perineo e, poi, in un'altra impresa di poteri psichici, mi dà una leccata dove non batte mai il sole.

Un brivido mi percorre il corpo e arrossisco tutta. È imbarazzante in un modo stranamente eccitante. È una sensazione solleticante, ma bella, soprattutto quando lui mi stringe le natiche e mi ordina di rilassarmi.

Rilassarmi? Come potrei, quando lui si succhia il dito e poi lo preme contro la stretta apertura del mio sedere? Lentamente, lo infila all'interno e la sensazione è intensa, la dilatazione un po' dolorosa, ma di nuovo in modo stranamente sensuale.

E, cosa ancora più strana, quando il dito se ne va, mi manca un po'.

"Adesso" ansima. "Ti voglio da dietro."

Oh. Sono abbastanza sicura che intenda nella fica. Ad ogni modo... "Pensavo che non me l'avresti mai chiesto." Con gli arti un po' traballanti, mi metto a carponi e guardo nello specchio mentre lui si posiziona dietro di me, con Uber più duro e grosso di quanto l'avessi mai visto.

"Fa' attenzione" sussulto mentre lo guardo infilarsi il preservativo. "Ce l'hai troppo grande."

"Certo" mi dice con tono rassicurante e, poi, mi penetra (sì, nella fica) lentamente e delicatamente, lasciando che i miei muscoli si adattino a poco a poco. Nello specchio, il suo volto sembra tormentato, come se stesse facendo uno sforzo di volontà erculeo per esercitare un tale autocontrollo. Poi, quasi stuzzicandomi, tira fuori Uber.

No! Voglio che...

Lo infila lentamente dentro di nuovo, entrando con la stessa facilità con cui una panna cotta entrerebbe nella mia bocca, grazie alla copiosa umidità che sto producendo.

"Più veloce" mi scandalizzo dicendo. "Più forte. Più a fondo."

Grugnendo qualcosa di incomprensibile, lui esaudisce le mie richieste, spingendosi dentro di me come un uomo posseduto.

I miei gemiti aumentano di tono e di disperazione.

"Vieni!" mi ordina proprio mentre lo sto facendo comunque.

Con un urlo, mi stringo intorno a Uber e rimango carponi a stento.

"Dammene un altro" grugnisce avidamente lui.

Rimanere carponi è il massimo che riesco a fare in risposta, ma lui mi aiuta comunque palpando Socrate prima di infilarsi dentro di me con rinnovato vigore.

Gli occhi mi si rovesciano all'indietro. Un nuovo orgasmo si sta formando nel mio intimo, ma sembra lontano, quasi fuori portat...

Il suo dito torna nel punto in cui era stato nel mio culo, creando una sensazione travolgente, che mi provoca un'esplosione di piacere che mi lascia quasi rauca per tutti i gemiti e le urla.

"Ancora una volta" ringhia. "Puoi farcela."

Se riuscissi a parlare, gli direi che non condivido la sua fiducia, ma poi sento che lascia andare Socrate per afferrarmi una manciata di capelli.

Oh, cazzo. Mi accorgo di avere gli occhi chiusi, li apro e fisso lo specchio.

Sì! Mi sta afferrando i capelli in un pugno duro, venoso e di prima qualità e vederlo equivale ad applicare un potente vibratore proprio sul mio clitoride ipersensibile.

Vengo, urlando il suo nome.

Quando mi contraggo intorno a Uber per l'ultima volta, Mason grugnisce di piacere e io sento il suo sfogo, che mi fa spasimare di nuovo in una debole scossa di assestamento.

Ansimando, mi accascio sul letto, incapace di muovere un solo muscolo. Vagamente, mi accorgo che Mason mi sta pulendo e poi si avvolge intorno a me come una coperta da un miliardo di dollari.

"Piacevole" mormoro.

Sbuffa. "Solo piacevole?"

"Oh, il sesso è stato divino." Sbadiglio. "Intendevo che l'abbraccio è piacevole."

"Ah." Mi bacia la nuca. "Stavo per pretendere la rivincita."

"Di questo possiamo parlare domani" dico sopra un altro sbadiglio. "Purché ti ricordi che 'quello che succede in crociera...'"

"...'rimane in crociera'" conclude lui, con un tono difficile da decifrare.

"Proprio così." Mi accoccolo all'indietro addosso a lui. "Ora dormo."

E così, in un attimo, sono addormentata.

Capitolo 27

Mason

È così che voglio svegliarmi d'ora in poi: con Sophia tra le braccia.

Quello che succede in crociera rimane in crociera.

Non esiste, cazzo. Non se ho voce in capitolo.

La tiro più vicino a me.

È ufficiale. La mia nuova missione è: assicurarmi che questa cosa tra noi, qualunque cosa sia, continui dopo la crociera.

Ho solo bisogno di una strategia, come in una partita.

Già. Per cominciare, niente più discorsi sul comprare la squadra. Invece, posso offrirmi di aiutare Sophia a gestirla... anche se potrebbe offendersi. Forse, invece, potrei...

"Buongiorno." Apre un occhio. "Ho russato?"

"No." Sorrido dinnanzi al suo viso assonnato. "Eri silenziosa, come una coccinella in letargo."

Apre entrambi gli occhi. "Vanno in letargo?"

"In inverno. Non mangiano durante il letargo, ma, se il clima diventa particolarmente freddo, è possibile che escano per uno spuntino."

"Un'ottima idea." Si divincola dal mio abbraccio e si mette a sedere prima di far scivolare i piedi fuori dal letto. "Sto morendo di fame."

Deliziosamente nuda, si dirige verso il bagno. Mi prendo un momento per calmare il mio cazzo immediatamente in tiro e, poi, faccio una telefonata per assicurarmi che le sue scarpe e gli altri oggetti vengano recuperati dalla pista di pattinaggio.

Quando lei esce dal bagno (purtroppo, avvolta in un accappatoio), non mi sorprende sapere che vuole passare dalla sua suite.

"Le tue scarpe saranno fuori dalla porta" la informo.

Lancia un'occhiata ai propri piedi nudi. "Ah. Giusto. Grazie."

Liquido il ringraziamento con un gesto. "In quale ristorante facciamo colazione?"

"Il solito" risponde, senza mettere in dubbio il plurale. "Muoio dalla voglia di sapere altre curiosità sulle coccinelle."

Non sono sicuro se stia scherzando o meno, ma, quando ci incontriamo, le racconto quello che ricordo del documentario sui coleotteri che ho visto. Curiosità affascinanti, come ad esempio che le coccinelle sanguinano dalle ginocchia quando vengono minacciate, le loro larve assomigliano a dei micro-alligatori, hanno artigli che le aiutano a sedersi sulle superfici e il fatto più inquietante di tutti:

depongono uova in più come spuntino per i loro piccoli.

"Ah, e hanno un adorabile nome collettivo" dico in conclusione.

"Ah sì?"

"Sì. Un gruppo di coccinelle si definisce una 'bellezza' di coccinelle." Il che è appropriato, visto quanto è bella la coccinella che ho davanti.

"Tutto qui?" mi chiede.

"Sì."

Sophia stringe gli occhi. "Come mai non mi hai raccontato che hanno un cattivo sapore? O che il loro colore è un avvertimento di questo fatto? Queste erano le uniche cose che sapevo sulle coccinelle prima di oggi."

Faccio spallucce. "Finora, ho assaggiato un'unica coccinella ed era deliziosa."

Prevedibilmente, il suo viso arrossisce, assumendo una tonalità non molto diversa dal rosso acceso di una coccinella. Suppongo che sarebbe troppo rivelarle un'altra verità: a prescindere dal suo colorito, non dovrà mai più preoccuparsi dei predatori (non finché io sarò in vita).

Lei sorseggia il suo caffè macchiato. "Allora... cosa facciamo oggi?"

"Che ne dici di provare il simulatore di surf dopo colazione?" le propongo, mantenendo una faccia da poker per nascondere il fatto che il suo "noi" mi fa venire voglia di tirare il pugno in aria.

Inclina la testa. "Sai fare surf?"

"No, ma imparo in fretta."

———

A quanto pare, Sophia impara molto più in fretta di me, almeno a giudicare dal numero di volte in cui ciascuno di noi cade dalla tavola sul simulatore. A mia discolpa, la metà delle mie cadute è avvenuta perché mi sono distratto a fissare lei in costume da bagno.

"Sei talmente bravo a pattinare sul ghiaccio che pensavo saresti stato bravo nelle attività di equilibrio in generale" mi dice mentre aspettiamo in fila per salire di nuovo.

Si riferisce alla capriola che ho fatto accidentalmente durante la caduta numero cinquantasette.

"Sono sicuro che potrei diventare bravissimo nel surf, se volessi" affermo con una sicurezza che non provo realmente.

Scuote la testa. "Se fossi in te, continuerei con l'hockey. È ciò in cui sei bravo."

Mi sporgo verso di lei per sussurrarle all'orecchio: "Sei sicura che non ti viene in mente qualcos'altro in cui sono bravo?"

Proprio come volevo, Sophia arrossisce ancora una volta.

———

Per i giorni successivi, siamo inseparabili. Insieme, andiamo a fare immersioni in gabbia con gli squali, partecipiamo a tour storici, saliamo su un tram elettrico e facciamo snorkeling. Durante i pasti e gli spostamenti per le escursioni, impariamo a conoscerci meglio e, per quanto io possa imparare su di lei, non è mai abbastanza.

Naturalmente, il momento clou di ogni giornata si svolge nella mia suite, dove esploriamo a fondo il corpo l'uno dell'altra, imparando cosa ci piace e non. Ah, e non sto tenendo il conto, ma sono sicuro di aver fatto venire Sophia tre volte per ogni mio orgasmo.

Quando arriviamo in Giamaica, per poco non ci rompiamo l'osso del collo arrampicandoci su una cascata di centottanta metri. In seguito, una delle guide turistiche si offre di venderci dell'erba.

"Possiamo?" Sophia mi guarda con aria implorante.

"Perché?" Stringo gli occhi sulla guida. "Non possiamo portarla sulla nave."

La guida sfodera il suo sorriso eccessivamente dentato. "Potrei vendervi un paio di spinelli da fumare prima di tornare indietro."

Aggrotto la fronte. "Io non faccio uso di droghe."

"Ne abbiamo già parlato" dice Sophia. "Tu bevi e l'alcol è una droga."

"Magari uno spinello soltanto?" propone la guida.

Sophia estrae dalla tasca una banconota inzuppata. "Questa basta a coprire la spesa?"

Con gli occhi che brillano di avarizia, la guida le

strappa di mano la banconota prima che io riesca a vedere di che taglio si tratta. "Questa andrà bene" dice. "E, per la mia nuova cliente preferita, ecco un bonus." Tira fuori dalla borsa un accendino di plastica scadente e lo dà a Sophia insieme allo spinello. "Ti consiglio di andare a fumarlo laggiù." Indica un punto vicino all'acqua. "La vista è bella e io mi assicurerò che nessuno ti dia fastidio."

Sophia mi dà una gomitata di sfida. "Vieni con me o hai troppa paura che lo sballo sia contagioso?"

"Verrò" le dico. "Ma questo non significa che io approvi la cosa."

"Ne prendo nota" replica lei e, sottovoce, borbotta qualcosa che suona come "bacchettone".

Quando arriviamo all'angolo appartato, devo ammettere che la vista è *davvero* bella... almeno, fino a quando Sophia si accende la canna e sprigiona una nuvola di fumo che oscura la visuale.

"Non distrugge i neuroni?" le chiedo.

Tossisce. "Anche l'alcol lo fa. Ora, puoi smetterla di fare il guastafeste?"

Sospiro. Stranamente, la droga ha un odore gradevole. Molto erbaceo, il che ha senso, ma anche terroso e con note di limone o mela, anche se potrebbe trattarsi dello shampoo di Sophia. Inoltre, il modo in cui le sue labbra avvolgono quel...

"È questa la pressione sociale dei coetanei?" brontolo ad alta voce. Perché una parte di me ha voglia di provare questa cosa stupida. Anche se Sophia è troppo giovane per essere una mia coetanea.

Lei era all'asilo quando io subivo la vera pressione sociale dei miei coetanei alle superiori.

Inarca un sopracciglio. "Significa che vuoi farti un tiro? Ti assicuro che il potenziale di dipendenza è..."

"Fammi indovinare: 'inferiore a quello dell'alcol'" concludo.

Lei annuisce.

"E sia." Allungo la mano. "Dammelo."

Prendo lo spinello, aspiro un po' di fumo e lo lascio uscire.

Sophia stringe gli occhi. "Non hai inalato."

Aggrotto la fronte. "Ah no?"

Lei inclina la testa. "Non hai mai fumato nulla prima d'ora?"

"No. Sono un atleta, dannazione. Perché dovrei?"

Recupera lo spinello. "Fai così." Inspira una boccata d'aria così grande che il suo stomaco si espande.

"Capito." Riprendo lo spinello e faccio come lei mi ha suggerito... e comincio a tossire come se avessi tubercolosi, bronchite e polmonite tutte insieme.

"Hai esagerato" commenta Sophia quando riesco a respirare di nuovo. "Fallo più che altro così." Prende la canna e il suo ampio seno si alza e si abbassa, facendomi tornare il cazzo duro.

Quando mi porge lo spinello, inspiro più lentamente e dolcemente, ma tossisco ancora.

"Hai mai fatto meditazione?" mi domanda.

Annuisco.

"Inspira in quel modo." Mentre lo dimostra, le sue tette si muovono ancora una volta su e giù, facendo affluire il resto del mio sangue nel mio cazzo già palpitante.

Inspiro come si fa nella meditazione, ma la tosse che ne consegue è ancora peggiore.

Lei rotea gli occhi. "E se te lo sparassi in bocca?"

"Cosa?"

"Significa che io espiro, soffiando il fumo dentro la tua bocca, mentre tu inspiri." Fa un tiro e si alza in punta di piedi, come se stessimo per baciarci.

Che mi venga un colpo!

Le nostre labbra si toccano e lei fa ciò che mi ha descritto. Mentre inspiro il suo alito denso di fumo, mi rendo conto che la sua affermazione sulla mancanza di dipendenza dall'erba è una stronzata.

Se venisse consegnata sempre in questo modo, io sarei un fumatore d'erba per sempre.

"Di nuovo?" mi chiede dopo essersi staccata.

Annuisco.

Ripete il gesto ancora e ancora, finché lo spinello non è finito... e, a quel punto, mi rendo conto che un invisibile salsicciotto viola sta volando intorno alla mia testa mentre canta "Happy Birthday" in estone.

Aspettate, cosa?

Non ha alcun senso.

Oggi non è il mio compleanno.

Capitolo 28

Sophia

Wow... Gli occhi di Mason diventano iniettati di sangue e acquosi e le sue pupille si dilatano.

Ah!

"Sai cosa succederebbe se tu fossi un insegnante che ha nutrito eccessivamente le sue studentesse con panetti di burro fritti?" gli chiedo.

"Non mangerebbero le salsicce volanti?" Mason indica con un gesto l'aria vuota.

"No." Ma una salsiccia affumicata mi sembra un'idea davvero buona. "Le tue pupille si dilaterebbero."

Mmm. Anche i panetti di burro fritti mi sembrano improvvisamente deliziosi.

Ah. Giusto. Nonostante la mia elevata tolleranza, sono strafatta.

Ah-ah. Il mio sballo è da sballo. È esilarante.

"Ho voglia di andare a nuotare con i delfini" dice

Mason, con gli occhi che brillano per l'eccitazione. "O con i lamantini. O con le giraffe."

Sorrido. Persino quando il suo cervello è confuso dal THC, ha voglia di uno spettacolo naturale. "Vediamo se riusciamo a fare una di queste cose." Gli prendo la mano e lo conduco via.

Non so se sia a causa dell'erba o della consistenza ruvida e callosa del suo palmo, ma la mia libido va in iperattività quando ci ritroviamo dentro un taxi.

Libido iperattiva. Sono in gran forma.

Ridacchio ad alta voce.

Sembra che nemmeno Mason sia immune al mio tocco, perché, in risposta alla mia risatina, mi dà il bacio migliore della mia vita, un bacio che dura un'eternità.

Ansimando, ci stacchiamo mentre il taxi si ferma al posto dei delfini.

Oh. Al posto dei delfini.

Rido della mia stessa arguzia.

Mason è ignaro. Fissando le mie labbra, mi chiede sommessamente: "Possiamo avere un po' di *taranka*?"

Lo fisso sbattendo le palpebre. "Tarantola?"

Non esiste che io nuoti con una di quelle. O che ne baci una.

A pensarci bene, non fumerei nemmeno una canna con una tarantola.

Mason aggrotta le sopracciglia. "Tarantola? Quelle non sono salate."

Sono sempre più preoccupata. "Salate?"

"*Taranka*" scandisce. "È un rutilo."

Rabbrividisco. "Questo è ancora peggio."

Lui inclina la testa. "Ah sì? Si catturano, si salano e si fanno essiccare. Sono un ottimo snack con la birra."

Per poco non vomito. "Scarafaggi come snack?"

Forse Mason aveva ragione a non voler fumare erba con me. Gli attacchi di fame sono una cosa, ma questo è tutta un'altra storia.

"Rutilo" ripete. "È un tipo di pesce. *Rutilus heckelii.*"

Oh. "Vuoi del pesce essiccato?"

Annuisce.

Questa non mi sembra una cattiva idea. "Andiamo a vedere in quel negozio."

Lo conduco in un negozio, ma la cosa che più si avvicina a ciò che lui desidera è un prodotto chiamato *Jamaican Jerk*, una marca di patatine.

D'altronde, chi l'avrebbe mai detto che le patate potessero essere un così valido sostituto di un rutilo... Mason divora il suo sacchetto di patatine con tale entusiasmo che mi sento un tantino gelosa. Poi, però, quando addento lo spuntino che ho scelto per me (palline di tamarindo), mi dimentico dove mi trovo da quanto buone sono.

Consumiamo tutto quello che abbiamo comprato e torniamo a saccheggiare il negozio per acquistarne ancora.

Dopo qualche altro spuntino, riesco a ricordare il motivo per cui siamo qui e trascino Mason all'acquario.

Mentre indossiamo l'equipaggiamento, posso godermi la vista del suo torso nudo, ma poi, purtroppo, lui lo copre con un dispositivo di galleggiamento. Ben presto, siamo in acqua e ci troviamo faccia a faccia con un banco di delfini.

Il mio battito cardiaco accelera mentre uno sguardo di meraviglia infantile si posa sul volto di Mason e, per qualche strana ragione, immagino un bambino con i lineamenti miei e suoi, con quella stessa espressione in volto.

No. Fermi tutti! Questa è una follia e un ottimo motivo per dire di no alle droghe d'ora in avanti.

"Ci riesci davvero?" Mason chiede al più sorridente dei delfini.

"Riesce a fare cosa?" gli domando.

Mason si gira verso di me. "Flop, qui presente, riesce a leggere i miei pensieri." Voltandosi verso il suo nuovo amico, aggiunge: "E io i suoi."

Wow! Ci riesce davvero?

No. È l'erba a parlare... credo.

Flop mi lancia uno sguardo strabico e cinguetta, come a dire: "Stronza, dubiti dei miei potenti poteri?"

"Baciagli il naso" la guida dell'escursione dice a Mason. "E io scatterò una foto."

Mason bacia con riverenza Flop (se davvero si chiama così) e io provo la gelosia più verde della mia vita.

Flop cinguetta, eccitato (quel bastardo sorridente).

"Ora *tu*" mi dice la guida.

Indico un delfino diverso. "Posso baciare lei?"

"È un lui" mi informa la guida. "Ma fa' pure."

"No" afferma Mason. "L'unico maschio che può baciare sono io."

Roteando gli occhi, chiedo quale delfino sia femmina e le do un bacino sul naso umido e gommoso davanti alla macchina fotografica.

"Com'è stato?" chiedo a Mason con sarcasmo. "Ti è sembrato di guardare due ragazze che limonavano?"

Mason sembra troppo occupato con il suo legame telepatico con Flop, quindi non mi risponde per circa un minuto. Poi, ringhia: "No, Flop, non puoi mangiare il mio gatto."

Flop cinguetta qualcosa con aria eccitata.

La mano di Mason si stringe a pugno, il che mi fa fremere nelle parti basse. "Se ti azzardi a nominare di nuovo il mio gatto" ringhia il proprietario del pugno, "ti cancello quel sorriso compiaciuto dalla faccia con le branchie. E sì, lo so che non hai le branchie."

"E questo è il momento di andarcene." Afferro il dispositivo di galleggiamento di Mason e lo trascino verso i gradini della piscina, prima che intervengano le autorità competenti.

Quando saliamo sul taxi, Mason si guarda intorno con un'espressione preoccupata. "Come mai tutti sanno che ho fatto uso di droghe?"

Dovrei dirgli che parlare con i delfini potrebbe essere un piccolo indizio? "Sei solo paranoico" gli rispondo invece.

"No" ribatte. "*Loro* lo sanno."

Il modo in cui pronuncia *loro* mi fa pensare ai teorici della cospirazione.

Va bene. Devo aiutare Mason. In qualche modo.

Mi guardo freneticamente intorno prima di trovare una possibile soluzione.

"Signore" dico all'autista. "Posso prendere in prestito quelle?" Indico le cuffie appoggiate sul cruscotto.

"Cinque dollari e sono tue" mi risponde l'autista.

Pago l'intraprendente tassista prima di mettere le cuffie alle orecchie di Mason. Collegandole al suo telefono, scateno i Pink Floyd sulle suddette orecchie.

Come previsto, i lineamenti di Mason si rilassano, assumendo un'espressione beata.

A metà del tragitto, senza aprire gli occhi, dice: "Sto davvero bene con te."

Me? I Pink Floyd? O ha ristabilito la sua connessione telepatica con Flop?

In ogni caso, le parole fanno svolazzare una miriade di coccinelle nel mio ventre. "Anch'io mi sto divertendo molto con te" confesso.

"Bene" afferma, con gli occhi ancora chiusi. "C'è un'altra cosa che volevo dirti."

"Cosa?" E, di nuovo, mi auguro che stia parlando con me.

"Ti amo" dice Mason con un sorriso.

Lo shock è tale che le coccinelle nel mio ventre si strozzano con la loro lingua. "Che cos'hai detto?"

E a chi?

Mason non risponde.

È caduto in un sonno indotto dalla droga.

Capitolo 29

Mason

Stupido. Stupido. Stupido.

Non farò mai più uso di droghe.

Come ho potuto dire a Sophia che la amo prima ancora di esserne sicuro?

Quel che è peggio è che so che non siamo sulla stessa pagina. Né sullo stesso libro. Né nella stessa biblioteca.

Per far cadere la questione, fingo di dormire, il che non è difficile, visto che nelle mie orecchie sta risuonando "Comfortably Numb."

All'improvviso, mi viene un'idea grandiosa.

Geniale, ne sono certo.

Forse, dovrei scrivermela?

No. È così valida che me la ricorderò più tardi, di sicuro.

C'entra con i libri, che sono nella mia mente per qualche motivo sconosciuto. Un romanzo, per essere precisi. Una rivisitazione di Pinocchio, ma, anziché crescergli il naso, gli crescerà il pene. E non quando mente, bensì quando...

No, aspettate. Quanti anni ha Pinocchio? Meglio renderlo un adulto consenziente.

Già. Ma... un momento! Ultimamente, ho avuto problemi di erezioni eccessive e, adesso, voglio scrivere di un ragazzo con lo stesso problema. Che sia un'idea troppo allusiva?

Forse, dovrei rendere questo Pinocchio femmina?

Ma quale parte di lei dovrebbe crescere? Il suo clitoride? E in quali circostanze?

Il taxi si ferma.

"Mason?" sussurra Sophia.

Faccio finta di svegliarmi e saliamo di nuovo sulla nave, dove, nonostante ciò che dice Sophia, sono convinto che tutti sappiano che sono strafatto.

Ah. Strafatto. Potrebbe indicare un'erezione, cosa che ho in questo momento, grazie alla vicinanza di Sophia.

Forse, sono Pinocchio? O Pinocchia? No, aspettate, non sono una ragazza. Ed è sicuramente il mio cazzo quello che sta crescendo.

"Sai di cosa ho voglia?" mi chiede Sophia.

Mi avvicino e le mordicchio l'orecchio. "Una scopata dura?"

Le sue pupille si dilatano (quelle degli occhi, non le studentesse). "Stavo per dire di visitare il buffet all-you-can-eat" afferma con voce roca. "Ma... la tua idea mi piace molto di più."

Premo il pulsante dell'ascensore per il ponte delle

suite. "Per mia fortuna, io avrò comunque qualcosa di delizioso da mangiare."

La sua risposta è un bacio che dura fino a quando non siamo dentro la suite.

"Ehi" dice senza fiato. "Come siamo arrivati qui senza staccare le labbra?"

La guardo e rifletto sullo stesso mistero. "Non ne ho idea. Forse, abbiamo fatto una camminata sexy come i granchi?"

Lei sbuffa. "Non c'è niente di sexy nei granchi."

Le mie narici si dilatano. "L'equivalente russo della pecorina è il gambero d'acqua dolce."

"Non sono gli stessi crostacei." Inizia a spogliarsi. "Però, mi piace la direzione in cui sta andando la tua mente."

Non appena la sua pelle liscia viene esposta, la ricopro di baci... finché non si toglie le scarpe.

Mi inginocchio, le faccio un massaggio ai piedi proprio come piace a lei, poi le mordicchio le dita fino a quando il suo respiro diventa affannoso e la sua fica luccica in modo troppo invitante perché io possa ignorarla.

"Il buffet è aperto" mormoro, afferrandole i fianchi.

La sua pelle si arrossa dappertutto.

Mi chino, la assaggio come ho desiderato fare per tutto il giorno e scopro che, in qualche modo, incredibilmente, è ancora più dolce e setosa di quanto ricordassi.

"Sì, proprio così" geme mentre le succhio il clitoride.

Inalando il profumo inebriante del suo sesso, mantengo un ritmo costante finché viene sulla mia bocca. Solo allora mi stacco per guardare il suo viso arrossato.

"È un buon inizio" le dico con voce roca e la prendo in braccio per farla sdraiare sul letto. "Ma mi devi ancora un paio di orgasmi."

Si lecca le labbra, fissandomi mentre monto sopra di lei. La sua voce è ansimante mentre inizio a mordicchiarle la clavicola, scendendo fino al petto. "Un peso, di certo. Prima, però, ho voglia di Uber."

Mi fermo a metà strada verso il suo capezzolo e sollevo la testa per fissarla con uno sguardo confuso. "Intendi Uber Eats?"

Si morde il labbro. "Ho soprannominato il tuo cazzo Uber."

Ah. "Davvero?"

"Ha a che fare con Nietzsche" spiega. "Non è una sorta di ride sharing." Fissa il mio uccello stringendo gli occhi. "Non voglio condividerlo con nessuno."

Mi sembra giusto.

Indico la sua fica. "Nemmeno io voglio condividere Lyft."

"Lift? Come la parola inglese per 'ascensore'? È perché stai pensando di andare... su e giù?"

"No, Lyft con la 'Y', come l'app. Ma sì, voglio che Lyft cavalchi Uber per tutta la notte."

Si morde il labbro. "Si può fare." Indica il suo seno destro. "Visto che siamo in tema di nomi, questo è Platone." Indica l'altro. "E questo è Socrate."

Inarco un sopracciglio. "In tal caso, mi piacerebbe palpare Socrate e Platone." Faccio coincidere le azioni con le parole. "Poi, succhierò i capezzoli di Socrate e Platone." Faccio anche questo finché Sophia non geme.

"Non è giusto" ansima lei. "Io non ho ancora avuto la mia dose di Uber."

Ah. Già.

Mi stacco e mi sdraio sulla schiena, con Uber che sporge come un albero maestro su una nave piena di pirati arrapati.

Sophia me lo prende in bocca, facendomi girare la testa.

"Cazzo, Coccinella… è talmente bello che dovremmo dare un soprannome alla tua bocca… o alla tua lingua."

La sua risposta è un guizzo di lingua intorno alla cappella di Uber.

"Ayn Rand?" Suggerisco con voce gutturale.

Sophia mi guarda, col mio pene ancora nella bocca umida e setosa, sollevando un sopracciglio ancora privo di soprannomi.

"Era una filosofa e una scrittrice" riesco in qualche modo a spiegare. "Poiché era russo-americana, io…"

Sophia prende Uber più a fondo finché non sento la sua gola e ogni ulteriore conversazione diventa impossibile. Anche ogni riflessione. Diamine, sono fortunato a ricordarmi come respirare (ma, anche in quel caso, ci riesco a malapena). Le mie inspirazioni sono brevi e veloci, le espirazioni forti e al limite dei gemiti di piacere.

"Fermati" riesco a grugnire quando mi lecca la cappella. "Voglio essere dentro di te."

Senza che io glielo chieda, inguaina Uber con un preservativo e si mette a quattro zampe.

Che brava ragazza!

"Dannatamente sexy" le sussurro all'orecchio mentre la penetro.

Mi muovo lentamente all'inizio, ma poi lei inarca la schiena e mi chiede di accelerare e io sono fin troppo felice di accontentarla.

"Sì!" urla mentre si contorce intorno a me.

"La prossima volta, grida il mio nome." Le afferro una manciata di capelli, cosa che (a quanto ho notato) la fa impazzire.

"Scopami e basta" geme, con lo sguardo rivolto allo specchio che riflette il mio pugno tra i suoi capelli. "Ti prego!"

Adoro quando mi implora. Attivata la modalità bestia, la sbatto con tutte le mie forze.

"Sì!" grida. "Sì! Mason..."

Viene così forte che le sue pareti strette spremono Uber fino al punto in cui non riesco più a trattenermi. Gridando il suo nome, esplodo dentro di lei con un orgasmo così intenso da offuscarmi la vista.

Entrambi impieghiamo un lungo minuto per riprenderci. Alla fine, trovo la forza di alzarmi per poterci pulire. Poi, mi sdraio accanto a lei e la stringo a me in un abbraccio.

"È stato bello" mormora con voce assonnata. "Molto meglio di un buffet all-you-can-eat."

Non rispondo perché ho un'improvvisa e stupida voglia di dirle di nuovo che la amo. Ma non lo faccio. Sono un po' meno sballato e ho imparato la lezione.

A meno che lei non riconosca di avermi sentito e lasci intendere che il sentimento è reciproco, me ne starò zitto e farò semplicemente tutto ciò che è in mio potere per farla innamorare di me.

Farò tutto il necessario.

Capitolo 30

Sophia

"Vedi" dico a Mason mentre ci laviamo i denti insieme la mattina seguente. "La cosa bella dell'erba è la mancanza di postumi il giorno dopo."

"Non sono tanto sicuro di essere d'accordo." Si controlla allo specchio gli occhi ancora leggermente iniettati di sangue. "Ho voglia di un bagel con crema di formaggio e salmone. Non l'avevo mai desiderato in vita mia. È colpa della droga."

Mmm. Aveva anche voglia di pesce salato ieri. "È possibile che il tuo organismo non l'abbia completamente smaltita."

Chi l'avrebbe mai detto che un giocatore di hockey di novanta chili avesse una tolleranza così bassa? Cioè, era talmente fatto che mi ha detto che mi ama. O meglio, l'ha detto a qualcuno, probabilmente un pesce salato senza nome. O, forse, intendeva mandare un messaggio telepatico a Flop il delfino. In ogni caso, sono sicura che non dicesse sul serio. Era solo l'euforia a parlare.

Diamine, quando io ho provato l'Ecstasy, ho confessato il mio amore eterno al mio nuovo iPhone!

E se invece lo pensasse davvero, anche solo a livello inconscio?

È possibile che, almeno, io gli piaccia?

No, non devo intrattenere questi pensieri. Eravamo d'accordo. Quello che succede in crociera rimane in crociera.

Inoltre, la nostra avventura (o qualunque cosa sia) molto probabilmente riguarda la squadra. Non appena saremo tornati a New York, lui ricomincerà a cercare di convincermi a venderla.

Uff. Dovrei vendergliela? Visto come si è svolto il nostro primo incontro, ero assolutamente contraria, ma non riesco più ad attenermi al mio astio.

Questo è importante per lui. Talmente importante che mi ha inseguita in mare aperto. Inoltre, ha ragione: cosa ne so io di come si gestisce una squadra, anche con l'aiuto di Abigail? Però, se vendessi, lui sparirebbe? La transazione interromperebbe qualsiasi legame ci sia tra noi? Oppure...

"Pronta?" mi chiede.

Dannazione! Sono rimasta qui a fissare lo specchio, imbambolata.

Con uno sforzo, mi scrollo di dosso il malumore. "Certo. Andiamo."

———

È ufficiale: Mason è ancora sballato. Come spiegare, altrimenti, il fatto che abbia appena mangiato un'autentica ciambella?

Stranamente, io ho mangiato un pezzo di frutta.

"Sembra che ci siamo contagiati a vicenda" dice con un sorriso quando glielo faccio notare.

Già, è così, e ci strusciamo ancora un po' l'uno addosso all'altra quella sera e la sera dopo. In generale, passiamo tutto il tempo insieme nei due giorni successivi... e sono i giorni più belli della mia vita.

Dopo la colazione a base di ciambelle, Mason convince il capitano a farci fare un tour privato della nave, comprese le aree che "nessuno ha mai visto, né vedrà mai più... fino a due giorni da adesso."

"Cosa succederà tra due giorni?" non posso fare a meno di chiedergli.

Il capitano beve un grosso sorso di vodka direttamente dalla bottiglia. "I Florida Bears faranno questa stessa crociera" spiega con aria entusiasta. "Il che significa che potrò incontrare l'altro mio giocatore di hockey preferito: Michael Medvedev."

L'espressione di Mason si incupisce. "Non dirgli che sei un mio fan, altrimenti potrebbe darti un pugno in faccia."

"Oh." Il capitano tracanna un'altra dose di alcol distruggi-fegato. "Grazie per l'avvertimento."

Quando il tour è finito, chiedo a Mason di questo Michael Medvedev, perché sembra che ci siano dei precedenti tra loro.

La sua mascella si contrae. "Misha è uno stronzo maleducato che pensa di essere mio pari, ma non lo è."

"Misha?" Sbatto le palpebre, confusa.

"In russo, è una versione diminutiva di Michael, ma è anche un termine associato agli orsi. Lui odia quando la gente lo chiama così, per questo uso il soprannome ogni volta che posso."

"Capisco." Quando penso agli orsi, mi vengono in mente Winnie the Pooh, Paddington e i berserker vichinghi, ma ehi, ognuno ha i suoi gusti.

"Comunque" continua Mason, "ha un certo talento, glielo concedo, ma nessuna capacità di fare squadra. Gli Yeti lo hanno espulso dopo la prima settimana e lui dà la colpa a me, anche se, in realtà, è stato il nostro allenatore a prendere quella decisione. Dopodiché, l'unica squadra che l'ha preso è stata quella dei Florida Bears, che sono in fondo alla DHL. Ma suppongo che sia ancora abbastanza famoso da essere nel radar del capitano."

Gli faccio l'occhiolino. "Il buon capitano sembra avere un ottimo gusto quando si tratta di giocatori di hockey."

Non so bene cosa ci fosse di seducente in quella frase, ma Mason mi prende in braccio e mi porta nella sua suite, dove mi fa un massaggio a tutto il corpo e mi scopa alla grande. Poi, mi sorprende con una cena romantica per due sul suo balcone, seguita da un'altra scopata di livello divino.

Il giorno dopo, vengo a sapere che Mason ci ha prenotato una mattinata alla spa, nonché un bungalow privato dove rilassarci... e pomiciare. Il giorno successivo, ci riserva una vasca idromassaggio privata all'aperto con vista sull'oceano. E, se questo non fosse già abbastanza romantico, ci fa preparare un'amaca sul ponte più alto della nave per dormire sotto le stelle.

Durante tutte queste premure, ho la sensazione che sia sul punto di chiedermi qualcosa, ma non lo fa mai. Sospetto che voglia chiedermi di vendere la squadra e sono contenta che non lo dica ad alta voce, perché voglio fingere che stia con me per ciò che sono. Inoltre, non ho ancora deciso se vendere o meno.

O, forse, ho deciso. Vendere è l'unico modo per garantire che "ciò che accade in crociera rimanga in crociera." Altrimenti, lui continuerà a perseguitarmi e, per me, sarebbe fin troppo facile illudermi che il suo obbiettivo non sia solo la mia squadra... ma non posso permettermi di cadere di nuovo in quel genere di trappola.

Dopo mia madre e Rupert, sarei un'idiota a fidarmi di qualcuno che so avere secondi fini.

Tuttavia, pur sapendo che qualsiasi cosa ci sia tra me e Mason è un'illusione, mi sento sempre più giù di morale man mano che si avvicina la fine della crociera... anche se continuo a divertirmi in sua compagnia.

In effetti, se non fosse per la sua compagnia, potrei deprimermi del tutto.

La sera prima del nostro ritorno a Port Canaveral, non riesco più a tenere a bada il malessere. Nemmeno i cinque orgasmi che Mason mi ha dato stasera sono serviti. Sono oltremodo depressa per la fine della crociera e mi sento stupida per sentirmi così.

Sapevo che sarebbe finita.

Sapevo che una gioia come quella che ho provato non sarebbe durata.

Non per me.

Mai per me.

Mi si stringe il cuore quando immagino la mia vita una volta tornata a New York. È una vita discreta: ho i soldi, ho Abigail, ho i miei studi di filosofia. Ho persino delle tartarughe arrapate... cioè, testuggini. Eppure, mi sento vuota quando immagino di tornare a tutto questo senza Mason.

Negli ultimi giorni, lui si è imbucato non solo nella mia crociera, ma anche...

Mason si gira nel sonno, staccando il braccio dalla mia spalla.

Sento subito freddo.

Mi tiro addosso una coperta, ma è inutile. Non riesco a dormire. La separazione incombe su di me come la spada di Damocle. Mi giro e mi rigiro, cercando di trovare un modo di procedere che non mi ferisca... o che mi ferisca il meno possibile.

A metà della notte, decido che devo semplicemente strappare il cerotto (o la benda per le ustioni su tutto il corpo). Devo evitare qualsiasi tipo di addio emotivo (possibilmente falso da parte sua) e sgattaiolare fuori dalla sua stanza e dalla nave prima che lui si svegli. Una volta a casa, mi metterò in contatto con il mio avvocato e venderò la squadra.

Sì. Forse, dopo, se Mason mi chiamerà e vorrà ancora vedermi...

No, devo smettere di pensare così. In quella direzione, c'è la speranza e la speranza porta ad avere il cuore infranto, come ho imparato troppe volte.

Tuttavia, una parte di me vorrebbe almeno prendere un taxi per l'aeroporto insieme. O fare colazione insieme. O una scopata d'addio. Ma no. Se prenderemo quel taxi insieme, saremo sulla terraferma insieme e Mason, probabilmente, mi darà una dozzina di orgasmi proprio lì davanti all'autista... e sarebbe grave. A quel punto, quello che è successo in crociera sarà successo al di fuori della crociera... e non credo che potrei sopportarlo.

Non se è destinato a finire, come è ovvio che sia.

Eppure, anche dopo aver preso la mia decisione, non riesco a chiudere occhio, nemmeno quando lui si rigira e mi tira addosso a sé, come un orsacchiotto.

Soprattutto, non allora.

Dopo quella che mi sembra una settimana, finalmente arriva l'alba.

Mi districo con cautela dall'abbraccio di Mason. Mentre lo faccio, i primi raggi del sole nascente illuminano i suoi lineamenti cesellati, facendo svolazzare qualcosa nel mio petto come le ali di un'enorme miriade di coccinelle.

Sto commettendo un errore? E se lui mi volesse davvero per ciò che sono? O se sarà così dopo che avrà ottenuto la squadra?

No, sono solo gli ormoni a parlare. La domanda più importante è: e se non lo facesse?

Ho troppa paura di scoprirlo.

Muovendomi come una ninja, sgattaiolo fuori dalla suite di Mason ed entro nella mia per prendere le mie cose prima di correre verso l'ascensore VIP.

Per tutta la discesa, una parte debole di me spera che Mason si sia svegliato e abbia deciso di intercettarmi... ma non è così.

Sono la prima persona a mettersi in fila per sbarcare, anche se la folla si accumula rapidamente dietro di me.

Mason non è tra loro.

Quando attracchiamo, scappo dalla nave e mi faccio strada tra le persone in attesa di partire nel terminal. Tra di loro, c'è un gruppo di uomini enormi, che devono essere membri della squadra di hockey dei Florida Bears, che il capitano aveva menzionato l'altro giorno. Come spiegare, altrimenti, i nasi rotti e le espressioni feroci?

Non è che i vichinghi esistano al giorno d'oggi.

Mentre mi faccio largo in mezzo a tutto quel testosterone, commetto l'errore di chiedermi quale di questi cumuli di muscoli sia Michael Medvedev. Naturalmente, non appena penso alla nemesi di Mason, penso all'uomo stesso e quasi mi volto per tornare indietro. Ma non lo faccio. Continuo a camminare e salgo sul taxi più vicino.

"Dove si va?" mi chiede il tassista.

Scruto inutilmente la folla alla ricerca di qualche traccia di Mason. "Aeroporto di Orlando."

Il tassista mette in moto l'auto. "Bene."

Mentre il motore si accende, sono quasi sicura che Mason apparirà all'improvviso e mi costringerà a restare... ma è solo un pio desiderio.

Nessun 'deus ex machina' romantico per me.

Non c'è mai.

Piango per tutto il tragitto fino a New York.

Capitolo 31

Mason

Mi sveglio con una sensazione di disagio e non so perché.

Beh, in un certo senso, lo so. Arriveremo al porto da un momento all'altro e io e Sophia non abbiamo ancora parlato dei nostri sentimenti, ammesso che lei ne abbia per me.

Dannazione! La mia strategia di aspettare che lei ammetta di aver udito la mia dichiarazione d'amore è ufficialmente perdente.

D'accordo. Ora, dovrò parlarle. È il momento di mettere tutte le carte in tavola o, come dice il Coach: "mettere il disco sul ghiaccio." Posso dirle quanto mi sono affezionato a lei e, soprattutto, cosa penso realmente dell'idea imbecille che "quello che succede in crociera rimane in crociera."

"Coccinella?" Mi volto verso il suo lato del letto... ma lo trovo vuoto e freddo.

Ma che diavolo? Dove sarà?

"Sophia?" Mi alzo e busso alla porta del bagno.

Nessuna risposta.

Provo a girare la maniglia e trovo la porta aperta.

Il bagno è vuoto.

Mi sento sprofondare. Negli ultimi giorni, abbiamo trascorso tutte le mattine insieme, quindi ho pensato stupidamente che oggi sarebbe stato lo stesso.

Forse, sta facendo i bagagli?

No. Mi aveva detto di averli già fatti ieri.

Forse, ha dimenticato di mettere in valigia qualcosa?

Il mio disagio si intensifica.

Mi vesto freneticamente, mi lavo i denti e corro a bussare alla porta della suite di Sophia.

Nessuno risponde.

"Coccinella?" grido, sbattendo il pugno sul legno.

Nessuna risposta.

"Ehi" dico a un facchino di passaggio. "Apri questa porta."

"Mi dispiace, signore" replica, sbattendo le palpebre. "Se non è la sua..."

"Ho sentito un urlo all'interno. Qualcuno potrebbe aver bisogno di aiuto."

E non è una totale bugia: se non farà come dico io, lui si metterà a urlare e avrà bisogno di aiuto.

"Oh." Il facchino estrae una chiave magnetica e la striscia. "Per favore, rimanga qui."

Lui entra di corsa e io lo seguo, non fidandomi a lasciare che un estraneo si occupi di questa faccenda, qualunque cosa sia.

"Non c'è nessuno" dice il facchino, guardandosi intorno con aria confusa. "E non ci sono nemmeno valigie."

Niente valigie.

Fino a questo momento, avrei potuto fare altre ipotesi, come ad esempio che Sophia fosse andata a fare colazione. Ma, ora, c'è una sola spiegazione: ha preso i suoi bagagli e se n'è andata senza salutare.

Beh, al diavolo!

Girando sui tacchi, scatto verso l'ascensore e schiaccio il pulsante come se fosse il colpevole di ciò che sta succedendo.

Il fottuto ascensore non arriva per quella che mi sembra un'ora.

Gli mostro il dito medio e scatto verso le scale.

Riesco a scendere solo di un piano prima di imbattermi in un ingorgo di persone.

No.

Non mi interessa quanto maleducato penseranno che sono. Impersonando il mio io liceale, scivolo giù per la ringhiera delle scale per superare gli estranei, che mi fissano imbambolati. Giunto in fondo, mi imbatto in una folla di passeggeri in attesa di scendere.

Ok. Non tutto è perduto. Sono sul piano terra della nave e non abbiamo ancora attraccato. Forse, possiamo ritardare l'attracco finché non troverò Sophia? Tiro fuori il cellulare e compongo il numero del capitano per chiedergli un ultimo favore.

Non risponde.

Cazzo!

Chiamo Sophia.

Anche lei non risponde. O mi sta ignorando di proposito o sta ancora facendo la sua "disintossicazione dal digitale".

D'accordo. Comincio a spingermi tra la folla.

La nave si arresta e la voce del capitano annuncia allegramente il nostro arrivo.

"Fatemi passare" ringhio alle persone davanti a me.

Qualcosa nella mia voce deve far capire loro che è meglio obbedire, perché molte persone si scostano dalla mia strada e io spingo quelle che non lo fanno.

Quando entro nel terminal, scorgo quella che potrebbe essere la figura formosa di Sophia affrettarsi verso i taxi.

Misuro la distanza tra noi.

Se fossimo sul ghiaccio e io avessi i pattini, ce la farei di sicuro, ma, così com'è, dovrò affidarmi a uno sprint.

Quindi, scatto... e vado a schiantarmi contro un muro di difensori che sembra essere spuntato dal nulla per bloccarmi la strada.

"Ma che cazzo?"

Assomiglia inquietantemente a un incubo che mi capita di fare talvolta (anche se, in quel caso, sono nudo sul ghiaccio).

"Ciao anche a te, feccia di uno Yeti" mi dice uno dei tipi corpulenti che mi stanno davanti.

Li scruto tutti e, solo quando scorgo un volto familiare (e sgradito), capisco.

Si tratta dei Florida Bears, una squadra di hockey che non è nostra rivale, ma che vorrebbe esserlo.

E, naturalmente, con loro c'è Misha, o meglio Michael Medvedev, come lo chiamerò oggi in faccia, perché preferisco non peggiorare la situazione piuttosto che perdere secondi preziosi a prendere tutti a calci nel culo.

Questa imboscata è una sua idea?

A parte il solito malumore di origine sovietica sul suo viso da falco, la sua espressione è illeggibile. Non gliel'ho mai detto (perché potrebbe sembrare un complimento), ma mi ha sempre ricordato un bogatyr dei racconti popolari russi. Si tratta di un tipo di cavalieri erranti slavi, che sono sempre raffigurati come omoni abbastanza feroci da uccidere draghi a tre teste.

Ah, e anche loro non sono bravi a giocare in squadra.

"Michael" gli dico, rivolgendomi direttamente a Medvedev. "Ho una gran fretta. Se ci tieni al benessere dei tuoi compagni di squadra, digli di togliersi di mezzo."

Ripensandoci, da quando in qua gliene frega qualcosa dei suoi compagni di squadra?

"Il mio benessere?" chiede uno dei difensori, che sventrerò per primo. "Tu e quale esercito?"

"Senti" dico in russo, con gli occhi ancora puntati su Medvedev. "Io non c'entro nulla con la tua perdita dell'ingaggio. È stata una decisione del Coach, lo giuro." Non è che io non fossi d'accordo con tale decisione, ma non l'ho aiutato a prenderla, ecco perché questa non è una bugia.

"Ha mica detto qualcosa su mia madre?" ringhia lo stesso difensore che ha i giorni contati. "Ti farò..."

"Chiudi il becco" gli ordina Misha in un inglese perfetto e privo di accenti, con una voce così minacciosa che il suo compagno di squadra inghiotte il resto delle parole. Poi, rivolge la sua attenzione a me e mi chiede in russo: "Io cosa ci guadagno?"

La mia mascella si contrae. "Intendi oltre a evitare un viaggio in ospedale?"

Arriccia il labbro superiore. "Sai benissimo che potrei pestarti da solo, se lo desiderassi."

"Se esprimessi un desiderio a un genio della lampada, forse."

Grugnisce (il che, per lui, passa probabilmente per una risatina divertita). "Che ne dici di fare un accordo?" mi propone, passando all'inglese.

Inarco un sopracciglio e stringo la mano a pugno, per sicurezza.

"Una partita tra le nostre squadre" dice Misha. "Non come parte del fottuto campionato. Solo tra noi."

Mmm. "Un'amichevole?"

Annuisce.

"Bene. Alla mia squadra può servire come allenamento." Non che ci guadagneremo molto giocando contro questo triste gruppo di Floridiani. Fare la lotta contro gli alligatori non aiuta a spostare il disco sul ghiaccio, né prendere a pugni gli squali.

"Fatevi da parte" ordina Misha ai suoi compagni di squadra.

Loro si tolgono di mezzo e io scatto verso il punto in cui avevo visto Sophia.

Quando arrivo lì, però, non c'è traccia di lei.

Forse non era lei? Perlustro il terminal in lungo e in largo, ma non la trovo da nessuna parte.

Cazzo!

Sul mio telefono, recupero l'ultimo dispaccio ricevuto da Max e controllo quando Sophia dovrebbe tornare a New York.

Ok. Diversamente da me, che ho noleggiato un aereo privato, lei partirà da Orlando con un volo in prima classe tra due ore. Questo significa che posso ancora intercettarla.

Con il cuore a mille, salgo su un taxi e corrompo l'autista perché prema sull'acceleratore. Lui lo fa e i quaranta minuti successivi sono come una scena d'inseguimento di *Mission Impossible*... finché non ci imbattiamo nel traffico.

Cazzo e stracazzo!

Do un colpetto sulla spalla dell'autista. "Non può fare qualcosa?"

Si stringe nelle spalle. "Questa macchina non vola. Mi dispiace."

Sono talmente incazzato che ho voglia di tornare al porto e picchiare ogni singolo giocatore della squadra dei Florida Bears, a cominciare da Misha. Ahimè, il traffico non mi permette di andare né avanti né indietro e lo attraversiamo con la velocità di una delle tartarughe di Sophia. O testuggini. Quello che è.

Si scopre che la causa del traffico è qualcosa che potrebbe accadere solo a Orlando: un Topolino fuori servizio ha guidato il suo maggiolino Volkswagen scassato contro una BMW.

L'autista si schiarisce la gola. "Pensavo che ai dipendenti della Disney fosse vietato portare i costumi fuori dal parco, figuriamoci indossarli quando non sono in servizio."

"Immagino che, oggi, qualcuno verrà licenziato" dico con un sospiro.

Una volta superata questa bella scenetta, arriviamo all'aeroporto velocemente, per quanto possa valere. Tuttavia, nel caso in cui Sophia fosse arrivata tardi per il suo volo, scendo e la cerco in aeroporto.

No. Non c'è.

Cazzo, cazzo, cazzo!

Prendo un altro taxi per raggiungere il mio aereo privato e, una volta in volo, mi intrattengo riproducendo scenari violenti in cui sono presenti tutti i membri dei Florida Bears, oltre a tizi vestiti da Topolino.

All'atterraggio, decido che non posso tornare a casa.

No-no. Andrò alla villa di Sophia.

Salgo sulla limousine che mi aspetta e comunico all'autista il cambio di destinazione. Mentre lottiamo contro l'ennesimo blocco del traffico, mi immagino ogni sorta di conversazione. Solo quando siamo davanti ai suoi cancelli comincio ad avere dei dubbi su ciò che sto facendo in questo momento.

Dopotutto, la sua più grande lamentela nei miei confronti era che la stessi stalkerando... ed eccomi di nuovo qui.

D'altro canto, dobbiamo parlare e risolvere la questione.

Non posso lasciarla andare così.

Aspettate un attimo!

A proposito di stalking, c'è un ragazzo seduto a terra appena fuori dalla visuale della videocamera del citofono di Sophia. Vederlo mi fa venire in mente l'espressione "carino come un bottone" o, in altre parole, mi fa provare disgusto e rabbia.

Ah, e c'è qualcosa di furtivo nella sua posizione. Qualcosa di losco.

Stringendo i denti, esco dall'auto.

Il tizio mi vede e una sorta di riconoscimento sembra scintillare nei suoi occhi subdoli.

"Tu chi sei?" gli chiedo. "E che cazzo ci fai qui?"

Non mi interessa se non è la mia casa quella davanti alla quale sta bighellonando. È quella di Sophia, quindi è meglio che questo stronzo mi stupisca con la sua risposta.

"Tu sei il giocatore di hockey." Il ragazzo salta in piedi e tende la mano verso di me. "Io sono Rupert."

Guardo l'appendice offerta come farei con un mucchio di vomito di pesce. "Te lo chiederò solo un'altra volta. Cosa ci fai qui?"

Lui indietreggia. "Sono qui per vedere Sophia."

"Perché?" Se gli sguardi potessero castrare, il mio lo farebbe cantare in contralto.

Lui sbatte le ciglia chiare con aria innocente. "Non ti ha parlato di me?"

"Perché avrebbe dovuto?"

Chi cazzo è questo? Lei non ha mai menzionato un fratello e ha detto di non aver mai avuto una relazione seria.

Il tizio sporge il petto (cosa che lo fa sembrare un pesce palla). "Io sono l'amore della vita di Sophia."

Mi blocco e, per la seconda volta oggi, mi domando se sto vivendo un incubo. Dovrei darmi un pizzicotto? No. Il bruciore delle mie nocche quando si infrangeranno contro questo stronzo dovrebbe essere sufficiente.

"Non mi credi?" Tira fuori il telefono e lo tocca. "Ecco qui. Questa è la nostra festa di fidanzamento."

Sentendomi come se fosse lui ad avermi dato un pugno, non posso fare a meno di controllare l'immagine sul suo schermo.

Cazzo! Eccoli lì, sorridenti, decisamente troppo vicini e... cazzo! Al dito di Sophia, c'è un anello con uno zircone microscopico.

Non solo aveva una relazione seria, ma era con questo pezzo di merda e... erano *fidanzati*.

"Ci sono altre foto." Scorre lo schermo. "Per esempio..."

Gli strappo il cellulare di mano e lo schiaccio con il pugno finché lo schermo non si crepa. "Ti do un secondo per scappare." Enfatizzo le mie parole scaraventando il telefono a terra.

Lui lo fissa con aria incredula, poi alza lo sguardo verso di me. "Ma che cazzo? Quel telefono era..."

Con un tonfo soddisfacente, il mio pugno destro sbatte contro quella che è la sua mascella.

Lui vola, sollevandosi da terra di almeno qualche centimetro, e cade sull'erba.

Merda!

Ho appena ucciso l'ex di Sophia?

Supponendo che si tratti di un ex. Forse si stanno frequentando attualmente e quello che è successo in crociera è stato...

Lo stronzo geme, quindi suppongo che sia vivo.

"Sei pronto a filartela, adesso?" ringhio.

Con le gambe tremanti, si alza in piedi e inizia ad allontanarsi barcollando, in silenzio... dimostrando di non essere un suicida come mi era sembrato all'inizio.

Quando non lo vedo più, mi giro e... mi trovo faccia a faccia con Sophia.

Capitolo 32

Sophia

Quando Effie mi ha detto che c'era Mason al citofono, mi ci sono voluti ben cinque secondi per decidere di raggiungerlo: ecco quanto debole sono.

Mentre corro verso di lui, non ho idea di cosa dirgli, ma il solo fatto di vederlo sarà...

Scorgo Rupert e mi si gela il sangue.

Che diavolo ci fa qui? Ho ottenuto un ordine restrittivo contro di lui, ormai, e lo sta violando.

Il mio cuore fa una capriola quando capisco che sta parlando con Mason. Qualcosa a proposito del suo telefono.

E poi, boom, Mason gli sferra un pugno ed è come se la mia fantasia più profonda prendesse vita, nonostante io dichiari di essere una pacifista.

"Sei pronto a filartela, adesso?" Il tono di Mason è così agghiacciante che anche una parte di *me* vuole scappare.

Rupert non è un uomo coraggioso, quindi ovviamente se la dà a gambe... e ho la sensazione che, dopo oggi, si realizzerà finalmente il mio desiderio di non vederlo mai più.

Mason si gira verso di me e, all'inizio, i suoi occhi si illuminano come facevano ogni mattina in crociera, ma poi la sua espressione si oscura. "È vero quello che mi ha detto?"

Merda! Rupert gli ha detto qualcosa? "È vero cosa?"

Che quel bastardo mi ha rigirata intorno al suo dito? Che pensavo di esserne innamorata e ho firmato qualsiasi cosa lui volesse farmi firmare? Che pensavo che ci saremmo sposati e avremmo vissuto per sempre felici e contenti, solo che la realtà mi ha colpita in faccia, non diversamente da come il pugno di Mason ha appena colpito Rupert?

Mason punta un dito accusatore verso un mucchietto di frammenti di cellulare sparsi per terra. "Eravate fidanzati?"

Qualcosa dentro di me scatta. "Sembra che dovresti farti rimborsare dagli investigatori che hanno compilato quel dossier su di me. Si sono persi un capitolo importante."

Le labbra di Mason si stringono in una linea sottile. "Non consideri un fidanzamento una relazione seria?"

Sento la pressione delle lacrime accumularsi dietro i miei occhi, ma combatto l'impulso di piangere con ogni grammo del mio libero arbitrio (che non mi sembra un'illusione in questo momento). "Mi hai beccata. E adesso?"

"Io ti ho parlato dei miei genitori" dice e, nella sua voce, c'è un tale dolore che faccio un passo indietro.

"E sai quanto sia importante per me la fiducia" continua. "Ma tu non mi hai parlato di questo."

"Perché, per farti sapere quanto credulona sono in realtà?" Le mie narici si dilatano. "Tanto che sono scesa dalla nave quasi pronta a venderti la tua preziosa squadra. Non era questo l'obiettivo?"

"Sei scappata dalla nave, intendi?" Il suo sguardo diventa gelido. "Dal giorno in cui ci siamo conosciuti, hai sempre scelto di pensare il peggio di me, eppure io non ti ho mai mentito." Scuote la testa. "Pensavo che ci fosse qualcosa tra noi. Qualcosa di reale. Qualcosa di speciale."

Faccio un passo indietro. "Come potevo essere sicura che non stessi con me perché volevi ancora la squadra?" Questa domanda è rivolta a entrambi... forse, più a me che a lui.

I lineamenti di Mason diventano tempestosi. "Se fossi una persona così cattiva come tu supponi sempre e se volessi *così tanto* la squadra, potrei semplicemente dirti: 'Vendi, o la tua amica non otterrà il lavoro dei suoi sogni'."

Barcollo all'indietro e sono quasi certa di sapere come dev'essersi sentito Rupert un minuto fa. "Mi stai minacciando?"

Lui gira i tacchi. "Prendila come vuoi."

Detto ciò, si dirige verso la sua limousine, ne sbatte la portiera così forte che avrà bisogno di essere riparata e, con uno stridio di pneumatici, se ne va.

Capitolo 33

Sophia

Non ricordo come sono rientrata nella villa.

Con la mente in completo caos, vado a trovare Donatello e April, sperando che guardarli pascolare possa rasserenare la mia mente.

Pessima idea. Stanno trombando, il che mi ricorda dolorosamente la mia attività preferita con Mason.

"Va tutto bene?" mi chiede la dottoressa Kelpcon.

Wow! Che brutta cera devo avere perché la brava dottoressa si concentri su di me anziché sui suoi animaletti preferiti nel bel mezzo del coito?

"Sto bene." La bugia del secolo. "Vado dentro."

Lo faccio, poi cammino avanti e indietro per la villa come una prigioniera, rivivendo nella mia mente l'intera crociera e l'ultimo incontro con Mason in un ciclo tortuoso.

"Pensavo che ci fosse qualcosa tra noi" ha detto. "Qualcosa di reale. Qualcosa di speciale."

Quando ha pronunciato queste parole, non stavo

ascoltando del tutto, ma ora non riesco a pensare ad altro perché mi sembrano così vere.

Quello che è successo tra noi è stato più del semplice tentativo di un ragazzo di ottenere qualcosa da me.

Sembrava reale.

Sembrava amore... almeno per me.

Ma è questo il problema. Pensavo di amare anche Rupert e guardate cos'è successo.

Col senno di poi, non credo che ciò che provavo per Rupert fosse amore. Semplicemente, dopo il tradimento di mia madre, avevo bisogno di amore e pensavo stupidamente che lui potesse fornirmelo. Al massimo, tra me e Rupert c'era un'amicizia con una certa infatuazione da parte mia.

Con Mason, è completamente diverso. Lo è stato dal primo momento in cui ci siamo incontrati. Forse, è per questo che mi sentivo così ostile nei suoi confronti. Non è stato solo per la breve conversazione che ho origliato. Era lui. Ho sentito la minaccia al mio cuore e ho alzato i miei scudi. Scudi che non hanno retto.

Nonostante tutta la cura con cui ho alimentato le mie difese, Mason è riuscito a penetrarle... e avrei dovuto sapere che ci sarebbe riuscito.

È così bravo nella penetrazione in generale.

Mi blocco.

Ho appena ammesso con me stessa che amo Mason?

Sì. L'ho fatto. Perché è così, nonostante lui abbia minacciato il lavoro di Abigail.

No. Non nonostante questo. Semplicemente, non credo che lo farebbe.

Ma se lo facesse?

Dovrei almeno avvertire Abigail di questa possibilità.

Tiro fuori il telefono e provo a chiamarla, ma poi mi accorgo che è ancora in modalità aereo.

Merda!

Non appena disattivo tale modalità, mi arriva una valanga di chiamate perse, messaggi ed email, soprattutto da parte di Mason in riferimento alla mia improvvisa partenza dalla crociera.

E, cosa significativa, non ce ne sono più dopo la conversazione che abbiamo appena avuto.

Con lo stomaco a pezzi, chiamo Abigail.

"Ciao" mi saluta. "Sei tornata? Ho cercato di contattarti."

"Sì. Sono appena tornata. Volevo..."

"No, prima io" cinguetta con voce eccitata. "Ho ottenuto il lavoro. Grazie! Grazie! Grazie!"

Mi si stringe il petto. Abigail ha già ottenuto il lavoro. E Mason doveva saperlo, ma non ha usato l'informazione a suo vantaggio, così come non ha mai menzionato il fatto di aver ritardato la nave da crociera quando io avevo il mal di mare.

"Ci sei?" mi chiede Abigail.

"Sì. Sono felice per te" le dico. "È solo che... credo di aver combinato una cazzata. Grossa."

"Cos'è successo?"

Glielo racconto e, quando finisco, Abigail conferma

ciò che già pensavo: Mason doveva sapere che lei aveva ottenuto il lavoro da almeno due giorni, tramite il suo amico, il che significa che quella che io ho interpretato come una minaccia era semplicemente un'osservazione che lui cercava di fare.

"Non può farti licenziare?" le chiedo, ma non ci credo più.

"È estremamente improbabile" risponde. "Per cominciare, quando si entra a far parte della Octothorpe, si ricevono azioni della società come bonus d'ingresso... e costano una fortuna. Se mi licenziassero senza motivo, potrei tenermele. Inoltre..."

"Devo sistemare le cose" dico, più a me stessa che a lei.

"Sì, devi" conferma severamente. "Ora va' e fallo. Parleremo dopo."

Riattacco e chiamo il signor Cohen per prendere gli accordi necessari, prima di dire a Richard di preparare la mia auto più veloce.

Andrò a casa di Mason e sistemerò le cose.

Capitolo 34

Mason

Quando entro nel mio appartamento, sia Spike sia la cat sitter che avevo assunto per occuparsi di lui mi guardano con espressioni ugualmente preoccupate.

Pago la donna e la sollevo dalle sue mansioni, poi accarezzo dolcemente il pelo di Spike, più per me che per lui. Dopo un po', la mia rabbia si è raffreddata al punto che vorrei tornare indietro e spiegare a Sophia che non danneggerei mai il lavoro della sua amica (non che la cosa sia possibile ormai che è stata assunta).

Ma no.

Sophia non mi aprirà i cancelli. Né mi parlerà di nuovo.

Cazzo e stracazzo! Ero talmente geloso dopo aver conosciuto il suo ex che non sono riuscito a controllare la mia boccaccia.

Ripensandoci, non mi interessa se non mi aprirà i

cancelli. Tornerò lì. Se non metterò le cose in chiaro, io...

Il mio telefono squilla.

È Cohen.

Non ho tempo per gli avvocati in questo momento, perciò lo ignoro... ma lui mi chiama di nuovo. E di nuovo.

"Che c'è?" ringhio nel telefono.

Mi informa che Sophia mi sta vendendo la squadra e per una cifra irrisoria.

"No" rispondo. "Non se questo significa che non ci rivedremo mai più."

Lui si schiarisce la gola. "Il giorno in cui inizierò a dare ai miei clienti consigli sulle relazioni sentimentali sarà il giorno in cui brucerò la mia laurea in legge."

"Non stavo... lasci perdere. Devo andare." Riattacco e mi precipito fuori per chiamare un taxi.

All'improvviso, una Bugatti Bolide si ferma stridendo accanto al marciapiede.

Rimango a bocca aperta quando Sophia ne esce, con gli occhi castani puntati su di me.

"Ciao" le dico stupidamente.

"Ciao" risponde lei.

"Mi dispiace" esclamiamo all'unisono e, poi, restiamo lì a fissarci.

Dal modo in cui il cuore mi martella nel petto, si direbbe che ho appena attraversato l'intera pista con un solo respiro e ho segnato un gol. Cosa starà pensando Sophia? La sua mente è in subbuglio quanto la mia?

Mi schiarisco la gola. "Prima le signore? O è più da gentiluomini che sia io a spiegarmi?"

Deglutisce. "Io non so nemmeno da dove cominciare."

"Beh, io sì." Faccio un respiro profondo. "Mi dispiace se è sembrato che stessi minacciando il lavoro dei sogni di Abigail. Non lo farei mai, qualunque cosa accada alla squadra o tra di noi."

Sophia si morde il labbro. "Anche a me dispiace per questo. Non credevo che l'avresti fatto... dopo che ci ho riflettuto un istante, intendo. Non è da te."

"Grazie."

Non sono nemmeno sicuro di essere d'accordo sul fatto che ottenere la squadra a qualunque costo non sia "da me." È solo che non farei una cosa del genere se Sophia fosse in qualche modo coinvolta.

"Non c'è di che." Si avvicina. "Non sarei dovuta scappare dalla crociera. E avrei dovuto parlarti di Rupert o, almeno, dire qualcosa del tipo: 'Ho avuto una relazione di merda a lungo termine e non voglio parlarne'."

Quando sento il nome di quello stronzo, i miei pugni si stringono e si riaprono, un gesto che lei nota chiaramente, a giudicare dal modo in cui il suo sguardo si posa sulle mie mani.

Faccio del mio meglio per rilassarli. "Capisco perché non l'hai fatto." Almeno, *credo* di capirlo. "Lui ti ha ferita."

"Non si tratta soltanto di questo. Sono stata stupida. E credulona. Mi sono lasciata usare e..."

Le stringo le spalle. "Non sei tenuta a parlarne adesso, se non vuoi" le dico dolcemente. "Puoi raccontarmelo quando sarai pronta. O non dirmelo affatto. È una tua decisione."

E ciò che mi dirà o non dirà non farà altro che determinare quante ossa di quello stronzo romperò. Ma questa è una decisione da prendere più tardi.

I suoi occhi brillano di più. "Ok. Ma, ripeto, mi dispiace *davvero*. E non avrei dovuto presumere il peggio di..."

La fermo con un bacio. Un bacio che continua nell'ascensore del mio appartamento e che culmina in una lunga sessione bollente nella mia camera da letto.

Siamo ancora avvinghiati l'uno all'altra quando una creatura della giungla si avventa sui miei piedi e mi mordicchia giocosamente le dita.

"Spike!" esclamo con severità, districandomi da Sophia per mettermi a sedere e lanciare un'occhiataccia al mio gatto.

Lui mi rivolge lo sguardo più innocente che esista e passeggia sopra le coperte finché arriva da Sophia per strusciarsi sul suo mento: il complimento felino per eccellenza. Sorridendo, lei lo accarezza e una scarica di emozioni calde mi travolge.

Mi sembra così giusto averla qui, a casa mia, a giocare con il mio gatto nel mio letto. Questo è il suo posto... con me. Per sempre.

Sophia sta ancora accarezzando Spike quando il suo sguardo cattura il mio, con un'espressione particolarmente incerta. "Dunque... c'è una cosa che hai detto in Giamaica di cui volevo parlarti... Quello e anche quando hai detto che c'era qualcosa tra noi. Qualcosa di reale. Qualcosa di speciale."

Il mio cuore accelera di nuovo. "Intendi quando ti ho detto quello che provo per te?"

Lei resta senza fiato. "Quindi... stavi davvero parlando con *me*?"

La fisso. "Con chi altro?"

Si stringe nelle spalle, facendo muovere Socrate e Platone su e giù in un modo così invitante che Uber riceve una nuova ondata di sangue. "Stavi comunicando telepaticamente con un delfino proprio quel giorno."

Ah sì? Oh, cavoli! Mi sembra di sì. La telepatia con il delfino mi era passata di mente, così come quell'idea fantastica che avevo avuto quel giorno. Ma non la mia dichiarazione a Sophia.

Quella non l'avrei mai dimenticata.

"Stavo decisamente parlando con te" le assicuro, mentre Spike perde interesse per noi per passare ad affilarsi gli artigli sul mio cuscino. Pezzi di memory foam volano verso di me, ma li ignoro perché gli occhi di Sophia brillano maggiormente dopo le mie parole.

"Quindi, non era l'erba a parlare?" chiede conferma.

"Decisamente no."

Si morde il labbro, tentandomi di nuovo. "E, ora che la squadra è tua, provi le stesse cose?"

Le stringo le mani tra le mie. "Sì, Coccinella. Ti amo. Ti amo ogni giorno di più. Ti amo più di quanto potrei mai amare un delfino. O un'orca assassina, che, secondo un documentario naturalistico che ho visto di recente, è in realtà un tipo di delfino."

Lei sorride. "Anch'io. Ti amo, intendo. E nessun delfino può essere paragonato a te. Nemmeno un delfino che sia anche un filosofo. O un vichingo. Ma, se mai incontrassi un delfino vichingo filosofo, allora..."

La metto a tacere con un altro bacio.

Epilogo

Sophia

Guardo Donatello e April mentre scendono dalla nave su quella che è stata recentemente ribattezzata TMNT Island, ossia l'Isola delle Tartarughe Ninja, almeno fino a quando una lettera di diffida non costringerà i nuovi proprietari a rinominarla in qualcosa che non sia un marchio registrato.

"Pensate che sappiano quanto sia importante questa occasione?" chiedo a nessuno in particolare.

La risposta di April è quella di sgranocchiare l'erba di una duna vicina, ignorando il resto della splendida spiaggia selvaggia di fronte a lei.

"Ne dubito." Mason si infila lo zaino e passeggia sulla spiaggia come se fosse il padrone del posto... cosa che, da poco tempo, è. Padrone della spiaggia e dell'intera isola.

"Naturalmente, sanno che questo è un grande giorno" ribatte la dottoressa Kelpcon. "Stanno per ricongiungersi alla prole che hanno diligentemente generato come salvatori della loro specie."

Ignorando l'erba, Donatello si mette nella sua posizione fin troppo familiare dietro April.

"Ehm" commento. "Non sembra che Don pensi che la specie sia stata salvata a sufficienza."

Mentre inizia l'ingroppamento, la dottoressa Kelpcon non riesce a trattenersi dal dare alle testuggini i suoi soliti consigli e, come a casa, io e Mason la lasciamo fare, in questo caso andando a esplorare il resto dell'isola.

"Vuoi dare un'occhiata alla Laguna di Splinter?" mi chiede Mason. "O al Golfo di Shredder?"

Sospiro. "Chiunque possieda il marchio registrato delle *Tartarughe Ninja* ti costringerà a rinominare tutti quei luoghi, lo sai, vero?"

Si stringe nelle spalle. "La laguna si chiama così per le schegge (splinter) che ti becchi se osi arrampicarti sulle palme, non per il saggio ratto sensei che addestrava certe tartarughe."

Roteo gli occhi. "E Shredder?"

"Di recente, ho rinunciato ai documenti cartacei e questo golfo celebra il pensionamento del mio distruggi-documenti (shredder) preferito."

"Fammi indovinare" dico. "In realtà, TMNT sta per The Mighty Nighttime Troupe?"

"Sì" risponde. "Il miglior spettacolo di burlesque del mondo."

Scuoto la testa. "Trovi strano che io sia gelosa di

uno spettacolo immaginario in cui potresti vedere donne poco vestite?"

Sbuffa. "Non ho mai detto che lo spettacolo di burlesque sarebbe caratterizzato da donne."

"Ah, cosa mi è saltato in mente? Probabilmente, si tratterebbe di tartarughe sexy."

"Bingo" conferma. "Ora... vediamo la laguna?"

"Certo." Ci incamminiamo verso tale luogo e poi ci sediamo su una panchina con vista sull'oceano, quando uno dei figli di Donatello incrocia il nostro cammino.

Ok. È meglio che io dica a Mason cosa sta succedendo. Ma come reagirà? Credo che ci sia un unico modo per scoprirlo.

Inspiro l'aria salmastra per farmi coraggio. "C'è una cosa di cui volevo parlarti."

Mason distoglie lo sguardo dal panorama e mi guarda negli occhi, cosa che non manca mai di animare le coccinelle nel mio stomaco.

"Che succede? Un problema con l'anno sabbatico?"

"No. La scuola ha incaricato qualcuno di coprire la mia assenza." Prendo fiato. "Quello che devo dirti, così come tutto questo viaggio, ha a che fare con la continuazione di una specie. In tal caso, è una specie all'opposto dell'estinzione, ma..."

"Sei incinta?" Lui salta in piedi.

Merda! È arrabbiato? Perché, altrimenti, dovrebbe...

Mi trascina in piedi e mi avvolge in un abbraccio muscoloso.

"È meraviglioso!" mi grida all'orecchio.

Poi, lasciandomi andare, mi fa la domanda a cui ho

dovuto rispondere da me quando ho notato che le mestruazioni non mi arrivavano più. "Come?"

"A quanto pare, gli antibiotici e le pillole anticoncezionali non vanno d'accordo" affermo.

Sì, in qualche modo, non lo sapevo, anche se *so* cosa significa "acosmismo." Questo dimostra quanto sia pratica una laurea in filosofia.

Mason mi sorride, raggiante. "Sai se è un maschio o una femmina?"

È possibile saperlo così presto? Suppongo di non essere l'unica a ignorare le basi della procreazione umana. "La linea sul test di gravidanza assomigliava un po' a una mazza da hockey. Quindi... forse un maschio?"

L'unica altra volta in cui ho visto una simile espressione di meraviglia sul volto di Mason è stata mentre guardava il suo documentario naturalistico preferito. "Anche le femmine possono giocare a hockey. In ogni caso, è incredibile."

"Già." Lo sarà davvero.

"Bene, allora, anch'io ho una cosa di cui parlarti." Fruga nello zaino e ne tira fuori una piccola scatola nera.

Sgrano gli occhi. "Quella è...?"

Lui si inginocchia. "Il piano originale era di farlo sulle scogliere di Møns Klint, durante il nostro viaggio in Danimarca, ma se l'hockey mi ha insegnato qualcosa, è come adattarmi."

Ammutolita, lo guardo e annuisco.

"Coccinella" continua Mason, con gli occhi grigi

che brillano. "Sei l'amore della mia vita e, ora, sarai la madre di mio figlio. Mi faresti il grandissimo onore di sposarmi?" Apre la scatoletta, rivelando un diamante gigante incastonato in una fede che assomiglia a una spada.

La mia facoltà di parola ritorna parzialmente, permettendomi di chiedergli: "Come mai la spada?" Indico la fede.

Mason mi fa un ampio sorriso. "I vichinghi si scambiavano le spade come parte della loro cerimonia nuziale, così ho pensato che potevamo usarne una anche per il nostro fidanzamento."

"Wow!" Danimarca e riti nuziali vichinghi? Quest'uomo ha in mente un intero tema! Quasi strillo ad alta voce, ma poi modero la mia risposta a un più pacato: "Grazie! È fantastico."

Mason stringe gli occhi. "Non stai dimenticando una piccola formalità?"

"Ah, giusto." Afferro l'anello e me lo metto all'anulare. "Sì, Mason, ti sposerò... a una condizione."

"Spara" mi dice solennemente.

Sono così eccitata che le ginocchia mi tremano. "Voglio mantenere il mio cognome da nubile."

"Eh?"

Gli rivolgo un gran sorriso. "Mi diverto troppo a osservare il disagio dei miei studenti quando cercano di rivolgersi a me come professoressa Papachristodoulopoulou."

Mason ride e si alza in piedi. "Affare fatto." Mi guarda la pancia e inclina la testa. "E il bambino?

Dubito che crescere con il tuo cognome sia stato così divertente."

"Giusta osservazione" dico. "Ed è per questo che il piccolo sarà un Tugev."

"D'accordo." Mi stringe le mani tra le sue. "Ora, dobbiamo festeggiare."

Ah. "L'ultima volta che abbiamo festeggiato, mi hai messa incinta."

"Questo significa semplicemente che non posso metterti *più* incinta di così." Mason mi tira a sé per un bacio che segna l'inizio di una celebrazione che durerà per il resto della giornata... e della serata.

E, probabilmente, per il resto delle nostre vite.

Anteprime

Grazie per aver partecipato al viaggio di Sophia e Mason! Per assicurarti di non perderti mai una nuova uscita, iscriviti alla newsletter su mishabell.com/it.

Se sei impaziente di scoprire altri libri di Misha Bell, gira la pagina per leggere le anteprime degli altri libri che ti faranno sbellicare dalle risate!

Estratto de Il miliardario scontroso

Juno

Quando sono in ritardo per un colloquio di lavoro e rimango bloccata in ascensore con un brontolone fastidiosamente sexy e ossessionato dall'Antica Roma, l'ultima cosa che mi aspetto è che lui sia il miliardario proprietario dell'edificio. Non mi aspetto nemmeno di rischiare di ucciderlo... accidentalmente, è ovvio.

Certo, non ottengo il posto di curatrice delle piante per cui avevo fatto domanda, ma ricevo un'offerta interessante.

Lucius ha bisogno di ingannare il pubblico (e sua nonna) facendo credere loro di avere una relazione, mentre io ho bisogno di soldi per le tasse universitarie per laurearmi in botanica. Il nostro accordo è vantaggioso per entrambi... cioè, fino a quando non inizio a provare dei sentimenti.

Se l'essere un'amante dei cactus mi ha insegnato qualcosa, è questo: se ci si avvicina troppo, c'è una buona probabilità di finire feriti.

Lucius

Dopo l'incidente in ascensore, mi rimangono tre cose: la mia borraccia d'acqua preferita piena di pipì, una reazione allergica potenzialmente letale e le foto di me con la mia "ragazza" scattate dai paparazzi, che rendono mia nonna la donna più felice del mondo.

Naturalmente, il mio prossimo passo è ricattare (volevo dire "convincere") questa ragazza (indubbiamente carina) a fingere di uscire con me. In questo modo, mia nonna rimarrà felice e, come bonus, potrò tenere a bada le cacciatrici di dote.

Sfortunatamente, la mia acerrima nemesi, ovvero la biologia, si fa sentire e la parte del nostro accordo relativa al "non fare sesso" diventa sempre più difficile da rispettare. Peggio ancora: più sto con Juno, più il mio aspetto gelido accuratamente impostato si scioglie.

Se non sto attento, Juno abbatterà completamente le mie barriere.

———

"Mi stai dando della stupida?" sbotto. Chiunque

potrebbe avere difficoltà con questi maledetti pulsanti, non solo una persona affetta da dislessia.

Lui guarda i pulsanti con aria significativa. "Stupido è chi lo stupido fa."

Digrigno i denti dolorosamente. "Sei uno stronzo. E hai guardato *Forrest Gump* una volta di troppo."

Le sue labbra si appiattiscono. "L'origine del detto non proviene da quel film. Deriva dal latino: *Stultus est sicut stultus facit.*"

Roteo gli occhi. "Che razza di *stultus* presuntuoso citerebbe il latino?"

L'acciaio nei suoi occhi è così freddo che scommetto che la mia lingua ci resterebbe appiccicata, se cercassi di leccargli il bulbo oculare. "Non saprei. Forse *l'idiota* a cui piace tutto ciò che riguarda l'Antica Roma, compresi i numeri romani."

Resto a bocca aperta. "Hai preso tu questa decisione?" Indico i pulsanti dell'ascensore.

Lui annuisce.

Merda! Probabilmente mi ha sentita prima, il che significa che sono stata io a dare inizio agli insulti. In mia difesa, lui ha fatto effettivamente una scelta idiota.

Esalo un respiro frustrato. "Se sei così esperto di numeri romani, avresti potuto dirmi quale premere."

Lui incrocia le braccia sul petto. "Non me l'hai chiesto."

Mi innervosisco di nuovo. "Chiedertelo? Avevi l'aria di uno che avrebbe potuto staccarmi la testa a morsi solo per il fatto di esistere."

"Questo perché mi hai fatto ritardare…"

L'ascensore si ferma di colpo e le luci intorno a noi si abbassano.

Entrambi fissiamo le porte.

Rimangono chiuse.

Lui si volta verso di me e stringe gli occhi con aria accusatoria. "Che cosa hai premuto adesso?"

"Io? E come? Sono di fronte a te. Purtroppo!"

Scuotendo la testa in modo irritante, va verso il pannello con i pulsanti e io devo farmi da parte prima di essere travolta.

"Probabilmente hai premuto qualcosa prima" borbotta. "Perché saremmo bloccati, altrimenti?"

Perché è illegale soffocare le persone? Solo pochi secondi con le mani sulla sua gola sarebbero un esercizio calmante.

Invece, guardo la sua schiena, che mi impedisce di vedere cosa stia facendo (ammesso che stia facendo qualcosa). "Il povero ascensore si sarà probabilmente suicidato per colpa di questi numeri romani. Sapeva che, quando qualcuno vede lettere come L e XL, pensa a taglie di magliette per uomini di Neanderthal come te. E non farmi parlare di quel pulsante XXX, che è un chiaro riferimento al porno. Crea un ambiente di lavoro ostil..."

"Puoi stare zitta, così vedo di tirarci fuori di qui?" sbotta.

Le sue parole mi riportano alla realtà della situazione: è passato più di un minuto e le porte sono ancora chiuse.

Caro saguaro, sono davvero bloccata qui? Con questo tizio? E il mio colloquio?

"Silenzio, finalmente!" dichiara lui con tono soddisfatto e si sposta di lato, così lo vedo premere insistentemente il pulsante "aiuto".

"È un miracolo che non sia scritto in latino" non riesco a trattenermi dal commentare. "O in lingua klingon."

"Pronto?" dice nell'altoparlante sotto il relativo pulsante, con voce carica di irritazione.

Nessuna risposta, nemmeno statica.

"C'è qualcuno?" La sua irritazione sta chiaramente raggiungendo nuove vette. "Sono in ritardo per una riunione importante."

"E io sono in ritardo per un colloquio" aggiungo, nel caso facesse qualche differenza.

Lui si blocca e inarca un sopracciglio folto, guardandomi. "Un colloquio? Per quale posizione?"

Raddrizzo la schiena. "Sono sicura che quelli come te non se ne accorgono, ma le piante di questo edificio non si curano da sole."

Aspettate. Ho parlato troppo? Lui potrebbe forse sabotare il mio colloquio (ammesso che questo inconveniente dell'ascensore non l'abbia già fatto)? Che cosa fa qui, comunque? Progetta ridicoli ascensori? Non può essere un lavoro a tempo pieno, giusto?

"Un'abbraccia-alberi" mormora sottovoce. "Non fa una piega."

Che stronzo! Non ho mai abbracciato un albero in vita mia. Sono troppo impegnata a parlare con loro.

Lui riporta la sua attenzione accigliata sul pulsante "aiuto", anche se ora penso che avrebbero dovuto etichettarlo come "nessun aiuto."

"Pronto? Qualcuno mi sente?" grida. "Rispondete subito o siete licenziati!"

Roteo gli occhi. "È una buona idea fare lo stronzo con le persone che potrebbero salvarci?"

Lui esala un respiro udibile. "Non fa differenza. Il pulsante dev'essere difettoso. Non oserebbero ignorarmi."

Tiro fuori il mio fidato cellulare, un semplice e grazioso Nokia 3310. "Qualcuno si dà troppe arie?"

Lui mi fissa le mani con espressione incredula. "Ecco perché l'ascensore si è bloccato. Ha attraversato una curvatura temporale che ci ha trasportati nel 2008."

Mi acciglio per la mancanza di ricezione sul mio Nokia. "Questa versione è stata rilasciata nel 2017."

"Sembra ancora più stupido di un manichino da crash test decerebrato." Estrae con orgoglio un iPhone dalla tasca. "*Questo* è l'aspetto che dovrebbe avere uno smartphone."

Lo schernisco. "Quello è l'aspetto di una distrazione costante. Comunque, se il tuo iNonSmartPhone (marchio registrato) è così eccezionale, dovrebbe avere ricezione, giusto?"

Lui lancia un'occhiata allo schermo, ma si capisce che sa già la verità: nemmeno il suo prezioso cellulare ha segnale.

Tuttavia, non riesco a trattenermi. "Vedi? Il tuo

telefono geniale è altrettanto inutile. L'unica cosa che sa fare è trasformare le persone in zombie dipendenti dai social media."

Nasconde il dispositivo, come un genitore protettivo. "Oltre a tutte le tue qualità accattivanti, sei anche tecnofobica?"

Valuto se tirargli il mio Nokia in testa, ma decido che non vale la pena sborsare sessantacinque dollari per sostituirlo. "Solo perché non voglio essere distratta non significa che sia tecnofobica."

"In realtà, il mio telefono è ottimo per bloccare le distrazioni." Si rimette le cuffie sulle orecchie. "Vedi?" Preme play e sento vagamente una canzone heavy metal.

"Molto maturo" mimo con la bocca.

"Scusa" mi risponde a voce esageratamente alta. "Non riesco a sentire nessuna distrazione."

Benissimo. Come vuole lui. Almeno ha buoni gusti in fatto di musica. Io e il mio cactus siamo grandi fan dei Metallica, che credo sia proprio il gruppo che lui ascoltando.

Comincio a camminare avanti e indietro.

Sono bloccata e sono in ritardo. Se il problema dell'ascensore non si risolverà entro i prossimi due minuti, posso dire addio al nuovo lavoro e, di conseguenza, ai soldi per le tasse universitarie. Niente soldi per le tasse universitarie significa niente laurea in botanica, che è stato il mio sogno negli ultimi anni.

Per tutti i succhi di saguaro! È una prospettiva davvero terribile.

Lancio un'occhiata furtiva al figo (cioè... allo stronzo).

Cosa direbbe di una persona dislessica che vuole laurearsi? Probabilmente che avrei bisogno di un'università che usi i libri da colorare. In realtà, anche i libri da colorare non mi sarebbero molto utili: non riesco mai a stare dentro quegli stupidi bordi.

Sospiro e distolgo lo sguardo, sempre più preoccupata. A parte infrangere i miei sogni, cosa succederebbe se l'ascensore rimanesse bloccato per un pezzo?

Il problema più immediato è il mio crescente bisogno di fare pipì, ma (paradossalmente) la preoccupazione a lungo termine sarà quella di trovare liquidi da bere.

Mi chiedo... se si ha abbastanza sete, il corpo riassorbirebbe l'acqua dalla vescica? Inoltre, potrei fare come MacGyver e creare un filtro per recuperare l'acqua nell'urina usando gli oggetti che ho con me? Magari attraverso il pelo del gatto?

Rabbrividisco, ma solo in parte per l'aria condizionata pazzesca che, in qualche modo, mi arriva persino qui dentro. Nel breve termine, sarebbe molto meglio se facesse caldo anziché freddo; così suderei i liquidi e non avrei l'urgenza di fare pipì, anche se credo che morirei di sete prima. Lancio un'occhiata d'invidia al robusto sconosciuto. Scommetto che ha una vescica grande come un dirigibile. Ha anche una borraccia di acciaio inossidabile, probabilmente piena d'acqua, che molto probabilmente non condividerà con me.

Inoltre, c'è anche la questione del cibo. Non ho nulla di commestibile con me, a parte una scatoletta di cibo per gatti... e, in teoria, il gatto stesso.

No. Preferirei mangiare questo sconosciuto piuttosto che la povera Atonic.

Come se fosse un sensitivo, lo stomaco dello sconosciuto brontola.

Accidenti! Massiccio e cattivo com'è, questo tipo probabilmente mangerebbe il gatto. E poi mangerebbe me... (e non nel senso divertente).

Sono davvero, davvero fregata.

———

Volete continuare a leggerlo? Visitate www.mishabell.com/it.

Estratto de Surfista miliardario

Una mamma single e oberata di lavoro di New York. Un surfista miliardario della Florida. Riuscirà il destino a metterli insieme?

Brooklyn

Ah, finalmente una vacanza! Mio figlio è al campo estivo. Le mie preoccupazioni sono rimaste in città. Ora, posso sedermi comoda, rilassarmi e… intraprendere una lite accalorata con il locatore del mio alloggio Airbnb? A proposito di calore: è il sole della Florida a darmi alla testa o è il bellissimo uomo che ho davanti?

Le mie amiche, in effetti, dicevano che ho bisogno di *"vitamina D"*…

Ma la mia vita è complicata e né una caccia al tesoro avventurosa, né pomiciate bollenti né conversazioni profonde quanto l'oceano potranno convincermi che la nostra storiella estiva possa durare. Specialmente quando Evan scoprirà il mio segreto.

Evan

Sono ricco sulla carta, ma non vivo la mia vita come un tipico miliardario. Né frequento le turiste. Specialmente quelle che mi scambiano per un idraulico e mangiano la mia colazione prima che io abbia la possibilità di placare la mia rabbia da fame.

Brooklyn è polemica, irriverente, testarda, bellissima, intelligente, divertente… Ok, diciamo pure che mi piace. Questo non cambia il fatto che lei resterà qui solo per una settimana… e che io non le abbia rivelato una cosa importante su di me.

Ma, se il surf mi ha insegnato qualcosa, è che bisogna cogliere l'attimo prima che sia passato. E se non volessi lasciarla andare?

———

Sull'aereo per Jacksonville, Reagan gioca con il suo videogame, mentre io faccio del mio meglio per non inveire contro di lui o contro altri astanti innocenti. Grazie alla mia sfortuna, mi è venuto il ciclo poche ore fa, provocandomi quel tipo di crampi che, se fossero procurati a un prigioniero di guerra, andrebbero contro le Convenzioni di Ginevra.

Grazie, corpo! Un volo rilassante era troppo da chiedere?

Mi guardo il polso, dove risiede il mio regalo di compleanno dell'anno scorso. È un Octothorpe Glorp: un fitness tracker che dovrebbe avvisarmi quando le mestruazioni sono in arrivo. Spesso, immagino che l'aggeggio mi parli con una voce che è un misto tra Richard Simmons e Gollum:

Mio Tesssoro, se potessi, terrei ogni assorbente che hai usato in un reliquiario e vi incollerei sopra i sorrisi che ho ritagliato dalle mie foto preferite di te. Purtroppo, per quanto riguarda la funzione a cui ti riferisci, mi limito a monitorare i tuoi cicli mestruali, non a prevederli.

Sopporto il resto del volo nel modo più stoico possibile. Una volta atterrati, noleggio un'auto e porto Reagan direttamente al campo estivo: una struttura balneare rilassata, dove risuona Jimmy Buffett a ripetizione.

"Ok, ciao" mio figlio mi saluta senza un secondo di esitazione prima di correre a dare un'occhiata al posto.

Aspetto per assicurarmi che non torni indietro a dirmi che non gli piace quello che ha visto. No. Probabilmente, pensa che me ne sia già andata, oppure si è completamente dimenticato della mia esistenza.

"Avrà accesso a un telefono" mi dice in tono rassicurante il consulente più vicino, con l'aria da boy scout. "E abbiamo il suo numero in archivio. Quando si sarà sistemato, le telefonerà. Vada pure."

Con un sospiro, torno alla macchina e mi metto alla guida.

Il mio umore era già uno schifo, ma, adesso, è peggiore di quello di un ippopotamo stressato, assonnato e infestato dalle zecche. La natura verde e idilliaca che mi circonda mi fa solo sentire di merda per il luogo in cui vivo, così come le strade molto più belle e pulite. Poi, però, rischio di investire un alligatore in carne e ossa e questo mi fa sentire un po' meglio nel paragonare il mio omonimo quartiere di New York con Palm Islet, in Florida, l'illustre cittadina in cui si svolgerà la mia vacanza. Lo stesso vale quando un cervo tenta di suicidarsi contro la mia auto, pochi minuti dopo, e quando la donna nella vettura davanti a me si ferma per salvare una tartaruga (facendosi pisciare addosso).

Bisogna amare la Florida.

Il mio alloggio Airbnb si trova all'interno di una comunità recintata e la guardia all'ingresso è scrupolosa come un'agente della Sicurezza Trasporti. Quando le sembra che tutti i miei documenti siano a posto, storce il naso e borbotta qualcosa sul fatto che l'Associazione dei Proprietari Immobiliari generalmente proibisce l'affitto di appartamenti Airbnb all'interno della comunità e che il mio caso è una rara eccezione alla regola. Mi informa, inoltre, che l'API applica solitamente una tassa di soggiorno, ma che il proprietario del *mio* alloggio Airbnb è esente da "tutte le regole."

Ah, l'umanità! Come fanno a dormire la notte i poveri membri dell'Associazione? Mentre mi allontano in auto, mi sforzo di non chiedermi se, in questo caso, API stia per Autorità dei Prepotenti Insopportabili.

Attraversando la comunità, noto che le case sono affascinanti miscugli di stili spagnoli, mediterranei e caraibici, e che hanno tutte un prato impeccabile: deve essere la stessa Associazione a governare con il pugno di ferro. Tuttavia, quando entro nella strada senza uscita dove si trova il mio alloggio Airbnb, lo schema monotono si interrompe. Le case numero quattro e cinque di Gatorview Drive sono gemelle: entrambe hanno spigoli vivi, sono ricoperte di superfici a specchio e di tonnellate di cromature e mi ricordano qualcosa che si potrebbe vedere in un museo d'arte moderna.

Poiché una di queste è la mia, presumo che entrambe appartengano allo stesso proprietario esente dalle regole dell'API.

Il mio umore si risolleva leggermente quando vedo il lago adiacente a entrambe le case, con la natura incontaminata sulla sponda opposta. La vista dal mio alloggio Airbnb dev'essere spettacolare, anche se leggermente inferiore a quella della casa vicina.

Controllo l'ora sul mio fitness tracker.

Il mio Tesssoro dovrebbe valutare l'idea di fare più passi, per rassodare quelle cosce succulente per il mio piacere di pedinamento... cioè, di visione.

Accidenti! Sono troppo in anticipo per il check-in e fa piuttosto caldo. Secondo Evan, che mi manda SMS silenziosi a nome di questo alloggio Airbnb, il codice per la serratura del garage può essere usato solo dopo le undici e mezza, ma io, a quel punto, potrei essere già morta per insolazione.

Inoltre, vorrei che la vacanza iniziasse e, con essa, il relativo relax.

Perché non provare il codice adesso?

Avvicinandomi al garage, digito il codice e la porta si apre. Bingo! Tra questo e l'assenza di un'auto nel vialetto e nel garage, sono abbastanza sicura di poter entrare in casa.

Dopo aver parcheggiato nel garage, apro la porta della casa vera e propria che, secondo Evan, è l'ingresso che userò per andare e venire.

La porta conduce direttamente in una cucina ultramoderna, grande quanto il mio intero appartamento, e lì, sopra il tavolo di granito, si trova una serie di tapas deliziose.

Questo sì che è un benvenuto di lusso! Vedo un pezzetto di salmone alla griglia, un fagiolo gigante, un contorno di riso, un assortimento di sottaceti, una tonnellata di minuscoli piatti di verdure e qualcosa che ha le sembianze e il profumino della zuppa di miso.

Tapas giapponesi?

Stringendomi nelle spalle, assaggio il salmone mentre ammiro la vista del lago attraverso una finestra a tutta altezza.

Mi sento nuovamente invidiosa degli abitanti della Florida. A New York, bisognerebbe essere miliardari per avere qualcosa di simile a questa casa con questa vista.

Il pesce è divino, quindi assaggio tutte le verdure,

che sono ugualmente straordinarie. Persino i fagioli sono gustosi e la zuppa di miso è la migliore del suo genere, dolce e saporita in egual misura.

All'improvviso, sento dei fruscii dall'altra parte dell'isola della cucina.

Ma che diavolo?

Il tavolo mi blocca la visuale, quindi mi avvicino con cautela al punto da cui proviene il suono: un lavandino che prima non riuscivo a vedere.

Sussulto.

Un uomo si sta alzando in piedi. In base agli attrezzi sparsi sul pavimento, deduco che si tratti di un idraulico venuto a riparare il suddetto lavandino.

Ammetto che, fino a oggi, se avessi dovuto immaginare un idraulico nella mia testa, assomiglierebbe a Super Mario, con baffi da cartone animato, la tuta da lavoro e un sex appeal pari a quello di uno scorfano.

Questo idraulico, invece, è l'uomo più attraente che io abbia mai visto.

I suoi occhi sono dell'azzurro limpido di quelli di un Siberian Husky, i capelli sono della tonalità schiarita dal sole del manto di un Golden Retriever e i lineamenti spigolosi del viso sono simili a quelli di un dio senza analogie canine. Purtroppo, ha le orecchie coperte da cuffie, ma scommetto che sono sexy anche quelle. Ah, e il suo petto nudo vanta un esercito di muscoli scintillanti, che includono addominali scolpiti. Inoltre, ha i capezzoli turgidi.

Mi correggo, sono i *miei* capezzoli ad essere turgidi.

Quando l'uomo mi vede, aggrotta la fronte, ma fa sembrare bella persino l'espressione burbera. Poi, il suo sguardo cade su ciò che resta delle tapas e i suoi occhi mi lanciano stilettate.

"Chi sei?" mi chiede con un ringhio basso che, in qualche modo, riesce a essere sexy. "E perché diavolo hai mangiato la mia colazione?"

Volete continuare a leggerlo? Visitate www.mishabell.com/it.